COLLECTION FOLIO

Maylis de Kerangal

# Un monde
# à portée de main

Gallimard

Cet ouvrage a précédemment paru
aux Éditions Verticales.

© *Éditions Gallimard*, 2018.

Maylis de Kerangal a grandi au Havre. Elle est l'auteur de nouvelles, *Ni fleurs ni couronnes* («Minimales», 2006), d'une fiction en hommage à Kate Bush et Blondie, *Dans les rapides* (2007), et de romans publiés aux Éditions Verticales, dont *Corniche Kennedy* (2008), *Naissance d'un pont* (prix Franz Hessel et prix Médicis 2010), *Tangente vers l'est* (prix Landerneau 2012) et *Un monde à portée de main* (2018). Paru en 2014, *Réparer les vivants*, roman d'une transplantation cardiaque, est traduit en trente-cinq langues et récompensé par de nombreux prix littéraires, dont celui du Roman des étudiants France Culture-*Télérama* et le Grand Prix RTL-*Lire*. La même année, Maylis de Kerangal a reçu le Grand Prix de littérature Henri Gal de l'Académie française pour l'ensemble de son œuvre. Plusieurs de ses romans ont été adaptés au théâtre et au cinéma. Elle est par ailleurs membre de la revue *Inculte*. Elle vit et travaille à Paris.

Le vent fait-il du bruit dans les arbres
quand il n'y a personne pour l'entendre ?

                                              kōan

Paula Karst apparaît dans l'escalier, elle sort ce soir, ça se voit tout de suite, un changement de vitesse perceptible depuis qu'elle a claqué la porte de l'appartement, la respiration plus rapide, la frappe du cœur plus lourde, un long manteau sombre ouvert sur une chemise blanche, des boots à talons de sept centimètres, et pas de sac, tout dans les poches, portable, cigarettes, cash, tout, le trousseau de clés qui sonne et rythme son allure – frisson de caisse claire –, la chevelure qui rebondit sur les épaules, l'escalier qui s'enroule en spirale autour d'elle à mesure qu'elle descend les étages, tourbillonne jusque dans le vestibule, après quoi, interceptée in extremis par le grand miroir, elle pile et s'approche, sonde ses yeux vairons, étale de l'index le fard trop dense sur ses paupières, pince ses joues pâles et presse ses lèvres pour les imprégner de rouge, cela sans prêter attention à la coquetterie cachée dans son visage, un strabisme divergent, léger, mais toujours plus prononcé à la tombée du jour. Avant de sortir dans la rue, elle a défait un autre bouton de sa chemise : pas d'écharpe non plus quand dehors c'est janvier, c'est l'hiver, le froid, la bise noire, mais elle veut faire voir sa peau, et que le vent de la nuit souffle dans son cou.

Parmi la vingtaine d'élèves formés à l'Institut de peinture, 30 bis rue du Métal à Bruxelles, entre octobre 2007 et mars 2008, ils sont trois à être restés proches, à se refiler des contacts et des chantiers, à se prévenir des plans pourris, à se prêter main-forte pour finir un travail dans les délais, et ces trois-là – dont Paula, son long manteau noir et ses *smoky eyes* – ont rendez-vous ce soir dans Paris.

C'était une occasion à ne pas manquer, une conjonction planétaire de toute beauté, aussi rare que le passage de la comète de Halley ! – ils s'étaient excités sur la toile, grandiloquents, illustrant leurs messages par des images collectées sur des sites d'astrophotographie. Pourtant, à la fin de l'après-midi, chacun avait envisagé ces retrouvailles avec réticence : Kate venait de passer la journée perchée sur un escabeau dans un vestibule de l'avenue Foch et serait bien restée vautrée chez elle à manger du tarama avec les doigts devant *Game of Thrones*, Jonas aurait préféré travailler encore, avancer cette fresque de jungle tropicale à livrer dans trois jours, et Paula, atterrie le matin même de Moscou, déphasée, n'était plus si sûre que ce rendez-vous soit une bonne idée. Or quelque chose de plus fort les a jetés dehors à la nuit tombée, quelque chose de viscéral, un désir physique, celui de se reconnaître, les gueules et les dégaines, le grain des voix, les manières de bouger, de boire, de fumer, tout ce qui était en mesure de les reconnecter sur-le-champ à la rue du Métal.

Café noir de monde. Clameur de foire et pénombre d'église. Ils sont à l'heure au rendez-vous, les trois, une convergence parfaite. Leurs premiers mouvements les précipitent les uns contre les autres, étreintes et vannes d'ouverture, après quoi ils se frayent un passage, avancent en file indienne, soudés, un bloc : Kate, cheveux platine et racines noires, un mètre quatre-vingt-sept, des cuisses bombées dans un fuseau de slalomeuse, le casque de moto à la saignée du coude et ces grandes dents qui lui font la lèvre supérieure trop courte ; Jonas, les yeux de hibou et la peau grise, des bras comme des lassos, la casquette des Yankees ; et Paula qui a déjà bien meilleure mine. Ils atteignent une table dans un coin de la salle, commandent deux bières, un spritz – Kate : j'adore la couleur –, puis enclenchent aussitôt ce mouvement de balancier continuel entre la salle et la rue qui cadence les soirées des fumeurs au café et sortent la cigarette au bec, le feu au creux du poing. Les fatigues de la journée disparaissent dans un claquement de doigts, l'excitation est de retour, la nuit s'ouvre, on va se parler.

Paula Karst, honneur à toi qui es de retour, décris tes conquêtes, raconte tes faits d'armes ! Jonas craque une allumette, son visage faseye une fraction de seconde à la lueur de la flamme, sa peau prend l'aspect du cuivre, et dans l'instant Paula est à Moscou, la voix rauque, revenue dans les grands studios de Mosfilm où elle a passé trois mois, l'automne, mais au lieu d'impressions panoramiques et de narration vague, au lieu d'un témoignage chronologique, elle commence par décrire le salon d'Anna Karénine qu'il avait fallu finir de peindre à la bougie, une panne d'électricité ayant plongé les décors dans le noir la veille du premier jour du tournage ; elle démarre lentement, comme si la parole accompagnait la vision en traduction simultanée, comme si le langage permettait de voir, et fait apparaître les lieux, les corniches et les portes, les boiseries, la forme des lambris et le dessin des plinthes, la finesse des stucs, et dès lors le traitement si particulier des ombres qu'il fallait étirer sur les murs ; elle décline avec exactitude la gamme de couleurs, le vert céladon, le bleu pâle, l'or et le blanc de Chine, peu à peu s'emballe, front haut et joues enflammées, et lance le récit de cette nuit de peinture, de cette folle charrette, détaille avec précision les producteurs survoltés en doudoune noire et sneakers Yeezy chauffant les peintres dans un russe qui charriait des clous et des caresses, rappelant qu'aucun retard ne serait toléré, aucun, mais laissant entrevoir des primes possibles, et Paula comprenant soudain qu'elle allait devoir travailler toute la nuit et s'affolant de le faire dans la pénombre, sûre que les teintes ne pourraient être justes et que les raccords seraient visibles une fois sous les spots, c'était de la folie – elle se frappe la tempe de l'index tandis que Jonas et Kate l'écoutent et se taisent, reconnaissant là une folie désirable, de celle qu'ils s'enorgueillissent eux aussi de posséder – ; puis elle déplie encore, raconte sa stupéfaction de voir débarquer dans la soirée une poignée d'étudiants, des élèves des Beaux-Arts que le chef déco avait embauchés en renfort, des volontaires talentueux et dans la dèche, certes, mais bien partis pour tout saloper, du coup cette nuit-là c'est elle qui avait préparé leurs palettes, agenouillée sur le sol plastifié, procédant à la lumière d'une lampe d'iPhone que l'un d'entre eux dirigeait sur les tubes de couleurs qu'elle mélangeait en proportion, après quoi elle avait assigné à chacun une parcelle du décor et montré quel rendu obtenir, allant de l'un à l'autre pour affiner une touche, creuser une ombre, glacer un blanc, ses déplacements à la fois précis et furtifs comme si son corps galvanisé la portait d'instinct vers celui ou celle qui hésitait, qui dérivait, de sorte que vers minuit chacun était à son poste et peignait en silence, concentré, l'atmosphère du plateau était aussi tendue qu'un trampoline, ferlée, irréelle, les visages mouvants éclairés par les chandelles, les regards miroitants, les prunelles d'un noir de Mars, on entendait seulement le frottement des pinceaux sur les panneaux de bois, les chuintements des semelles sur la bâche qui recouvrait le sol, les souffles de toutes sortes y compris celui d'un chien torpide roulé en boule au milieu du bordel, un éclat de voix jailli d'on ne savait où, une exclamation – бля смотри, смотри здесь как красиво, putain regarde, regarde-moi ça comme c'est beau –, et si l'on tendait l'oreille, on percevait la frappe d'un rap russe diffusé en sourdine ; le studio bruissait, empli de pures présences humaines, et jusqu'à l'aube la tension demeura palpable, Paula travailla sans fatigue, plus la nuit avançait et plus ses gestes étaient déliés, plus ils étaient libres, plus ils étaient sûrs ; et puis vers six heures du matin les électriciens firent leur entrée, solennels, apportant les groupes électrogènes qu'ils étaient partis collecter dans Moscou, quelqu'un cria *fiat lux !* d'une voix de ténor et tout se ralluma, des spots puissants projetèrent une lueur très blanche sur le plateau et le grand salon d'Anna Karénine apparut dans la lumière argentée d'un matin d'hiver : il était là, il existait ; les hautes fenêtres étaient couvertes de givre et la rue enneigée, mais à l'intérieur il faisait chaud, on était bien, une flambée majestueuse crépitait dans l'âtre et l'odeur du café flottait dans la pièce, d'ailleurs les producteurs étaient de retour, douchés, rasés, tout sourire, ils ouvraient des bouteilles de vodka et des boîtes en carton où s'empilaient des blinis tièdes saupoudrés de cannelle et de cardamome, distribuaient du cash aux étudiants en leur empoignant la nuque avec une connivence virile de parrains de mafia, ou gueulaient en anglais sur des messageries qui vibraient à Los Angeles, Londres ou Berlin ; la pression chutait mais la fièvre, elle, ne passait pas, chacun regardait autour de lui en clignant des yeux, ébloui par les milliards de photons qui formaient maintenant la texture de l'air, étonné de ce qu'il avait accompli, un peu sonné quand même, Paula d'instinct se tourna vers les raccords délicats, anxieuse du résultat, mais non, c'était bon, les couleurs étaient bonnes, alors il y eut des cris, des claques paume contre paume, des étreintes et quelques larmes de fatigue, certains s'allongèrent par terre les bras en croix alors que d'autres esquissèrent des pas de danse, Paula embrassa un peu longuement l'un des extras, celui-là aux yeux sombres et de fort gabarit, passa une main sous son pull et sur sa peau bouillante, s'attarda dans sa bouche tandis que les portables recommençaient à sonner, que chacun ramassait ses affaires, fermait son manteau, enroulait son écharpe, enfilait ses gants ou sortait sa clope, le monde au-dehors se réactivait, mais quelque part sur cette planète, dans l'un des grands studios de Mosfilm, on attendait Anna à présent, Anna les yeux noirs, Anna folle amoureuse, oui, tout était prêt, le cinéma pouvait venir maintenant, et avec lui la vie.

Le froid cingle, la porte du café s'ouvre et se ferme, semblable à un soufflet de forge, renouvelant les fumeurs sur le trottoir, et Paula frissonne. Elle baisse la tête, enfonce les mains dans ses poches, et racle le sol du bout de sa botte tandis que Kate et Jonas la fixent en silence, pensifs, envieux de cette nuit ardente, si semblable à celles qu'ils ont connues ensemble à l'Institut de peinture, une nuit qu'elle leur a dite précisément pour qu'ils se les rappellent toutes, car ces nuits blanches passées à peindre côte à côte afin de déposer à l'aube leurs travaux sur le grand bureau de la directrice de l'Institut, comme un tribut et comme une offrande, ces nuits-là étaient leur bien commun, le socle de leur amitié, un stock d'images et de sensations dans lequel ils revenaient puiser avec un plaisir manifeste dès qu'ils se retrouvaient, leur récit outrant l'urgence, la fatigue et le doute, exagérant le moindre incident, le tube de couleur qui manque, le godet qui se renverse, le white-spirit qui s'enflamme ou, pire encore, l'erreur de perspective qu'ils n'avaient pas vue, rejouant les scènes où ils se délectaient à paraître ridicules, ignorants, tout petits machins devant la peinture, antihéros d'une épopée haletante et bouffonne dont ils sortaient d'autant plus victorieux qu'ils avaient frôlé la catastrophe, d'autant plus valeureux qu'ils avaient erré dans les ténèbres, d'autant plus ingénieux que tout semblait foutu, et ces récits avaient désormais la force d'un rituel : ils étaient le passage obligé du retour, fonctionnaient comme une étreinte.

Ils sont de nouveau assis à l'intérieur, les filles sur la banquette et Jonas en face d'elles, le cou rentré dans les épaules, et se frottant les mains. Tu fais quoi en ce moment ? Kate l'interroge direct, le verre au bord des lèvres, le regard en contre-plongée sous les cils turquoise, et l'on sursaute en entendant sa voix fluette, sans rapport avec sa robustesse, comme dissociée de son corps. Le garçon amusé se recule contre le dossier de sa chaise, puis déclare bras croisés haut sur le torse et mains sous les aisselles : je fais le paradis, un éden tropical, huit mètres sur trois cinquante. Silence. Les filles accusent le coup, elles marquent un temps. Kate boit à goulées lentes, les yeux au plafond – elle calcule la surface, évalue le salaire, elle va vite – tandis que Paula, dépliant ses doigts un par un, entonne la litanie des noms de couleurs qu'ils connaissent tous trois par cœur et qu'elle articule en détachant les syllabes comme si elle éclatait une à une des capsules de sensations pures : blanc de zinc, noir de vigne, orange de chrome, bleu de cobalt, alizarine cramoisie, vert de vessie et jaune de cadmium pour les verts ? Jonas sourit, et poursuit à même vitesse en la regardant droit dans les yeux : topaze, avocat, abricot et bitume – ces deux-là se replacent l'un en face de l'autre, c'est un beau mouvement –, alors Paula prend une longue inspiration et lui demande, la voix sourde : j'aimerais que tu crées un lieu pour notre grand singe dans ta jungle, tu le feras ? Jonas hoche la tête sans la lâcher du regard, je le ferai, et Paula baisse les paupières.

Il y a du monde ici, on ne s'entend pas quand pourtant ça parle partout, comme si le brouhaha était creusé d'alvéoles – une ruche –, comme si chaque table ménageait autour d'elle un espace acoustique propice à toute conversation clandestine. Jonas a posé son menton dans sa main, il observe les filles l'une après l'autre, goguenard : les mêmes, tout pareil, les deux. Kate rigole et enchaîne, curieuse : tu la fais pour qui ta jungle ? Le garçon se retient de rire, ses épaules soubresautent, son torse palpite sous ses bras, *no way*, tu ne sauras rien, petite [...] des yeux sourire aux lèvres si [...] essaie encore, revient à la charge, [...] le rôle de la fille pragmatique, celle qui se tient les deux pieds dans le réel, compare les prestations des mutuelles, cotise pour sa retraite et veille sur les salaires de la corporation des peintres en décor : c'est bien payé au moins ton truc ? c'est combien le mètre carré ? huit cents, mille ? Jonas lève les yeux au plafond tandis que son sourire s'amplifie, découvrant des dents grises et désordonnées, tu peux y aller, ma grande, le type est blindé. Alors Kate a balancé une première somme, Jonas a fait signe qu'elle pouvait monter et les deux filles ont commencé à renchérir tour à tour, annonçant des chiffres de plus en plus faramineux, des tarifs que seules pratiquent les stars du secteur, et bientôt ça joue, ça s'échauffe, puis soudain le garçon se rétracte : ok, c'est un projet spécial. Il fait une pause, son regard furète autour d'eux. C'est une fresque originale. Ah. Il se redresse et enfonce le clou : c'est une création. Dans le silence qui suit, le volume sonore de la salle semble encore augmenter d'un cran mais Jonas entend parfaitement la voix de Kate qui tacle : oh mais alors ça y est, t'es un artiste ! Il se tourne vers Paula et, tout en lui désignant Kate du coin de l'œil, déclare en secouant la tête : non mais quelle salope celle-là ! Ils ont retrouvé leur vitesse de parole, et cette vivacité vacharde qui est le défouloir de la tendresse. Un serveur passe au ras de leur table, shoote dans le casque de Kate posé au sol, et renverse son plateau. Fracas, silence, applaudissements. Après quoi le vacarme se réimpose, un vacarme que Paula creuse du regard pour fixer l'horloge industrielle accrochée au-dessus du bar et se rappeler qu'hier, à la même heure exactement, elle traversait la place Rouge en courant. Ses yeux font le tour du cadran puis reviennent se poser sur Jonas, et dans un souffle elle articule : un royaume pour les grands singes, Jonas, voilà ce que tu vas faire.

Les verres sont vides, Jonas rafle son paquet de clopes sur la table et lance en se levant : et vous les filles, ça se présente comment 2015 ? Ils sortent. De nouveau la rue glacée, le caniveau gorgé de mégots, et l'attroupement dont il faut s'exfiltrer pour retrouver du mouvement. Une fois au large, Kate tire son téléphone de la poche intérieure de son blouson, puis déclare aux deux autres, solennelle, en l'abattant entre eux d'un geste vif : bien, ça suffit les conneries, le moment est venu de vous faire voir du vrai travail de pro ! Paula et Jonas se penchent ensemble, leurs tempes maintenant se touchent.

Une image miroite, très noire. Un marbre. La patine du hall de l'avenue Foch qu'elle peint depuis huit jours. Noir abyssal veiné d'or liquide, ombreux et ostentatoire, majestueux. Le soleil coulé en août dans le fond d'un sous-bois, un laque japonais voilé de poudre d'or, la chambre funéraire d'un pharaon d'Égypte. Tu leur fais un portor ? Paula relève la tête vers son amie qui acquiesce tout en détournant le visage avec une lenteur royale, souffle la fumée de sa cigarette par les narines. *Yes*. Putain t'es forte, Jonas murmure, saisi par la fluidité du veinage, par la luminosité ambiguë du panneau, par l'impression de profondeur qu'il dégage. Kate se rengorge mais minimise : j'ai été diplômée avec un portor, tu sais, j'aime en faire. La photo hypnotise. Tu vas leur peindre les quatre murs ? Paula s'étonne – le portor est rarement choisi pour de grandes surfaces, elle le sait, trop noir, trop difficile à réaliser, trop cher aussi. La cigarette de Kate, d'une pichenette, atterrit dans le caniveau : le plafond aussi, je vais leur faire.

Une nappe de pétrole pur. C'est en ces termes que la jeune femme avait présenté son échantillon de portor au syndic de l'immeuble, en tout cas c'est ainsi qu'elle le raconte maintenant, descendue du trottoir pour rejouer la scène au milieu de la chaussée, tenir son propre rôle mais aussi celui du type qu'elle avait dû convaincre – un trentenaire pâle, doté d'un nom à tiroirs et d'une chevalière disproportionnée, les épaules étroites mais un ventre rond, il flottait dans son costume croisé gris perle et s'était lentement caressé le crâne en étudiant l'échantillon, sans parvenir à relever les yeux vers cette grande nana qui lui faisait face, sans parvenir à se faire une idée de son corps : sculptural ou hommasse ? Kate s'était pointée au rendez-vous vêtue d'un tailleur bleu marine et chaussée d'escarpins, elle avait oublié d'ôter son bracelet de cheville à fermoir tête de mort mais avait peigné ses cheveux la raie sur le côté et allégé son maquillage : elle voulait ce travail. De fait, elle avait chiadé sa palette – blanc de titane, ocre jaune, jaune de cadmium orange, terre de Sienne naturelle, ombre fumée, brun Van Dyck, vermillon, un peu de noir – et réalisé deux glaçages pour obtenir une surface à la fois obscure et transparente – obscurité, transparence : le secret du portor. Par ailleurs, sa proposition avait ses chances : les propriétaires de l'immeuble étaient de riches familles du Golfe qui passaient là trois nuits par an. Ils aimeraient ce marbre qui jouerait comme le miroir de leur richesse, flatterait leur puissance, évoquerait la manne fossile jaillie des terrains où paissaient autrefois des troupeaux, et où l'on somnolait dans la touffeur des tentes. Pour emporter le chantier, Kate avait longuement insisté sur la rareté du portor, décrit les marbrières brûlantes de l'île de Palmaria et celles de Porto Venere au bord du golfe de Gênes, des carrières suspendues à cent cinquante mètres au-dessus de la mer, elle avait raconté les bateaux que l'on accostait à flanc de falaise afin d'y faire glisser directement les blocs de pierre, jusqu'à cent *carrate* par navire – l'unité de mesure, la *carrata*, est la cargaison d'une charrette tirée par deux bœufs, soit trois quarts de tonne –, les navires déchargeant le marbre brut sur les quais de Ripa Maris et rechargeant aussitôt un marbre paré pour éblouir, scié, épannelé, poli, parfois poinçonné du lys royal, hissant les voiles pour mettre le cap sur Toulon, Marseille, Cadix, passer Gibraltar et remonter la côte Atlantique vers Saint-Malo, la route du marbre bifurquant ensuite au Havre pour devenir fluviale, et toucher Paris ; enfin, ultime cartouche, Kate avait vanté l'aura royale de la pierre, une pierre prisée du Roi-Soleil en personne, une pierre que l'on retrouvait sur les murs de Versailles et sûrement pas dans des chiottes de restaurants branchés, je vous montre des photos ? À présent, elle imite les postures du syndic, la façon qu'il avait eue de lui tendre une main molle après s'être présenté en prononçant son nom in extenso, la patate chaude qui roulait dans sa bouche, elle singe sa lubricité évasive, son chic guindé, mais surtout elle s'inclut dans la scène, actrice, parodiant sa propre cupidité, ses flatteries de renarde, exagérant les courbes de son corps et son accent scottish, et tout cela si bellement qu'elle occupe la chaussée, immense et tournoyante, auréolée de sa chevelure de cinéma, et ça bouge un peu devant le café, on s'intrigue, on se déplace, on tourne la tête vers cette fille, là, qui fait son numéro. Le syndic avait fini par poser son regard sur elle, il l'avait prise à l'essai, désormais passait chaque soir constater l'avancement des panneaux et, subjugué, évoquait déjà d'autres halls, d'autres cages d'escalier, d'autres appartements à rafraîchir – il gérait un parc immobilier conséquent dans l'Ouest parisien, du haussmannien pur sucre, des centaines de mètres carrés qu'il avait pour ambition de faire fructifier. À moi la fortune ! Les gencives de Kate rougeoient dans le rire. Après quoi elle salue comme l'acteur à la fin de la pièce, une main sur le cœur, puis décrète qu'elle offre sa tournée et tout le monde s'engouffre derrière elle à l'intérieur du café.

Tu vas faire quoi maintenant ? Jonas fixe Paula, le blanc de l'œil jaune et les pupilles énormes sous la visière siglée. La jeune femme sursaute, j'en sais rien, je suis rentrée de Moscou ce matin je te rappelle. À côté d'eux, Kate décompense, manifeste des signes de fatigue, ou d'ivresse, ou des deux – avachissement, bouche ouverte, regard flou –, et l'on s'étonne qu'elle trouve encore assez d'énergie pour une morsure : t'as dû te faire un paquet de fric chez les Russes, y a de la thune là-bas, non ? Paula sourit : t'inquiète. À cet instant, un grillon a chanté au fond d'une poche et Jonas a bondi, téléphone collé à l'oreille, il a filé dans la rue sans un regard pour les deux filles restées sur la banquette, il est passé derrière la vitre, est allé s'asseoir au bord du trottoir d'en face, a ôté sa casquette – un geste rarissime –, a renversé la tête en arrière pour que la lumière du réverbère asperge sa figure, puis on l'a vu fermer les yeux et remuer les lèvres tandis que des ombres se formaient sur ses tempes et au creux des joues, et il n'a échappé à personne qu'il relevait de temps à autre les paupières et regardait Paula derrière la paroi de verre, Paula qui lui tournait le dos. Il avait alors le visage d'un être pris dans l'amour, d'un être pris dans le mouvement souterrain de l'amour, et sans doute est-ce pour cela que les deux filles s'en tenaient détournées, jamais elles n'auraient eu l'idée de s'approcher trop près, voire de l'interroger, jamais, ce n'était pas ainsi qu'ils fonctionnaient tous trois, leur vie sentimentale se jouait en hors champ, ils ne s'en parlaient guère, pudiques, outrant la débâcle romantique (Jonas) ou le laconisme frontal (Kate), et creusant dans ces registres une veine comique où l'amour était toujours exalté et tragique, le sexe maladroit, ou purement technique, et à ce jeu ils étaient drôles, et Paula face à eux riait, plissait les yeux et fronçait le nez, rétorquait « à mort ! » quand ils lui demandaient : et toi tu chopes un peu ? Et finalement tous trois taisaient l'amour. De retour à la table, Jonas avait les joues brûlantes et la voix enterrée, il ne s'est pas assis mais a déclaré direct : j'ai une fête rue Sorbier, vous venez ? Kate a secoué la tête, je suis claquée, demain je bosse, mais Paula s'est levée, a répondu qu'elle l'accompagnait, envie de marcher un peu.

Plus tard, bien longtemps après que Kate les a dépassés au ralenti, assise bien droite sur son scooter, le bras levé à la manière d'un aurige saluant l'empereur au départ de la course, alors que l'avancée de la nuit fait venir une tout autre ville, ils remontent l'avenue Gambetta, Paula et Jonas, ils longent le Père-Lachaise. Elle a passé son bras sous celui du garçon et de sa main libre resserre les pans de son manteau sur son cou glacé, il a baissé sa casquette, renoué son écharpe, enfoncé ses mains dans ses poches, et c'est ainsi qu'ils marchent. Tu n'es pas assez couverte, c'est n'importe quoi. Les yeux de Jonas glissent le long du cimetière, indifférents aux sépultures qui dépassent de la muraille – croix de pierre et statues, pyramidions rongés de lichen, aperçus de temples, éclats de coupoles, mausolées de rocailles figurant des embouchures de grottes. En réponse, Paula se rapproche de lui et ils progressent maintenant épaule contre épaule. Tu vas peindre quoi comme singe ? Elle a parlé à voix basse. La vapeur qui sort de sa bouche se déchire sur leur passage, sinon pas un souffle d'air, les façades des immeubles sont éteintes, le froid vitrifie la ville, le ciel très haut est dur et scintillant. Je vais faire Wounda – Jonas a répondu à mi-voix, le nez dans son écharpe, et à ces mots le visage de Paula s'est mis à rayonner.

Ils ont atteint la petite place. Il est minuit, les cafés ferment, les comptoirs luisent au fond des salles éteintes, les baies vitrées cadrent de petits théâtres d'ombres où des silhouettes s'activent encore, accomplissent les gestes du travail, rincent les carafes, essuient les verres, épongent le zinc. Jonas a détaché son bras de celui de Paula, un geste ferme, faut que j'y aille, je vais y aller, et comme il se détournait, elle l'a retenu, a relevé son col, t'es pas mal toi aussi mais tu pues la térébenthine, tu sais ça ? Jonas a reniflé la manche de son manteau, et Paula a poursuivi, curieuse, cherchant à prolonger, tu es inflammable on dirait, on t'attend là-bas ? Un joggeur passe en biaisant son regard sur le chronomètre, un type en manteau de fourrure promène son chien, une vieille dame emmitouflée dans un châle à franges fume une cigarette à son balcon. C'est calme. Qu'est-ce que tu fais, tu viens ou pas ? Jonas piétine, le cou rentré dans les épaules, les yeux braqués sur elle.

Alors, il s'est reculé d'un pas, a sorti ses mains et les a placées sous le réverbère. Éclairées de la sorte, elles paraissaient détachées de son corps et comme issues de l'obscurité, flottantes, blanchâtres, vaguement monstrueuses, les doigts longs, les articulations proéminentes, la ligne de vie incisée dans la paume comme un coup de canif dans une planche en bois, les coussinets à la base des doigts desquamés par de vieilles ampoules, et la peau incrustée de substances – huiles, pigments, siccatifs, solvants, vernis, gouaches, colles. Les tiennes maintenant. Il a eu un coup de menton vers Paula qui a fait voir de petites mains courtes et carrées : face dorsale, la même peau épaisse, les phalanges fripées comme des coquilles de noix et les ongles ras sertis d'une ligne noire ; face palmaire, les mêmes signes. Ils se sont tenus longtemps front contre front au-dessus de leurs paumes ouvertes qui découpaient des surfaces plus claires dans la nuit, pochoirs, tampons, décalcomanies – de loin on aurait cru voir deux randonneurs penchés sur une carte topographique, scrutant la feuille et déchiffrant la légende afin de retrouver leur chemin. Brusquement Jonas a pris Paula par la taille, l'a enlacée, a murmuré à toute allure dans son cou, je t'appelle demain.

imbricata

Parler un peu de la rue du Métal maintenant. Revoir Paula qui se présente devant le numéro 30 bis ce jour de septembre 2007 et recule sur le trottoir pour lever les yeux vers la façade – c'est un moment important. Ce qui se tient là, dans cette rue de Bruxelles au bas du quartier Saint-Gilles, rue quelconque, rue insignifiante, rue reprisée comme un vieux bas de laine, est une maison de conte : cramoisie, vénérable, à la fois fantastique et repliée. Et déjà, pense Paula qui a mal aux cervicales à force de renverser la tête en arrière, déjà c'est une maison de peinture, une maison dont la façade semble avoir été prélevée dans le tableau d'un maître flamand : brique bourgeoise, pignons à gradins, riches ferrures aux fenêtres, porte monumentale, judas grillagé, et puis cette glycine qui ceint l'édifice telle une parure de hanches. Alors, exactement comme si elle entrait dans un conte, exactement comme si elle était elle-même un personnage de conte, Paula tire la chevillette, la cloche émet un tintement fêlé, la porte s'ouvre, et la jeune fille pénètre dans l'Institut de peinture ; elle disparaît dans le décor.

Paula a vingt ans, un sac de sport Adidas bordeaux sur l'épaule, un carton à dessin sous le bras et des lunettes de soleil derrière lesquelles elle dissimule son strabisme, si bien que le vestibule où elle s'avance à l'instant se montre encore plus obscur à travers ses verres fumés, obscur mais fabuleux, dru, insituable. Odeurs de temple et de chantier. L'air, chargé de poussière en suspension, prend par endroits l'épaisseur de la brume, la lourdeur de l'encens, et le moindre mouvement, le moindre souffle y crée des millions de tourbillons microscopiques. Elle distingue une porte sur la gauche, un escalier, l'entrée d'un couloir au fond à droite. Elle commence à attendre.

Elle a posé ses affaires à ses pieds et laisse traîner son regard dans la pièce, sur le sol, le plafond, les murs. Elle se demande où elle est tombée : autour d'elle, et de plus en plus nets à mesure que les secondes s'écoulent et que ses yeux s'adaptent à la pénombre, les parois échantillonnent de grands parements de marbre et des panneaux de bois, des colonnes cannelées, des chapiteaux à feuilles d'acanthe, une fenêtre ouverte sur la ramure d'un cerisier en fleur, une

*imbricata*

mésange, un ciel délicat. Soudain, Paula enjambe son sac, s'avance lentement vers les plaques de marbre – de la brèche violette, elle le saura plus tard –, pose sa paume à plat sur la paroi, mais au lieu du froid glacial de la pierre, c'est le grain de la peinture qu'elle éprouve. Elle s'approche tout près, regarde : c'est bien une image. Étonnée, elle se tourne vers les boiseries et recommence, recule puis avance, touche, comme si elle jouait à faire disparaître puis à faire revenir l'illusion initiale, progresse le long du mur, de plus en plus troublée tandis qu'elle passe les colonnes de pierre, les arches sculptées, les chapiteaux et les moulures, les stucs, atteint la fenêtre, prête à se pencher au-dehors, certaine qu'un autre monde se tient là, juste derrière, à portée de main, et partout son tâtonnement lui renvoie de la peinture. Pourtant, une fois parvenue devant la mésange arrêtée sur sa branche, elle s'immobilise, allonge le bras dans l'aube rose, ouvre la main afin de glisser ses doigts entre les plumes de l'oiseau, et tend l'oreille dans le feuillage.

L'heure du rendez-vous qu'elle vérifie sur son portable lui paraît subitement aussi cryptée que le code secret d'un coffre-fort, quatre chiffres impénétrables et solitaires, déconnectés de la temporalité terrestre. À force de les regarder, Paula éprouve un léger vertige, sa tête tourne, le dedans et le dehors se mélangent, elle ne sait plus où attraper le présent. Mais à l'heure dite, silencieuse, la porte s'ouvre et Paula franchit le seuil d'une vaste pièce baignée d'une clarté de vitrail.

Une femme est là, derrière un bureau. Paula ne la dissocie pas immédiatement des lieux tant elle semble faire corps avec eux, y appartenir, emboîtée dans l'espace comme l'ultime pièce d'un puzzle. Elle est penchée sur un cahier dont elle tourne les pages d'un geste lent, puis relève la tête, et pose ses yeux sur la jeune fille avec la sûreté du trapéziste qui se réceptionne sur l'étroite plate-forme au terme d'une figure de voltige. À présent, on la voit bien, on reçoit pleinement ce visage aussi neutre qu'un masque, ce maintien où rien ne force, où rien ne branle, l'économie et la rigueur qui émanent de ce corps face auquel Paula se sent aussitôt pataude, souillon. La blouse de la femme est comme sculptée sur sa personne, semblable à une parure, et son col roulé noir, à la fois écrin et socle, exhibe sa tête tel un collier masaï, souligne la pâleur de la peau, le contour des mâchoires, le menton fort. Elle a beau se tenir à moins d'un mètre de Paula, sa voix semble venir de loin, de l'intérieur des murs, et engendrer un écho quand elle énonce sans préambule : mademoiselle Karst, devenir peintre en décor demande d'acquérir le sens de l'observation et la maîtrise du geste ; autrement dit l'œil – à cet instant Paula se souvient qu'elle

*imbricata*

n'a que trop tardé à ôter ses lunettes –, et la main – la femme ouvre une paume, signant sa parole. Silence. Le fond de l'air est sec, métallique, agité comme si la pièce avait été frottée au chiffon et que des forces électrostatiques la chargeaient à bloc. Paula est immobile sur sa chaise, le dos droit, le cou tendu. Peut-être que c'est déjà fini, pense-t-elle, peut-être que tout a été dit, qu'il n'y a rien à ajouter, l'œil et la main, voilà, c'est bon, j'ai compris, je me lève et j'y vais. Mais la femme poursuit de sa voix profonde – une voix de bronze, souple, qui semble se former dans le thorax et non dans la gorge – : le trompe-l'œil est la rencontre d'une peinture et d'un regard, il est conçu pour un point de vue particulier et se définit par l'effet qu'il est censé produire. Les élèves de l'Institut disposent pour travailler de documents d'archives et d'échantillons naturels, mais l'essentiel de la formation s'appuie sur les démonstrations données en atelier : c'est la vertu de l'exemple – sa parole est si parfaitement tendue, lente, pondérée, chaque phrase lestée d'une frappe si claire, chaque intonation si posée, que Paula se trouble, comme si la scène était surréelle, comme si elle était entrée sur le plateau d'un théâtre pour y prendre la place qui l'attendait, y endosser son rôle. La voix encore : nous enseignons ici les techniques picturales traditionnelles, peinture à l'huile, peinture à l'eau, et notre méthode consiste – à cet instant, la femme ralentit, suspend sa parole, pour la ressaisir après un temps, cassante –, consiste en un entraînement pratique intensif : la présence au cours est obligatoire, s'absenter signifie se mettre hors de l'école et chaque travail doit être remis en temps et en heure. Une mèche noire échappée d'un chignon rapide perturbe à présent son visage : la réputation de cet établissement est fondée sur la peinture des bois et des marbres ; on pénètre ici dans la matière même de la nature, on explore sa forme pour capter sa structure. Forêts, sous-bois, sol, failles, gouffres, il s'agit là d'un patient travail d'appropriation – Paula interloquée se concentre sur le mouvement des mains qui s'agitent dans l'atmosphère, elle s'y accroche car tout la dépasse ici. Des questions ? Le bureau qui les sépare est une jonchée de papiers où l'administration de l'Institut s'étale en liasses sous une poussière de fer. Entre les factures fripées et les cartons d'invitation, Paula aperçoit l'esquisse d'un scaphandre bien boulonné au dos d'une enveloppe kraft, balbutie une syllabe inaudible, s'apprête à ouvrir son carton à dessin, quand la femme l'arrête : refermez ça – geste éloquent du plat de la main. Des rayons, roses et dorés, filtrés par les vitraux, taillent des diagonales translucides dans l'espace, créant des auréoles sur les lambris de chêne – chef-d'œuvre de trompe-l'œil –, sur le vieux tapis, sur les cheveux de Paula qui

changent de couleur, sur son visage auquel
l'étonnement donne maintenant une tout autre
lumière.
 Le programme à présent – la voix a monté
d'un cran, les yeux luisent, noir d'aniline, laqués.
La session dure d'octobre à mars, six mois
considérés comme une période creuse pour les
peintres en bâtiment. Dès la rentrée, on peindra les bois. Les chênes, qui sont loin d'être les
plus faciles, mais aussi l'orme par exemple, ou le
frêne, l'ébène de Macassar, l'acajou du Congo, la
gerbe de peuplier, le poirier, la ronce, ceux que
je jugerai bon de savoir peindre. Mi-novembre,
on attaque les marbres. Carrare, grand antique,
labrador, henriette blonde, fleur de pêcher ou
griotte d'Italie, et là encore je choisirai en temps
voulu – l'énumération de ces noms est bien
autre chose qu'une table des matières, la femme
prend à les prononcer un plaisir visible et sa voix
ondule dans la pièce comme un chant chamanique dont Paula ne capte rien sinon le rythme.
Mi-janvier, ce sont les pierres semi-précieuses,
les lapis et les citrines, les topazes et les jades,
les améthystes, les quartz, en février le dessin,
la perspective, puis les moulures et les frises,
les plafonds de style et les patines, en mars, la
dorure et l'argenture, le pochoir, le lettrage
publicitaire, et enfin, le diplôme. Tout cela assez
dense, assez consistant. Tout en parlant, elle a
contourné lentement son bureau et s'est dirigée

vers la porte, a posé une main sur la clenche, signifiant de la sorte à Paula déroutée que l'entretien s'achève, tandis que de l'autre main elle lui tend la liste du matériel requis. Pensez à vous procurer une blouse. Puis, alors qu'elle retourne à son bureau, elle se ravise et fait volte-face : dernière chose, au début, la térébenthine peut faire tourner la tête et donner des nausées, d'autant plus qu'on travaille debout ici, vous verrez, tout cela est assez physique.

De retour sur le trottoir, le ciel pâle de septembre éblouit Paula qui plisse les yeux et titube comme chaque fois qu'elle sort d'une salle de cinéma et se retrouve dans la vraie vie. La scène qui vient d'avoir lieu – le vestibule, l'attente, l'entretien – se prolonge et se déforme tandis qu'elle descend maintenant la rue du Métal, enfouie dans l'écho des noms merveilleux. Il y a davantage dans ce monde, songe-t-elle, davantage de manières de le voir et de le raconter. Son pas s'allonge, le trottoir sous ses pieds semble prendre de la vitesse et la porter tel un tapis roulant dans une aérogare. Elle file vers les arbres qui brunissent, là-bas, sur la place, et au même instant, dans son dos, un vol de corneilles s'engouffre en formation par le haut de la rue. Paula se retourne, alertée par le bruit. Les oiseaux foncent dans sa direction, sont peut-être une douzaine et certains parmi eux ont près d'un mètre d'envergure, leurs croassements se répercutent dans l'artère, c'est un vol sauvage, illisible, seul un aruspice formé dans les meilleurs temples de l'Antiquité pourrait y voir une manifestation des dieux, y déchiffrer un présage. Le vol approche, grossit, déployé d'une façade à l'autre en travers de la rue devenue à présent une immense volière, et Paula d'instinct plonge entre deux voitures, s'accroupit tête rentrée dans les épaules et doigts bien écartés au sommet du crâne, sûre que les corneilles vont la piquer de leur bec, de leurs pattes – luisantes comme de la peau d'orange, et crochues, dures, du bois. Elle sent le vol passer au-dessus de sa tête, l'air battu, attend, lentement se redresse, quand elle reçoit un coup sur l'occiput, une petite tape, une chiquenaude, vacille vers l'avant, se rétablit contre une carrosserie, puis regarde autour d'elle, mais rien, c'est fini, les oiseaux ont disparu, le silence est revenu et le ciel vide dans la rue du Métal.

Paula reprend sa respiration, se remet en marche. Autour d'elle, la rue, les toits, les petits immeubles, tout est lustré, affûté, ravivé comme si les énergies enfouies dans les pierres avaient été fouettées, elle cligne des yeux et, tout en se touchant l'endroit du crâne où elle a reçu le coup, se dit je suis vivante, et se met à courir, coupe la place en diagonale, gagne la bouche du métro encochée dans le flanc du parvis Saint-Gilles, rallie la gare de Bruxelles-Midi, un siège côté couloir dans un Thalys bondé lancé vers Paris, la verrière de la gare du Nord battue par un orage, la cage d'escalier de la rue de Paradis, le vieil ascenseur Roux-Combaluzier, l'appartement familial qu'elle traverse tout droit, sa chambre où elle balance sac et carton à dessin avant de remonter le couloir en sens inverse, vers la cuisine où ses parents, Guillaume et Marie Karst, comme chaque soir, préparent ensemble le repas – betteraves vinaigrette, hachis Parmentier, crème caramel –, et sans doute que quelque chose a pris forme en elle, qu'une intuition s'est affermie, puisqu'on l'entend annoncer que voilà, c'est décidé, ce serait l'Institut de la rue du Métal où elle ferait peinture en décor. Silence. Les parents ne lâchent pas leur râpe, leur couteau, leur économe, mais ralentissent puis se tendent : peinture en décor ? Tiens donc. Ils se tournent ensemble vers leur fille, agacés : c'est fini, l'artiste ?

Paula regarde par la fenêtre. Deux ans qu'elle traînasse, elle le sait. Il y avait eu ce bac terne, puis cette inscription en droit à Nanterre au prétexte que cela menait à tout et qu'elle aurait le temps de trouver sa voie, année pipeau, Paula rapidement dépassée par la densité d'un programme ingrat, à la fois méticuleux et technique, terrifiée par le bachotage, se découvrant une sensibilité artistique à la fin de l'hiver, et bifurquant dès la rentrée suivante dans une prépa aux écoles

*imbricata* 45

d'art. Les parents Karst avaient accompagné ce mouvement, espérant la fermeté d'une vocation, mais leur fille s'était de nouveau montrée velléitaire et finalement suiveuse, choisissant l'option vidéo afin d'y côtoyer le garçon dont elle était amoureuse, commençant plusieurs documentaires abandonnés en route, dont un travail pourtant prometteur sur un grain de sable filmé à travers un microscope, et les concours, il fallait le reconnaître, n'avaient rien donné.

Les parents se lèvent et commencent à piétiner entre le four et l'évier. Peinture en décor. Ça sonne moins magique et plus artisanal – tu veux faire de la déco ? Soulagés à l'idée que leur fille suive une formation concrète, grâce à laquelle elle trouverait sans doute plus facilement du travail, prêts à y croire encore. Mais déçus sans bien savoir pourquoi. Étonnés par l'aplomb de Paula qui croque un quignon de pain affalée sur une chaise de paille et déclare : je vais apprendre les techniques du trompe-l'œil, l'art de l'illusion.

On se demande comment la jeune Paula Karst, cette fille moyenne, protégée, routinière, et pour tout dire assez glandeuse, de celles qui passent le plus clair de leur temps sur la banquette d'un café parmi d'autres comme elles, chaque parcelle d'existence moussant dans l'expresso avec ce mélange de grâce et de vacuité qui frise le génie, comment cette étudiante brusque et dilettante, pour qui l'avenir se devait avant tout de demeurer blotti dans un sfumato, s'engouffra tête la première dans le grand atelier de la rue du Métal, et plus encore, s'y rua. Comment elle se débrouilla pour trouver en trois jours un deux-pièces proche, rue de Parme, au 27, et un élève inscrit à l'Institut pour le partager avec elle – Jonas Roetjens – ; comment elle dégagea froidement son mec – une gravure de mode dotée de la bonne petite barbe, du bon petit tatouage et du bon petit revers de jean au-dessus de la basket, il avait dû durcir ses lèvres de dépit à la lecture de ce bref texto de rupture puis enfourcher un vélo ridiculement stylé, et rouler vers le bois de Vincennes, le ventre tordu de douleur, le rouge au front –, et l'on sait encore moins comment elle parvint à se retrouver le 30 septembre, à Bruxelles, devant la porte de son nouvel immeuble, à vider avec son père le coffre d'un Volvo break où s'entrechoquait le mobilier ordinaire de l'étudiant que l'on installe avec le sens des responsabilités – literie, cafetière, lampe de bureau, tréteaux, petite vaisselle, une chaise, une table, une caisse de livres, deux sacs-poubelles de vêtements, un aspirateur, une serpillière, et toute l'informatique – ; comment elle monta le tout sur trois étages, endurante, certains voyages effectués au pas de gymnastique, elle qui n'avait pourtant rien dans les mollets et rechignait à tout effort physique – longs bras longues jambes pourtant, élancée, paraissant plus grande qu'elle ne l'est en réalité debout sous la toise –, elle qui était toujours la première à se tordre les pieds, à se cogner le front, à se plaindre d'une crampe. Mais le fait est que le déménagement de cette jeune personne fut plié en deux temps trois mouvements, ampoules vissées, lit monté, ordinateur et wifi configurés *just in time !* – elle a la rage ou quoi ? marmonnait Guillaume Karst à chaque palier, essoufflé, mains sur les hanches, adossé contre le mur.

La rage, pas encore. Peut-être simplement l'idée de secouer la vie. Pour le reste, Paula aborde ce qui l'attend désinvolte, avec des idées courtes. N'y a-t-il pas écrit sur le site internet de l'Institut qu'un bon niveau de dessin ne constitue pas un préalable pour être admis ? Ne s'agit-il pas de suivre dans cette école un apprentissage purement technique, d'acquérir un savoir accessible à quiconque consent au travail ? Ne s'agit-il pas d'apprendre à copier ? Copier. La science des ânes, Paula, lui souffle son père alors qu'ils prennent ensemble un café dans une station-service à hauteur de Valenciennes, leurs yeux filant au ras des gobelets vers la ligne des poids lourds qui foncent sur l'autoroute. Paula se bute : copier, oui, exactement. Elle s'aime d'avance en apprentie manches retroussées prête à en découdre, en artisane bûcheuse ayant choisi une voie modeste pour pénétrer au cœur de la peinture – apprendre le dessin, acquérir une parfaite connaissance des techniques et des produits, commencer par le commencement – ; elle aime se raconter qu'il faut en passer par là pour se placer ensuite devant une toile, un mur, n'importe quel support, et que ce qui importe arrivera plus tard, ailleurs, dans un autre monde, celui des vrais artistes – et c'est là qu'elle se trompe, et de belle manière.

Ce premier soir, debout au milieu de sa chambre, Paula mains sur les reins, ventre en

*imbricata*

avant, respire fort. Une bouffée de chaleur lui chauffe les tempes et la fait saliver. Elle a fini par partir de chez elle, c'est arrivé, elle va vivre sa vie, mais l'ardeur qu'elle s'est imaginé éprouver en prononçant ces mots est introuvable. Elle a beau jouer l'instant, prendre la pose, appeler la scène inaugurale, le jeune héros au seuil du futur, plissant l'œil sur un horizon gorgé de promesses, elle se crispe. L'anxiété la suffoque, lui écrase la poitrine. Quelque chose se dresse, là, devant, quelque chose pour quoi elle va devoir livrer bataille. Elle se méfie soudain de la facilité avec laquelle elle a pris ce virage sans qu'un seul obstacle n'ait surgi, pas même son niveau de dessin pourri, pas même son manque d'audace, sa timidité orgueilleuse, pas même le coût de l'école, élevé, un prix que ses parents avaient accepté de payer sans sourciller – elle a perçu des chuchotements dans leur chambre après l'annonce des frais d'inscription et puis plus rien. À présent, plus elle observe les meubles neufs, les rideaux au tombé impeccable, la veilleuse verte de l'ordinateur, la petite vaisselle et la serviette de bain imprégnée de l'odeur enivrante de l'apprêt, cette panoplie matérielle qu'elle avait tant aimé choisir, ces choses qui l'intronisaient dans le monde des adultes, plus elle décèle quelque chose qui cloche. Elle repense au dernier geste de son père, celui qu'il a eu à l'instant de remonter dans sa voiture, une jambe dedans une jambe dehors, l'abdomen pressé dans la portière ouverte, et cette main levée vers la fenêtre d'où il savait qu'elle le regardait, bye bye, elle n'entendait rien mais voyait sa bouche remuer et sa tête renversée en arrière, bye bye, il lui souriait, il avait le visage détendu, l'air content, satisfait sans doute d'avoir fait son boulot de père, et peut-être même, elle pense, d'en avoir fini avec son boulot de père, car cette main qui s'agitait vers elle, ce petit mouvement de balai dans l'atmosphère signifiait aussi qu'il l'envoyait à distance, dégage, dégage, oui, plus la lumière baisse et plus elle se dit que ses parents auront vu dans cette école de Bruxelles une aubaine pour l'exfiltrer de la rue de Paradis. Elle s'assied sur son lit, vidée, les coudes enfoncés dans les cuisses, la tête lourde, et n'entend pas les appels de son père sur son portable, répétés, lors d'une halte sur l'aire de La Sentinelle.

Éblouie dès le seuil de l'atelier le premier jour, entrant dans un local rectangulaire de quinze mètres sur dix, d'une hauteur sous plafond d'environ cinq mètres, sol de ciment et toiture en verrière, l'endroit pourvu d'une coursive courant sur les quatre murs dont on use pour entreposer des centaines de rouleaux et de cartons à dessin, des échantillons, du petit matériel. Paula aime immédiatement la lumière de commencement qui baigne l'endroit, une lumière blanche, mate, d'autant plus limpide que le vestibule et le corridor sont troubles, comme s'il fallait en passer par ce sas d'opacité pour y voir clair avant de se mettre au travail. Une vingtaine de châssis mobiles sont placés en épi. Elle se faufile vers l'un de ceux du fond, dépose sur un tabouret de bois sa boîte de peinture, enfile sa blouse. Les autres élèves se dispersent dans la salle, elle entend que ça parle anglais à quelques mètres devant, se tient prête, et puis la dame au col roulé noir fait son entrée, petite ici, plus petite que dans le souvenir de Paula, mais occupant immédiatement un important volume d'espace. Après quoi, c'est l'inventaire, la directrice appelant chaque pinceau par son nom et les élèves vérifiant sa présence dans leur boîte, et ceux de Paula sont beaux et propres, la virole étincelante, la touffe douce – on distingue ici un pinceau à lavis, à soies de porc, un petit-gris, un épointé, un striper, un effilé à hampe de bois en martre Kolinsky, et celui qu'elle considérait comme son pinceau fétiche, un pinceau à laque en poils d'ours d'Alaska, un cadeau que Marie, sa mère, lui avait offert la veille de son départ. Nombreux sont ceux dont Paula méconnaît la fonction et qu'elle a rangés là comme on rassemble une bande avant un braquage, s'assurant de leur présence silencieuse et loyale, et qu'elle regarde à présent avec curiosité : ce sont là des outils créés pour refaire le monde.

La douleur, dans la foulée. La pratique en atelier est effectivement « assez physique » – euphémisme risible – et la charge de travail qui percute aussitôt l'étudiante est d'autant plus violente qu'elle n'a jusque-là que peu épuisé sa jeune personne. Mal au crâne et mal au nez – les sinus à vif –, mal au dos – la cambrure de vingt ans n'est qu'un feu de lombaires –, mal aux pieds – ses talons se cloquent à piétiner toute la journée devant son panneau, si bien qu'au troisième

*imbricata*

jour elle se résout à commander sur internet une paire de runnings à semelles incurvées spécialement fabriquées pour les marathoniens – et il y a cette douleur contractée à force de lever le pinceau et de le maintenir à l'horizontale qui lui enflamme l'épaule, pèse sur l'omoplate. Paula fait connaissance avec ce corps où elle est née – il était temps. Ce qui la surprend, tout de même, ce sont ses yeux, douloureux dès le premier soir comme des bleus sur lesquels on enfonce l'index.

Octobre, les bois. Sensation d'entrer dans une pénombre que trouent çà et là des puits de lumière, dans un espace acoustique que traversent, harmonieux ou dissonants, d'autres corps et d'autres voix. D'autres langues aussi, et celle que l'on parle dans l'atelier est une langue inconnue que Paula doit apprendre, qu'elle décrypte penchée sur des schémas anatomiques qui définissent un plan de coupe transversal, tangentiel ou radial, un bois débité sur dosse ou scié sur quartier, ce que désignent la loupe, le moiré ou la maillure, la fibre, le parenchyme et les vaisseaux. Elle garde dans la poche de sa blouse un petit répertoire à couverture noire et un crayon de graphite, elle engrange les mots tel un trésor de guerre, tel un vivier, troublée d'en deviner la profusion – comme une main plonge à l'aveugle dans un sac sans jamais en sentir le fond –, tandis qu'elle nomme les arbres et les pierres, les racines et les sols, les pigments et les poudres, les pollens, les poussières, tandis qu'elle apprend à distinguer, à spécifier puis à user de ces mots pour elle-même, si bien que ce carnet prendra progressivement valeur d'attelle et de boussole : à mesure que le monde glisse, se double, se reproduit, à mesure que la fabrique de l'illusion s'accomplit, c'est dans le langage que Paula situe ses points d'appui, ses points de contact avec la réalité.

C'est dur. Elle se demande chaque matin si elle va tenir la distance, six mois, un automne et un hiver, se répète que tout cela va s'arranger, que c'est une question de jours, qu'elle va prendre ses marques. Mais elle peine à établir une cadence. Passé le choc initial – dont elle s'ouvrira par la suite avec la délectation frimeuse de ceux qui ont reçu le baptême du feu – et s'imaginant avoir trouvé une sorte de tempo, elle se laisse aller à dormir davantage, à baguenauder sur les réseaux sociaux pour un post à sa bande, à ses copines – la follette ! Un bref moment de déprise qui lui vaut un retour de bâton d'une telle force qu'elle reprend illico les pratiques initiales : lever à six heures, coucher à minuit, déconnexion des réseaux sociaux, bye bye tout le monde, fini la parlotte. On avait ricané sur la toile, c'est le couvent ton truc ou quoi ? Curieusement, Paula s'était enorgueillie

*imbricata*

de cette allusion à une vie d'ascèse, elle avait souri. Après quoi, elle avait radicalisé son silence, tardant de plus en plus à répondre aux messages des copines qui lui réclamaient des photos des mecs de l'école, effaçant sans même les lire les textos de son ex-petit copain qui n'avait pas encore admis, semble-t-il, qu'entre eux c'était fini pour de bon, et la harcelait d'insinuations sexuelles gratinées sans aucun rapport avec la teneur plutôt chaste de leur relation. Les signes qu'elle envoie hors de l'Institut s'amenuisent jusqu'à disparaître complètement, et tout juste consent-elle à répondre au téléphone quand sonne la rue de Paradis. Elle se grise, fascinée par ce qu'elle impose à son corps et qu'elle n'aurait jamais cru pouvoir supporter, par la sensation de déceler au cœur du travail une dépense inconnue, de quoi brûler.

Les lieux, pourtant, l'égarent et la malmènent. Impression de rejoindre chaque matin un arrière-monde, un monde situé à l'arrière du temps, ou plus exactement un monde où le temps a été démonté en plaques et remonté dans le désordre, rebattu. Elle est paumée. Se tord régulièrement les chevilles en traversant le vestibule, fourvoyée dans la pénombre et les odeurs de tentures froides, et ne peut percevoir la lumière pâle de l'atelier au bout du corridor, son odeur d'hydrocarbure et son bruissement de jungle, sans ralentir le pas, sans avoir le cœur qui part en flèche et la boule au ventre. Une fois à l'intérieur, dans la clarté, ça se complique encore. Peindre au milieu d'un collectif la déstabilise et l'oppresse. Consentir à être vue, à donner accès à ce qui se passe en elle à l'instant de peindre, heurte sa pudeur – comme si j'étais à poil. Mais la configuration de l'atelier, et notamment l'existence de la coursive tel un balcon sur le théâtre d'en bas, ne lui offre aucun retranchement possible : on peut la regarder travailler de n'importe où. Orgueilleuse, elle se rétracte. Ne traîne jamais dans l'atelier mais file chez elle sitôt après la fin des cours, comme on gagne un abri, marchant vite, pressée de se soustraire à ces regards dans son dos, à ces réflexions prononcées par-dessus son épaule, à ces encouragements dont elle n'entend que la condescendance, à ces critiques qui lui donnent envie de faire volte-face et d'enfoncer son pinceau dans ces bouches trop ouvertes, afin qu'elles cessent de lui casser la tête, susceptible comme le sont les timides qui se rebiffent, ombrageuse, hérissée. On la voit rassembler son matériel à la va-vite puis s'arracher en rentrant la tête dans les épaules, le front toujours orienté vers le sol, sans jamais regarder autour d'elle – c'est pourtant là que se joue sa bêtise tactique et c'est là qu'elle se blesse : repliée derrière son châssis au fond de la salle, lorgnant de biais, engloutie, Paula ne peut voir ceux qui peignent à ses côtés mêmement aveuglés, titubants, et Jonas ne se montrant guère rue de Parme, sa vie se résume désormais à cette grande feuille de papier format double raisin (100 × 65) déroulée le long d'un cadre de bois, le panneau.

Elle s'accroche. Écoute, note, travaille, mais ne redresse pas encore assez la tête sinon lors des démonstrations que donne la dame au col roulé noir chaque matin à l'heure dite, peau nue et cheveux relevés, regard translucide quand elle fait cercle autour d'elle sans prononcer un mot, une main aux doigts écartés posée à plat sur son ventre, l'autre tenant le pinceau, le chiffon, l'éponge, ou exhibant à la ronde un morceau de bois, un zebrano veiné, un nauclea moiré, comme elle exhibera un mois plus tard un fragment de roche métamorphique, une paésine de Toscane ou un calcaire à stromatolithes de Grande-Bretagne, afin d'en faire voir la beauté antédiluvienne, spontanée, énigmatique, une beauté innocente, précise-t-elle impénétrable tandis que dans sa paume ouverte le morceau de bois ou l'éclat de pierre situe le foyer d'un champ magnétique dont les ondes concentriques s'étendent sur l'assistance : une beauté non humaine. Après quoi elle donne sa leçon debout, de trois quarts devant le châssis, sans jamais tourner totalement le dos aux élèves, et peint devant eux, leur donne l'exemple, relayée certains jours par deux autres professeurs dont les apparitions elles aussi imposent le silence, redressent les dos, font converger les regards. On entend leur pas de patineur depuis le vestibule, les semelles qui glissent sur le sol à bonne vitesse, et soudain ils sont au seuil de l'atelier, corpulents, historiques, comme si le passé les avait régurgités là dans un soubresaut, et Paula généralement se fige, affolée. Ils se ressemblent comme deux frères, ont une grosse tête savante, de longues mains de sertisseurs, un fond de méchanceté inoxydable quand ils s'adressent à la classe, cambrés, la panse ceinturée dans un pantalon de velours safran ou framboise écrasée, un tablier de toile rude protégeant l'ensemble, arborant à l'instar des prélats de la curie romaine des chaussettes rouge sang tissées en fil d'Écosse enfilées sur des chevilles d'une étrange finesse. Ils dispensent leurs cours lentement, d'une voix fêlée, grasseyante, mais ont le verbe haut, mandarinal, la vacherie calibrée, s'essuient constamment la commissure des lèvres usant de mouchoirs immenses qu'ils sortent du fond de leur poche d'un geste rapide puis font disparaître tels des prestidigitateurs en scène, quand leurs démonstrations, elles, sont intelligibles, leur gestuelle précise, leurs sources documentées. Paula fait le dos rond pendant leurs leçons, cherche à devenir transparente, l'idée qu'ils puissent l'interpeller, ou plus terrible, qu'ils puissent prendre

*imbricata*

son travail pour contre-exemple – nous avons là exactement ce qui se fait de pire, de plus flasque et de plus convenu diraient-ils tandis que leurs yeux rouleraient derrière leurs binocles et que leurs doigts fins et tordus comme des serres s'avanceraient sur son panneau, pour soudain tout arracher, tout bouchonner, réduire la feuille à une boule de la taille d'une balle de ping-pong qu'ils balanceraient par-dessus leur épaule dans un sourire moelleux qui glacerait l'assistance, vous recommencez, mademoiselle, vous recommencez tout – ; elle s'applique chaque soir à reprendre la leçon, consignant chaque étape, isolant chaque geste, dépliant tout le processus jusqu'à pouvoir l'égrener à voix haute, le réciter par cœur, comme un poème, après quoi elle se laisse tomber en arrière sur son lit, le souffle court.

Elle apprend à voir. Ses yeux brûlent. Explosés, sollicités comme jamais auparavant, soit ouverts dix-huit heures sur vingt-quatre – moyenne qui inclura par la suite les nuits blanches à travailler, et les nuits de fête. Le matin, ils clignent sans cesse comme si elle était placée en pleine lumière, les cils vibrant continuellement, des ailes de papillon, mais passé le coucher du soleil, elle les sent faiblir, son œil gauche cloche, il verse sur le côté comme on s'affaisse sur un talus d'herbe fraîche au bord du chemin. Elle les soigne, rince ses paupières à l'eau de bleuet, y dépose des sachets de thé congelé, essaie des gels et des collyres mais rien ne vient apaiser la sensation d'yeux tirés, secs, de pupilles rigides, rien ne vient empêcher la formation de cernes bruns et durables – un marquage au visage, le stigmate du passage et de la métamorphose. Car voir, sous la verrière de l'atelier de la rue du Métal, défoncée dans les odeurs de peinture et de solvants, les muscles douloureux et le front brûlant, cela ne consiste plus seulement à se tenir les yeux ouverts dans le monde, c'est engager une pure action, créer une image sur une feuille de papier, une image semblable à celle que le regard a construite dans le cerveau. Pour autant, il ne s'agit pas de voir dans le détail et avec précision – cela, c'est quand même la moindre des choses, pensait Paula, et plus tard elle s'exaspérerait d'entendre ses parents vanter sa « précision d'orfèvre » –, il ne s'agit pas seulement de reproduire la réalité, d'en donner un reflet, de la copier. Voir, ici, c'est autre chose. Paula ne sait quoi, pas encore, mais d'instinct comprend qu'elle a sous-estimé ce qu'elle aurait à donner en ce lieu. Et le samedi matin, dans la lumière zénithale du grand atelier, à l'heure de la tournée des panneaux, les élèves s'écartant pour livrer passage à la dame au col roulé noir afin qu'elle puisse s'approcher de leurs travaux et en dire quelque chose, des indications concrètes, simples, des mots que certains auraient bêtement jugés niais ou fades mais qui prenaient dans le silence une forme exacte, un poids juste, un sens approprié – pensez à peindre avec vos glaciers intérieurs, avec vos propres volcans, avec vos sous-bois et vos déserts, vos villas à l'abandon, avec vos hauts, vos très hauts plateaux –, on distingue Paula dans l'assistance, les yeux luisants, alors que ceci, au même moment, s'entrouvre en elle : l'idée que le trompe-l'œil est bien autre chose qu'un exercice technique, bien autre chose qu'une simple expérience optique, c'est une aventure sensible qui vient agiter la pensée, interroger la nature de l'illusion, et peut-être même – c'est le credo de l'école – l'essence de la peinture. Dans son cerveau pétulant mais mal débrouillé, l'enseignement qu'elle reçoit se résorbe en un principe élémentaire qu'elle s'approprie lentement : le trompe-l'œil doit faire voir alors même qu'il occulte, et cela implique deux moments distincts et successifs : un temps où l'œil se trompe, un temps où l'œil se détrompe ; si le dévoilement de *l'impostura* n'a pas lieu – la dame au col roulé noir se ferme, hausse les épaules, abat sur l'assistance son regard froid d'oiseau solitaire – cela signifie que l'on se trouve face à une idiotie, face à un procédé, à une supercherie, alors la virtuosité du peintre, l'intelligence de son regard, la beauté de son tableau, tout cela ne peut être reconnu, tout cela demeure hors d'atteinte. Et voyez-vous, articule-t-elle, cela tue le plaisir, cela casse le travail – et c'était là ce qu'elle pouvait dire de pire, une condamnation sans appel, elle faisait grincer les sifflantes et expulsait avec dégoût ces mots : *casser le travail*.

Apprendre à imiter le bois, c'est « faire histoire avec la forêt » – la dame au col roulé noir dit aussi « établir une relation », « entrer en rapport » – et Paula fait longtemps tourner cette phrase dans sa tête, pour qu'elle décante. Elle attend. Une vie végétale frémit dans l'atelier, qui se prolonge sur les panneaux, prolifère sur les palettes où les couleurs nuancent les jaunes, dégradent les bruns, hébergent un peu de rouge pour les acajous et ce noir absolu que l'on trouve au cœur des ébènes les plus pures. Les arbres se fendent, leurs bois révèlent des aubiers clairs, des duramens toujours plus sombres, enseignent un répertoire de formes, un entrelacement de fils droits, ondulés ou spiralés, un semis de pores et de loupes qui chiffrent un monde à portée de main. Une forêt se lève dans l'atelier, tissée de récits qui mélangent les sylves de l'enfance – celles des contes, celles du loup et de la fée, des cailloux blancs et du renard, celles que l'on traverse en serrant fort la main du bagnard évadé –, les bois de campagne, les jungles politiques, chaque apprenti apportant la sienne, et

*imbricata*

celle de Paula est une forêt de cinéma, visible sur une pellicule de mémoire cramée par endroits mais où l'on peut voir chaque détail du visage de Marie, sa mère, la bouche grande ouverte, l'œil dans le viseur d'une caméra Super 8 d'objectif Zeiss, le cou effleuré par de beaux anneaux d'or qui captent des bris de soleil, et font alliance avec le vaste sous-bois où, durant ce mois d'août, elle tourne un court-métrage, – *L'enfant des fougères*, une histoire d'enfant sauvage inspirée de celle de Victor de l'Aveyron, une histoire d'enfant sans parents, sans fratrie, le summum du bizarre pour Paula toujours un peu perdue l'été quand les vacances rassemblent autour d'elle une famille pléthorique –, réquisitionne les gosses de la maison, les plus grands qu'il faut attirer devant l'objectif, traquer dans leur chambre ou devant la télé, les plus petits, excités, qu'il faut canaliser, et parmi eux Paula donc, neuf ans, qui à l'instant pile où sa mère crie « action ! » entre dans le film, s'avance dans la forêt familière qui se métamorphose à mesure que la caméra tourne, devient ce territoire inconnu où le lointain et le proche disparaissent, où la température chute, où le volume sonore monte – chaque bruit éclate puis vit sa vie de bruit –, le plan-séquence dure, l'enfant Paula marche en plein mystère, ne reconnaît plus le chemin défoncé par le passage des machines agricoles, cranté dans la terre sèche, ni les trous que font les sabots des vaches, ni la zone de jeux où chaque souche porte un nom, où les emballages de pétards et les mégots de cigarettes se mélangent à la terre, où des balles de tennis jaune fluo oubliées sous un fût sont devenues grisâtres, spongieuses, elle se sent devenir une autre personne, la pénombre est criblée de lumière, perforée de rayons qui obliquent en tous sens, elle se tient dans une histoire, accomplit chaque pas, atteint la cabane de l'enfant sauvage où l'attend, assis sur une pierre et fumant une Gitane, un garçon torse nu en chapka de cuir et lunettes d'aviateur – l'aîné de ses cousins, qu'elle ne reconnaît pas.

Chêne, pin, eucalyptus, palissandre, acajou moucheté, loupe de thuya, tulipier de Virginie ou catalpa, octobre passe et Paula s'en tire, elle est confuse, suante, échevelée, rêve une nuit que sa peau est devenue ligneuse, mais produit des images, même si son panneau se distingue des autres, laborieux, toujours un peu faiblard. Jusqu'au jour où elle entend pour la première fois parler de la vitesse du frêne, de la mélancolie de l'orme ou de la paresse du saule blanc, elle est submergée par l'émotion : tout est vivant.

Jonas Roetjens. Qui c'est ce gus ? avait crié Guillaume Karst par-dessus le saladier où il montait des blancs en neige – une meringue ? –, le soir où sa fille lui avait demandé de signer le versement d'une caution pour l'appartement qu'elle prendrait à Bruxelles. Le son de la radio était poussé au maximum afin de couvrir le bruit du fouet électrique si bien qu'il régnait dans la cuisine un boucan infernal, et que la jeune fille avait fini par écrire à la craie le mot « coloc » sur une ardoise suspendue au bouton d'un placard. Son père y avait jeté un œil sans lâcher son affaire, puis s'était incliné de nouveau sur ce qui blanchissait dans le saladier, le cou rentré dans les épaules, le jean ceinturé haut à la taille, il cuisinait ce jour-là avec hargne, un bout de langue pressé entre les lèvres. Et donc tu l'as vu ? Il avait encore élevé la voix – sans doute profitait-il de la situation, lui qui ne s'adressait au monde qu'avec pondération. Paula avait fait

« non » de la tête, alors il lui avait tourné le dos et s'était tenu cramponné à ce fouet qui défonçait les tympans et les molécules tapies dans le blanc des œufs.

Jonas a sonné à la porte de l'appartement avec trois jours de retard, est apparu dans l'ombre d'un sac à dos en forme de menhir, un carton à dessin posé contre sa jambe, un matelas maintenu d'un doigt debout sur le palier – un matelas pour un lit d'une place, grisâtre et taché. Poignée de main. Paula. Jonas.

D'entrée de jeu, Paula s'est montrée amicale, soucieuse de faire bonne impression à cet inconnu avec qui elle s'apprêtait à partager trente mètres carrés durant les six mois à venir. Tu veux que je t'aide à monter des trucs ? Enjouée donc, mais le garçon a secoué la tête, a répondu à voix basse, merci, c'est bon, tout est là, a saisi son carton à dessin et enjambé le seuil tandis que Paula s'effaçait sur son passage, plaquait le dos contre le mur tout en lui désignant une porte entrouverte : là, c'est ta chambre, j'ai pris l'autre, celle du fond. Le garçon a acquiescé, d'accord. Depuis la cuisine, Paula l'a observé se délester de son barda dans un mouvement de rotation des épaules, scanner les lieux d'un coup d'œil circulaire, puis refaire l'aller-retour en transbahutant le matelas – le haut de son visage est mangé par la visière d'une casquette de

*imbricata*

base-ball quand le reste s'éclaire par contraste, les joues creuses, comme sucées de l'intérieur, le nez droit, les lèvres pleines, les traces d'une acné récente sur les tempes. Il s'est déplacé en silence, s'est coulé dans l'appartement, long, souple, les hanches étroites, les chevilles nues, les bras comme extensibles alors qu'il manipulait sa paillasse et la laissait tomber sur le sol de la chambre dans un bruit étouffé – les mêmes bras que moi, a songé Paula. Au moment de lui tendre son trousseau de clés, elle a souri de son mieux, un sourire compliqué qui n'envoyait rien de bien chaud mais touillait ensemble la timidité, le calcul et le désappointement, car la dégaine de Jonas, plus encore que son physique, l'a déconcertée – la veste de survêtement brillante zippée jusqu'au cou sous l'imper noir, le jean trop court, les baskets blanches, l'anneau de pirate et les bracelets de perles aux poignets, et malgré tout cela, quelque chose d'indécelable. Et puis elle aurait aimé le voir sans sa casquette maintenant, qu'il relève un peu sa visière, elle aurait aimé voir ses yeux, mais non, rien, ses prunelles se tenaient dans l'ombre, elles perçaient en retrait, un animal nyctalope, un chat, a-t-elle pensé pendant qu'elle lui dictait le code wifi, lui montrait le frigo, les placards, l'aspirateur, petite ménagère soudain prompte à poser les règles d'une cohabitation future, mais alors, comme s'il avait compris que cela allait durer un peu, il l'a interrompue en posant une main furtive sur son avant-bras : j'y vais. Paula les joues en feu a acquiescé avec précipitation, ok, à demain, a reculé d'un pas pour s'adosser à l'évier tandis que Jonas fourrait les clés dans sa poche, oui, à demain – la voix haussée a minima, le hochement de tête succinct. Puis c'est la voltige dans l'escalier, un bruit de bonds légers qui peu à peu s'évanouit.

Paula a jeté un œil sur la bouteille de vin et les deux verres disposés sur la table, *get together drink* censé sceller le démarrage de la colocation, petite singerie adulte qu'il avait dû fuir, mais moment auquel elle se rivait encore, comme elle se rivait aux rites, à tout ce qui permet de ponctuer le temps, de lui donner une forme, si bien qu'elle a saisi un tire-bouchon flambant neuf, a attrapé la bouteille par le goulot, puis l'a ouverte, elle s'est versé un verre qu'elle a bu d'un trait, paupières closes, et dans cette longue gorgée d'alcool, la seconde où elle a vu Jonas debout sur le palier, cette seconde-là s'est réimposée : il lui fait face, semble contenir en lui un destin très dense, un noyau d'énergie comprimée dont on devine qu'il va se fendre, s'ouvrir et se consumer jusqu'au bout.

Mais un mois plus tard, quand le ciel sur Bruxelles prend la couleur du porridge et que vient le temps des marbres, Paula marque le pas. Les noms merveilleux se durcissent, ils imposent des codes de représentation stricts, un système de conventions, une syntaxe et un vocabulaire aussi rigoureux que ceux d'une langue. L'intransigeance de la dame au col roulé noir redouble, intraitable sur la structuration des vides et des pleins à l'intérieur du panneau, draconienne sur les couleurs, martelant que rien ne sera possible sans la maîtrise de cet alphabet, sans l'apprentissage des noms – vert de Polcevera, mischio de San Siro, albâtre du mont Gazzo. Peindre les marbres, c'est se donner une géographie, déclare-t-elle en substance lors du premier cours, avant d'enjoindre à chacun de compulser une liste d'ouvrages parmi lesquels on trouve un précis de géomorphologie (dit « le Derruau »), un catalogue sommaire des marbres antiques, les mémoires d'un armateur malouin, quelques articles sur les notions de faciès métamorphiques, et franchement Paula patauge.

C'est novembre, il fait froid, elle a la peau rêche et le nez qui coule, les commissures des lèvres fendues de crevasses, une gueule de lit défait. Si fatiguée qu'il lui arrive de plus en plus souvent de s'endormir sans se déshabiller : elle s'assied sur le bord du matelas, ôte ses baskets sans dénouer les lacets, en appuyant du bout d'un pied sur le talon de l'autre, garde son pull mais va chercher dans son dos le fermoir de son soutien-gorge, dégrafe, fait glisser les bretelles élastiques sous les manches, le long des bras, récupère le tout par le ventre et le balance dans un coin de la chambre, alors bascule sur le côté, sous la couette, et s'endort aussitôt, si bien que l'on se demande où est passée la jeune fille qui se douchait chaque soir, se nettoyait la peau avec des argiles japonaises et des mousses vitaminées, la jeune fille primesautière qui n'aurait jamais sacrifié à la fatigue son rituel du coucher, la brosse de buis et le dentifrice à la menthe. Sa chambre prolonge l'atelier de l'école, pareillement exposée au nord et tout aussi mal chauffée : ses draps puent l'essence, son pyjama est taché de peinture, les godets sales envahissent le rebord de la fenêtre et des panneaux ratés de vert de mer jonchent le plancher – elle pensait que ce marbre-là serait facile à peindre, puisque simple, monochrome, la mer la nuit, la mer épaisse, basaltique, un noir émeraude parcouru de filaments d'un vert plus clair (la serpentine) ou blanc (le talc) formant en surface un filet souple, fibreux, semblable à du coton hydrophile que l'on aurait déchiré, mais c'est à l'inverse une variété que seuls les peintres d'expérience se risquent à réaliser, ce qu'elle ignore –, il faut donner de la profondeur à la pierre, et pour cela entrer dedans, descendre à l'intérieur, mais elle n'y parvient pas, elle se noie. Si crevée qu'elle est lente, qu'elle est lourde, qu'elle a mal. Est-ce que tu manges au moins ? lui demande son père un soir où elle appelle à l'heure du dîner. Paula mange, certes, mais peu, persuadée que son corps aminci est plus fort, plus dur, et son regard plus lucide sans sucre dans son sang – ce n'est pas très malin. Ce même soir, elle annonce d'une voix sèche qu'elle abandonne, qu'elle veut se tirer d'ici, l'idéal, en fait, serait qu'on vienne la chercher là, maintenant, demain matin au plus tard, qu'on remballe tout l'attirail de la petite étudiante aussi facilement qu'on l'avait déballé, et hop, *è finita la commedia*. Son père mâche lentement. Paula imagine les regards qu'il lance à sa mère, les sourcils en accents circonflexes et les épaules qui se haussent, la paume de la main qui couvre l'appareil tandis qu'il chuchote qu'est-ce que je lui dis ? Ils se concertent et puis sa mère prend le téléphone, la voix douce et indiscutable prononce les mots « binôme », « colocataire », mais Paula écoute ces paroles sans y croire, les yeux fixés sur le bout de sa chaussure qui frotte une tache de peinture sur le parquet, elle entend que sa mère parle ici pour elle-même, et pour son père, au nom du couple fusionnel qu'ils forment depuis si longtemps, cette cellule mystérieuse en face de quoi il était si difficile de grandir. Par ailleurs, Jonas est l'étoile de l'atelier et s'en tire fort bien seul, c'est ce qu'elle réplique d'un ton dur ; il est aérien, indifférent, farouche, prend ses repas dehors et ne rentre que pour dormir, de sorte que Paula ne le croise guère qu'à l'école où cela fait longtemps que quelqu'un d'aussi doué n'a pas franchi la porte. Facile à vivre donc, jamais là. Paula s'isole, la fatigue se répand dans son corps tel un poison et la retranche du monde extérieur.

Novembre encore, il pleut. Paula marne sur un cerfontaine, un marbre assez technique, sans doute un peu difficile pour elle – deux opérations à l'huile, une troisième pour le glaçage des refends, on se demande ce qui lui est passé par la tête à l'instant de choisir celui-là – et Jonas, justement, entre dans la cuisine. Ça va ? Elle sursaute, se retourne – mine de papier mâché. Je me suis installée ici, ça caille dans ma chambre. Jonas enlève son imper mais garde sa casquette, et contre toute attente le voilà qui s'attarde, saisit un mug dans un placard, se verse du thé. Regarde la peinture de sa colocataire – c'est la première fois. Ses yeux circulent lentement sur la feuille et Paula se fige, pinceau en l'air. La pluie redouble à la fenêtre, une pluie grenue et rapide – un roulement de tambour. C'est quoi comme marbre ? il demande. La jeune fille recule d'un pas devant son panneau, et répond sans détourner les yeux, c'est du cerfontaine.

Le nom est balancé avec assurance. Mais Jonas interroge encore : ah, et c'est quel coin, ça, le cerfontaine ? Paula étonnée pivote vers lui en haussant les épaules : quel coin ? J'en sais rien. De nouveau la voix qui chute, la phrase qui ferme. Le vent projette la pluie contre la fenêtre par rafales, de petites gouttes dures, les carreaux vibrent et grondent, on se croirait sous un abri de tôle. Jonas garde les yeux sur la peinture, puis sort son ordinateur de sa besace, viens, on va regarder ce que c'est, il murmure, très tranquille, tandis que Paula, rétive, tarde à poser son pinceau sur le bord de l'évier, s'assied mais regarde sa montre, songeant que dans une heure il fera nuit, il faudra allumer les lampes pour pouvoir travailler, il y aura des ombres, les couleurs vont virer, tout va se compliquer, je n'aurai jamais le temps de finir pour demain matin. Jonas commence à lire à voix haute : « *Au cours du Dévonien supérieur, il y a 370 millions d'années* – 370 millions d'années, Paula, trois, cent, soixante, dix, il appuie sur chaque chiffre –, *le climat européen était tropical et des récifs de coraux se sont formés le long d'une bande s'étendant de Maubeuge-Trélon à l'ouest jusqu'à Chaudfontaine à l'est, atteignant leur plus fort développement et leur plus forte concentration dans la région de Philippeville* – c'est pas loin d'ici, ça, Philippeville, Paula, on pourrait aller voir si tu veux –, *le calcaire de ces récifs est gris dans sa partie médiane, rouge à sa base et à son sommet.*

*Les calcaires les plus riches en restes fossiles ont une coloration gris-bleu, due aux matières charbonneuses. La coloration rouge est liée à la présence de bactéries fossiles ferro-oxydantes. Ce marbre est dit-on couleur « rose sèche »*, mais également appelée rouge des Flandres, ou fromage de cochon – comme la charcuterie, Paula, tu as déjà mangé du fromage de cochon ? – *Il est d'allure commune et ne témoigne d'aucune richesse.* » Voilà. Jonas se détache de l'écran et Paula rouvre les yeux. Le Dévonien supérieur, les millions d'années, les roches métamorphiques, les récifs coralliens et la jungle en lieu et place des Ardennes belges, les calcaires et les fossiles, les brèches, les fractures et les hautes pressions qui cassent la croûte terrestre, tout ça, elle n'y avait jamais pensé, ignorant les noms et ignorant les images, considérant le sol et tout ce qui le compose comme ce chaos de temps, d'aléas et de forces sur quoi reposent nos existences. Elle est sonnée.

Le grain faiblit, tout freine, tout s'égoutte au-dehors, et le soleil baigne la cuisine d'une lumière pamplemousse, quasi californienne. Jonas lâche trois sucres dans son thé, ploc ploc ploc, tourne la cuiller dans la tasse, et l'on devine qu'il traîne. Paula se relève, reprend sa palette et son pinceau, mais avant de recommencer à peindre elle se tourne vers lui : et toi, tu as choisi quoi comme marbre ? Jonas boit lentement son thé, sa pomme d'Adam coulisse le long de sa gorge. Un skyros. Les deux syllabes crissent dans la pièce, puis il précise : pas franchement fromage de cochon, plutôt temple grec battu par les vents, vieil Anglais distingué dans une île des Sporades, petit âne myope qui grimpe au village, tu vois ? Paula hoche la tête, puis, à voix basse, de nouveau face à son panneau : je vois très bien les escaliers entre les maisons blanches, le panama du vieil homme, les longs cils de l'âne, et la mer tout autour. Jonas l'observe de biais – c'est aussi la première fois, et l'on se demande ce qu'il a foutu pendant ces dernières semaines, et l'on se dit qu'il était temps –, l'entend distinctement quand elle marmonne plus tard, tout en pressant un peu de rouge anglais sur sa palette, moi, fromage de cochon, j'aime bien, et dans le silence qui se reforme, il se lève, rabat le couvercle de l'ordinateur sur le clavier en signe de départ tandis que les pieds de la chaise s'écartent de la table, raclent le sol. Alors Paula lui a lancé par-dessus son épaule un sourire que personne ne lui a encore vu, simple et d'une confiance telle que le garçon s'est immobilisé, surpris – devant lui ce n'est plus la même personne, la fille aux mâchoires de pierre, affolée et tendue, mais une inconnue dont le visage s'agite –, leurs regards ont croisé au-dessus de la table, ont tenu jusqu'à ce que Jonas déclare, appuyé contre le chambranle de la porte : on devrait sortir un peu, Paula, on devrait aller s'aérer. Il a sondé

*imbricata* 77

le ciel crevé derrière la fenêtre – pneu lardé corail – et ils sont sortis. Et plus tard, quand Paula repenserait à ce premier moment avec Jonas, moment où il articula enfin son prénom, moment dit « du fromage de cochon », elle se souviendrait avoir compris que peindre c'était d'abord ne pas peindre, mais sortir dans la rue et aller boire une bière.

Le lendemain la fatigue se retourne, elle devient le portant des jours, Paula monte en puissance. La fin des marbres la redresse, le dos, la tête, les épaules, quelque chose de plus aguerri émane d'elle, qui n'est rien autre qu'une aptitude à l'échec, un consentement à la chute et un désir de relance. Elle relève le nez, desserre les dents, ça va mieux. Impression de prendre enfin un peu de vitesse, impression que l'air du dehors fouette mieux son front et que son corps se muscle, ventre et dos gainés, épaules et bras découplés, mouvements des poignets plus sûrs et plus légers, tout simplement plus beaux. Observer les stigmates du travail sur son corps lui procure un bien-être inexprimable, une volupté.

Désormais, elle pénètre dans l'atelier avec moins d'appréhension, plus d'audace. Certes, elle peine encore à contrôler l'émotion qui la traverse tandis qu'elle slalome dans la salle afin de gagner son coin, se faufile entre les châssis tout en se composant un masque serein qui ne trompe personne – les lobes de ses oreilles sont rouges et brûlants comme deux braises –, mais cette émotion lui signale aussi qu'elle est entrée dans une zone effervescente, zone de murmures et de frottements, et c'est toujours une secousse d'excitation pure, un électrochoc.

Les autres élèves apparaissent dans son champ de vision. Ils commencent à exister pour Paula et elle prend place parmi eux. Ils ne sont pas nombreux, une vingtaine, et eux aussi ont l'œil luisant, l'ongle noir, le poil qui pue le white-spirit, c'est même à cela qu'on les reconnaît dans le quartier une fois leur blouse ôtée ; et eux aussi sont répartis par deux ou trois dans des appartements vastes et mal chauffés à un jet de pierre de l'école, travaillent comme des brutes, et se rassemblent en de rares occasions pour une fête sous alcool qui se traînerait jusqu'à l'aube après avoir atteint vers minuit le ratio tout juste honorable de trente personnes dans une cuisine de dix mètres carrés – densité censée favoriser toute collision charnelle un tant soit peu tonique avec un être qui ne s'accrocherait pas. Paula reste souvent travailler le soir à l'atelier, elle y circule lentement, les bras le long du corps et les cheveux dénoués, s'attarde devant les panneaux des autres, se risque à les regarder peindre, et même ose se faire une idée de leur peinture, et bientôt, ces cris qu'elle poussait à la seconde où elle percevait une présence dans son dos, ces cris stridents, ces cris horribles, ces cris-là disparaissent, son regard se mêle enfin à ceux qui s'entrecroisent ici, cette grande pelote de regards simultanés.

Quand elle passe en revue les élèves de l'Institut, ce qu'elle fait plusieurs fois à cette période, pour ses parents, ou pour quelques autres, peu nombreux, à qui elle raconte Bruxelles, Paula commence toujours par le fond de la salle et procède dans le sens des aiguilles d'une montre – sans doute visualise-t-elle alors un visage qui se retourne, la regarde dans les yeux et la salue d'un hochement de tête, comme l'acteur se plante face caméra dans le générique d'un feuilleton des années quatre-vingt. Ce tour de piste éclaire d'abord Jonas, sur lequel elle ne s'attarde pas, lui réservant en cela un sort spécial, un régime d'exception, Jonas c'est Jonas, voilà ce qu'elle se contente de déclarer, accélérant sa phrase et battant de la main dans le vide, comme s'il suffisait là encore d'ouvrir les yeux pour saisir ce qu'il a de différent – ce mélange de délicatesse et d'égoïsme crasse ? –, puis elle distingue, entre autres, un décorateur de théâtre venu de Boulder, Colorado, troublant sosie de Buster Keaton, mêmement cravaté de noir et vêtu d'une chemise blanche à col cassé ; plus loin, blanche, veineuse, les yeux bleuâtres, une restauratrice de chapelles baroques passée par l'académie des beaux-arts de Florence peint à moitié nue sous une blouse de lin brut, coiffée d'un turban façon Artemisia ; à côté d'elle, tête de lévrier afghan sur un long torse étroit, grosses jambes courtes, c'est un jeune banquier londonien en année sabbatique qui ne quitte pas son tee-shirt des Sex Pistols et mâche du chewing-gum en continu ; après quoi, à la droite de Paula, boule à zéro et corps de lutteur, le seul artiste de l'atelier, un type de Hambourg aux cordes vocales glaireuses, aux mains comme des battoirs – il réalisait là-bas des tableaux en ferraille, en zinc, en tôle ondulée, reliquats oxydés censés figurer l'usure du capitalisme et la mélancolie de la mondialisation, partait glaner ces matériaux sur les docks, sur le fleuve, sautait dans des bateaux de travail pour remonter les bassins, passer les sas, aller toujours plus loin vers l'estuaire, vers le large, et cela tous les jours, qu'il pleuve ou qu'il vente – ; si l'on continue encore, on trouve à la gauche de Paula un jeune Flamand bouclé comme un pâtre grec, fils d'un céréalier des environs de Gand, qui finance ses études en jouant au billard dans les arrière-salles des cafés du quartier Saint-Gilles et fume des Player's ; ensuite les Espagnoles, Alba et Inés, deux cousines dont la parentèle s'étend sur tout le Gotha, entrelace ces familles qui font la couverture de *Point de vue* lors des baptêmes et des mariages, et sans doute qu'elles aussi ont été photographiées enfants, joufflues et gantées de blanc, tenant la traîne en dentelle blonde d'une femme de leur clan – quand vient leur tour, Paula prend son temps, leur présence soulignant le recrutement hétérogène de l'Institut, l'atelier polarisé entre des étudiants sans le sou et ces filles au sang bleu, élevées dans des écoles privées tenues par des bonnes sœurs, ayant décanillé fissa, toujours les deux ensemble, peu d'études mais un bon niveau de langues, entrées à l'Institut de peinture afin de pouvoir repeindre ensuite les châteaux de famille disséminés sur le Vieux Continent, là où les boiseries sont pourries, là où les marbres manquent, là où la corbeille fleurie a pâli dans le fond de l'alcôve, elles ont le même rire rauque quand elles annoncent qu'elles ont un marché captif, racontent avoir fui des mariages arrangés afin de vivre leur célibat de belle manière, et de fait, ce sont des fêtardes, des filles avec des jambes comme des poteaux et des cœurs généreux, un verbe de charretier, des créatrices de cocktails multicolores et des rouleuses de joints sensationnelles ; enfin, à moins d'un mètre des précédentes, peignant des mésanges sur des pétales de rose en écoutant du rock métal, les écouteurs bien enfoncés dans les oreilles, se dresse Kate Malone – le beau morceau, forte tête et caractère de chien, toujours à cran.

Ces êtres qui peignent ensemble quarante-quatre heures par semaine et que leurs proches décriraient sans doute comme des sujets égocentriques, dédaignant toute forme de pratique communautaire, cumulant narcissisme et mégalomanie en proportions intéressantes et ne consentant à l'humilité de l'artisanat que pour mieux se prévaloir de peindre en artiste, ces êtres, étrangement, finissent toujours par former un collectif aux alentours de Noël. Des embryons d'organisation apparus au mois d'octobre deviennent des règles, instaurent des usages, sédimentent un droit coutumier couvrant par exemple le nettoyage et le renouvellement du matériel commun (commande, réception, distribution), l'ouverture d'une cagnotte pour les pots d'atelier, et l'obligation d'entraide – on se met à plusieurs pour finir le panneau de celui qui s'est enlisé. Les élèves de la rue du Métal constituent dès lors une petite société à eux seuls, connectée à la matière du monde mais repliée dans quelques rues de la ville et astreinte au vase clos, le travail laissant peu de loisir pour nouer des relations hors des murs de l'école et chacun ayant compris l'avantage qu'il y a à chercher des ressources sur place plutôt que perdre du temps à battre la campagne. Des liens souterrains se tissent ainsi dans l'école, des liens amoureux, amicaux, sexuels, des inimitiés aussi, des liens de plus en plus serrés à mesure que passent les semaines, formant un réseau de plus en plus dense, de plus en plus actif, si bien que l'école trouve sa forme organique et fonctionne désormais comme un écosystème – c'est un moment que la dame au col roulé noir attend toujours avec une certaine impatience, elle se trouve alors face à une force, et elle aime ça.

Mais très vite, dans un mouvement de balancier qu'elle anticipe avec malice, ces mêmes élèves commencent à s'inquiéter de leur singularité, ils se tortillent, ils se dressent sur la pointe des pieds pour sortir leur tête hors du peloton, et revendiquent leur manière de faire, leur trait propre. Cette soif de distinction qui les tourmente refait surface après le traitement de choc que constitue l'apprentissage des bois et des marbres, elle réapparaît comme le grumeau dans la pâte et bientôt chaque élève signale de plus en plus ouvertement qu'il envisage les travaux imposés et les exercices comme des carcans étroits, rigides, qui brident son geste, étouffent sa personnalité, assèchent son désir – c'est ainsi qu'ils s'expriment, outrés. La dame au col roulé noir feint de ne rien entendre, elle continue de prodiguer à la ronde son sourire impénétrable et se frotte les mains – elle connaît bien les élèves, chaque année les mêmes, oui, elle les connaît par cœur. Elle sait que la référence à l'atelier de la Renaissance, cette image de fluidité créatrice et de fermentation collective dans laquelle ils aiment se voir reflétés, commence toujours par flatter leur ego – partage des lieux et des techniques, circulation des influences et des savoirs, sens du service et de la commande, valeurs de l'artisanat, respect de la hiérarchie issue de l'expérience, abdication de soi au profit du groupe, continuité de la vie et du travail –, avant de désigner ce bouillon dont il leur faut s'arracher pour exister en leur nom. Bingo ! C'est alors qu'elle les contre, les prend à rebrousse-poil. Leur récite les règles d'une voix si calme qu'elle en est vaguement provocatrice, exigeant par exemple que soient respectées au millilitre près les proportions des couleurs sur les palettes, dans les godets, ressassant la méthode, c'est comme cela que ça se fait, comme ça et pas autrement, autocaricaturée en suppôt d'un académisme borné, en garde-chiourme de la recette. Au moindre désir d'interprétation visible sur un panneau, elle rabat l'élève sur le canon, sur le modèle, le retient du côté du trompe-l'œil, du côté de l'illusion absolue, traque les coups de pinceau sur la toile, l'émotion dans les hachures de la brosse, l'humeur trop sombre d'un dégradé ou la brillance trop euphorique d'un glacis, elle œuvre à l'effacement du jeune peintre, à l'effacement de la peinture devant l'image. Certes, elle justifie ce harcèlement en plaidant pour la technique, pour la beauté de la technique, mais il n'est pas exclu qu'elle soit aussi un peu sadique.

Pourtant le samedi matin, une fois les panneaux exposés côte à côte sur le mur de l'atelier, une vingtaine d'images de même format débitant le même éclat de bois, la même plaque de marbre, une vingtaine de trompe-l'œil réalisés suivant le même processus, elle vient se placer devant le mur en silence – on sent qu'elle prend son temps, travaille l'attention de son auditoire comme le magicien installe l'attente, ménage un suspens – puis lentement, sans commettre une seule erreur, elle attribue à chacun des élèves son travail, lequel est ensuite soulevé, de manière à ce que l'on puisse lire le prénom du faussaire au verso – se distinguent ainsi l'excès d'eau sur le travail de Buster Keaton, la lourdeur d'Artemisia, l'usage abusif du blanc de Chine dans les rendus du pâtre grec, ou encore le décentrement du motif sur la feuille, typique chez Paula. Quand certains auraient confondu le travail de l'un avec celui d'un autre, elle restitue à chacun sa singularité.

Paula relevant la tête après l'épisode du cerfontaine réalise donc que les blouses tachées de peinture qui travaillent autour d'elle contiennent des gens, que les pinceaux sont tenus par des mains, liées à des corps, à des visages, à des tempéraments, à des histoires. Et finalement, elle qui prétendait début décembre avoir fait une croix sur toute relation et le choix de la chasteté – pas

*imbricata* 87

le temps pour ça, clamait-elle sur internet, grotesque, cow-girl solitaire plissant les yeux sur la prairie et craquant une allumette sous la semelle de sa botte – laisse tomber la seconde résolution comme on fait glisser un châle de ses épaules par une nuit d'été.

Elle se rapproche de Kate qui un jour a foncé sur elle à la sortie d'un cours et lui a demandé de but en blanc : c'est toi qui vis avec Jonas Roetjens ? Kate fait partie de ces filles qui agrandissent l'espace qu'elles traversent, sourient peu mais rigolent fort, font sans arrêt du mauvais esprit, pestent à voix haute quand vient leur tour de réceptionner les palettes de papier pour l'atelier, s'attablent chaque jour seules au bistrot pour un vrai déjeuner carné, et se montrent si soucieuses de se démarquer des filles à papa de l'Institut qu'elles ne manquent jamais l'occasion de faire savoir qu'elles ont payé les cours elles-mêmes – Kate, en travaillant comme physio dans une boîte de Glasgow, le Nautilus, elle a d'ailleurs des poissons tatoués sur les bras, des poissons qu'elle montre à Paula en retroussant ses manches au beau milieu de la rue, et dont les nageoires remuent quand elle bande ses muscles.

Une fête a lieu la veille des vacances de Noël chez Buster Keaton, et dans l'euphorie générale Paula se retrouve à rouler des pelles à un énième cousin des Espagnoles au fond de la chambre convertie en vestiaire, puis nue avec lui une heure plus tard dans une autre chambre située à cent mètres de la première et ressemblant comme deux gouttes d'eau à la sienne. Le type est de passage à Bruxelles pour un tournoi de tennis, il a des jambes longilignes et le sens du timing, la peau du dos couverte de grains de beauté – on profiterait bien de son sommeil pour s'en approcher muni d'un stylo et d'une équerre afin d'y tracer les constellations visibles dans la Voie lactée. Ils cabanent l'un sur l'autre puis s'enchevêtrent jusqu'au matin. Plus tard, il s'endort sur le ventre, profil écrasé contre le matelas, et quand Paula rhabillée vient se pencher sur lui, effleurant son visage de ses cheveux en bataille, il ouvre un œil, sourit, puis se tourne sur le flanc – et plus tard, elle s'étonnerait de la facilité avec laquelle elle s'était coulée dans cette nuit, elle que le sexe impressionnait tant.

Ciel blanc de neige, il est presque midi. Paula entre dans l'immeuble de la rue de Parme, vêtue d'un grand manteau en peau lainée et chaussée de Doc Martens à lacets bleu nuit, elle a posé un fard gris tourterelle sur ses paupières, du rouge Revolution sur ses lèvres, et gravit l'escalier le cœur en rush – si jolie en ce jour qu'elle aurait blessé l'œil de Jean Valjean. Durant les vacances à Paris, le souvenir des scènes de la vie de Bruxelles s'est décoloré, mais à peine s'est-elle frayé un passage dans la foule compacte qui s'ébranle gare du Nord que ces visions sont revenues en force, et avec elles l'impatience de la cuisine tiède et des odeurs de peinture, l'impatience du feuilletage acoustique qui superpose par pistes le grondement de la bouilloire, la vibration du frigo, le frottement des pinceaux, des toiles, des chiffons, le vent qui s'engouffre aux jointures des fenêtres, la chasse d'eau qui fuit, le plancher qui craque, et les voix, les pas, les souffles ; l'impatience de Jonas, aussi.

L'appartement est sale, le sol de la cuisine constellé de miettes qui crissent sous la semelle, la table grasse, la vaisselle dans l'évier, les spaghettis collés au fond de la casserole, des peintures sèchent dans la salle de bains, un ballot de linge sale attend au milieu du couloir, les mégots trempent dans des tasses de café froid, les poubelles sont pleines. Mais quand Jonas sort de sa chambre clope au bec, en casquette et peignoir douteux, elle tourne vers lui un visage rayonnant. Il attrape une mandarine dans une poche de plastique suspendue à une chaise, s'appuie de l'épaule contre le chambranle de la porte, hoche la tête, content de te revoir, Paulette. Hello, Jonas. Elle se dirige vers sa chambre, reste un moment sur le seuil, et ouvre d'un coup – je suis de retour, je suis rentrée. Un rouleau de papier est déposé sur son lit avec, glissé sous l'élastique, un cracker emballé dans un papier miroir, de ceux que l'on apporte avec l'addition dans les restaurants chinois et qui recèlent un vœu, une prédiction, une devinette. Paula ouvre le rouleau. C'est elle, c'est son portrait peint par Jonas, ses yeux vairons et son strabisme. Elle s'assied au bord du lit sans enlever son manteau, sidérée de tenir entre ses doigts l'image qu'il se fait d'elle. Il a tracé au crayon à papier une ligne médiane en travers de l'ovale du visage, un axe qui scinde sa face en deux profils distincts, tous deux légendés d'une flèche – à droite : œil noir, obsidienne, c'est ton profil qui sonde ; à gauche : œil vert, tête de brocoli, c'est ton profil qui dérive. Au bas de la feuille, il a résumé : les deux Paula. Sinon les lèvres minces, le nez busqué, les sourcils en arceaux sous la frange brune, les yeux fendus des filles de Sienne, le modelé du visage qui bosselle des pommettes hautes, un menton à fossette. Elle ôte ses gants, la feuille vibre entre ses doigts. Quand elle revient à la cuisine, Jonas lui tourne le dos et passe l'éponge sur la table avec une application excessive. Elle commence à y déballer le reliquat des bombances de Noël tout en énumérant le contenu des paquets : chocolats, fruits secs, jambon au torchon, poutargue, pain d'épice, et ainsi de suite jusqu'à ce qu'elle finisse par articuler dans un souffle : merci, Jonas. Ils se regardent, puis Jonas écrase sa clope dans un pot de yaourt vide : j'aime beaucoup ta tête, Paulette.

Ils sont proches à présent, n'ont cessé de se rapprocher depuis le dimanche du « fromage de cochon » et partagent désormais bien autre chose qu'un appartement où les fenêtres sont calfeutrées au Rubson, où les serviettes de bain empestent le linge mal séché, où des traînées de peinture diluée s'enroulent autour des siphons dans les lavabos. Ils ont appris à glacer, à chiqueter, à blaireauter, à pocher, à éclaircir, à créer un petit moiré au putois ou un œillet sur glacis avec le manche du pinceau, à dessiner des veines courtes, à moucheter, à manier le couteau à palette, le deux-mèches à marbrer et le pinceau à pitchpin, le grand et le petit spalter, le trémard, la queue de morue, le drap de billard et la toile à chiffonner ; ils ont appris à reconnaître la terre de Cassel et la craie Conté noire, le brun Van Dyck, les jaunes de cadmium clair ou orange ; ils ont peint ces mêmes angles de plafond Renaissance avec putti potelés, ces mêmes drapés de soie framboise écrasée plongeant depuis les corniches de baldaquins Régence, ces mêmes colonnes de Carrare, ces mêmes frises de mosaïque romaine, ces mêmes Néfertiti de granit, et cet apprentissage les a modifiés ensemble, a bougé leur langage, marqué leur corps, nourri leur imaginaire, remué leur mémoire. Aussi, ils se sont prêté des pulls, se sont savonnés du même savon, ont tapé dans les mêmes paquets de cigarettes, les mêmes barquettes de frites, ont croqué dans les mêmes macdos remontés tard dans la nuit, dans les mêmes kebabs, ont partagé le même dentifrice, et ce soir de janvier où Kate est venue chez eux chercher de l'aide pour finir un décor japonisant – ombrelle plissée, lanterne suspendue, petit macaque sur la branche d'un pommier en fleur –, puis s'est écroulée vers trois heures du matin en travers du lit de Paula, ils ont dormi ensemble. Ils se sont vus abrutis de fatigue, vachards, égoïstes, tendus, mais aussi exaltés, rigolards, glorieux de leur peinture, ils se sont vus ivres, malades, l'haleine chargée et le cheveu gras, ils se sont montré ce que l'on cache – j'ai un truc derrière l'oreille, tu veux bien regarder ? –, se sont vus en pyjama, en culotte et soutien-gorge, en caleçon, et ils se sont vus nus – c'est une porte qui s'entrouvre sur une chambre à coucher, une irruption dans une salle de bains, un couloir où fuit une paire de fesses. Chacun se demandait ce qu'il en était vraiment de leur relation, s'ils couchaient ensemble ou non, ou quelquefois seulement, s'ils étaient amoureux, eux-mêmes n'auraient su répondre, préféraient botter en touche plutôt que de formuler une phrase hésitante, embrouillée, minée de paradoxes, mais une chose est sûre, ils n'aiment pas que d'autres se glissent entre eux, Jonas déclarant sèchement à Paula au matin de sa nuit avec le tennisman : si tu voyais la tête que t'as, puis continuant de la harceler sur son dernier panneau qui était mou, sur les connards qui jouent au tennis, sur ce pinceau qu'il lui avait prêté et dont il avait subitement un besoin urgent, tout cela tandis qu'elle se lavait les dents avec ostentation, ouvrait les robinets, Jonas, avait-elle fini par lui dire d'une voix chantante après s'être essuyé la bouche du revers de la main, Jonas, avait-elle répété, changeant de tee-shirt, réapparue fraîche et rieuse, Jonas, regarde-moi, mais le garçon venait de claquer la porte. Et Paula, inquiète les nuits où il disparaissait, veillant pour l'attendre, bientôt endormie sur la table de la cuisine, la tête sur ses bras repliés, à la manière des enfants qui font la sieste après la cantine, dans les écoles maternelles.

Pour autant, ils ne se sont guère livrés l'un à l'autre – origine sociale, passé, famille. Comme s'ils avaient enjambé l'étape obligée du récit de soi ou de la confidence pour passer directement à la phase suivante, celle où l'on entre d'emblée au cœur d'une relation, dans son mouvement et de plain-pied, celle où l'autre se fait connaître parce qu'il est gaucher, sait réparer une moto, sucre son café, nage en eau froide, déteste le parfum, aime les westerns ou écoute du rap blanc, où l'autre se montre parce qu'il sait coudre un vêtement, se lave les mains vingt fois par jour, dort la fenêtre ouverte, consomme sur internet, n'a pas son permis de conduire, est allergique aux œufs, radin, se lève en bout de table pour réciter *La mort du loup* à la fin d'un banquet de mariage, pleure au cinéma, a la phobie des seins en forme de poire et se teint les cheveux. On suppose qu'ils ont opté pour l'ellipse autobiographique comme on applique une règle de bienséance, par dégoût de la banalité, par orgueil, parce qu'ils ont trouvé dans cette posture une manière de déjouer les déterminismes, de les réduire au silence, d'être issus de nulle part, délestés, désencombrés, seuls maîtres à bord pour inventer leur vie : ni père ni mère et hop ! On raille cette illusion – ni père ni mère, tu parles ! Leur vie commune incorpore les silences, les absences, les esquives, n'exige pas de tout voir, de tout savoir de l'autre, de tout gratter, de tout racler, n'exige pas tout, mais compose avec ce qui résiste en dedans et se tient retenu, impartageable. Certains iront jusqu'à dire qu'ils ne se parlent pas, mésestimant la densité de leur pudeur, l'intimité qui fraye sous le langage, l'intelligence infraverbale qui circule entre ceux qui agissent côte à côte, ce que Paula et Jonas font chaque soir au retour de l'atelier, installés dans leur couloir, bricolant un éclairage pour y voir clair, étalant des journaux sur le sol, cherchant une bonne fréquence sur le poste, une musique qu'ils approuveraient ensemble, ou réchauffant du café à la casserole avant d'entrer dans la nuit un pinceau à la main, sans échanger autre chose que des marmonnements, des borborygmes, des ça va ? qui n'appellent pas de réponse mais un hochement de tête, parfois un regard, Jonas déclarant songeur, je me demande bien comment on voit le monde quand on a les yeux qui ne regardent pas dans la même direction, et Paula, amusée, répliquant, la baguette du chignon entre les dents et les mains levées derrière la tête pour le renouer serré, tu te demandes dans quel œil tu dois me regarder ? Jonas allumant une clope que Paula fumerait aussi, pinçant le filtre du pouce et de l'index à même les lèvres du garçon pour le porter aux siennes, comme si le contenu de toute conversation était devenu accessoire et qu'il s'agissait seulement d'habiter ensemble au même endroit du monde.

La nuit où ils ont dormi tous les deux, Paula s'est placée derrière Jonas, étonnée de le voir sans casquette, a plongé son visage dans ses cheveux fins, mousseux, qui s'appauvrissaient sûrement à force d'être continuellement rabattus sous la casquette, elle a emboîté ses genoux dans les siens et passé une main par-dessus sa hanche, et lui, tout en s'ajustant à elle, a saisi cette main et l'a ramenée contre son sternum comme s'il voulait sentir son corps encore plus près du sien. Leurs peaux étaient douces, elles avaient une odeur de terre et d'eau. Plus tard, Paula s'est dégagée, s'est tournée sur l'autre flanc et alors c'est lui qui est venu derrière elle, les lèvres à hauteur de sa nuque, et elle qui a pris sa main, l'a passée par-dessus son épaule pour l'enrouler sur elle, s'envelopper de lui. Ils sont restés collés ainsi le reste de la nuit, elle sentait le souffle régulier de sa respiration dans son cou l'air froid quand il inspirait, chaud quand il expirait, et au matin, dans le lit vide, troublée, Paula a écouté les voix dans la cuisine, Kate et Jonas, le grésillement des œufs dans la poêle et celui des speakers de la BBC à la radio.

Ils sont même allés ensemble à Senzeilles, voir la carrière de Beauchâteau et retrouver le cerfontaine. Se sont levés tôt ce matin-là, un dimanche, encore un, ont mis des vêtements chauds – Jonas, une canadienne de l'armée, achetée dans un surplus à Schaerbeek, Paula, le manteau de peau lainée –, puis ont pris le premier train pour Philippeville, assis face à face sur des banquettes de moleskine chocolat que l'usure avait fini par fendre, un gobelet de café brûlant tenu entre les cuisses. La voiture est déserte hormis un trio de filles parties passer la nuit en boîte à Bruxelles et qui s'en retournent chez elles, pépettes en minijupe et blouson de cuir, parlant fort sur les premiers kilomètres, excitées encore, puis s'effondrant brutalement les unes contre les autres, traits affaissés, paupières baissées, escarpins à la main, mélange de collants filés et de décolletés vagues, quand, sur leur peau parsemée des paillettes de la fête, le

*imbricata*

fard forme des grumeaux. Jonas somnole, visière de casquette en store sur le visage, mais Paula est bien trop agitée pour dormir. À Philippeville, la gare est vide. Ils traversent le hall et vont toquer à la vitre de l'unique taxi en station – un taxi qui semble leur être destiné, qui semble les attendre. Le chauffeur remue à l'intérieur, il dormait, puis les regarde, interloqué. Il a une tache de vin autour de l'œil gauche, un peu comme si on avait écrasé là une tulipe noire, porte des bacchantes ostentatoires, un col roulé synthétique couleur moutarde et une veste en mouton retourné. Il accepte la course après avoir tapoté son volant, ok montez, mais prévient qu'ils devront revenir à la gare en stop, que lui ne les attendra pas sur place, que c'est dimanche, et à midi, fini le boulot, il rentrera grailler chez lui. La voiture taille ensuite la campagne d'hiver, les bourgs inertes, les champs nus, croise des cyclistes et des chasseurs. Le chauffeur connaît bien la carrière, c'est un haut lieu de sortie scolaire « à cause des fossiles », précise-t-il, solennel, et que deux jeunes étudiants aient fait le chemin depuis Bruxelles rien que pour la voir lui procure un sentiment de fierté comme s'il s'agissait de l'une de ses possessions. À deux kilomètres au sud du village, il se gare sur le bas-côté, Paula et Jonas descendent, les portières claquent comme des coups de fusil, il est environ onze heures, le ciel est lourd, gris, gorgé d'eau. Une pancarte indique un chemin où Paula et Jonas s'engagent l'un derrière l'autre à travers un sous-bois jusqu'à ce que l'espace s'ouvre devant eux et qu'ils débouchent sur un terre-plein, face à une falaise parfaitement lisse au-dessus d'un plan d'eau. Le front de taille de la carrière. Un mur si disproportionné dans le paysage, si incongru, qu'il semble issu d'un autre monde. Des bosquets de fougères, des taillis forment un écrin autour de la paroi verticale, nue, d'un rouge violacé semblable à une peau humaine que l'on aurait battue, ou à une plaie très ancienne que le temps aurait cautérisée, séchée, ternie. Voici le cerfontaine ! Les mots de Jonas résonnent tandis qu'il s'avance vers la paroi, et cet éclat de voix, ce mouvement soulignent en retour le silence et l'immobilité qui figent le site, sa nature à la fois monumentale et désaffectée. Ils s'approchent au bord de l'eau stagnante, côte à côte, face à la falaise, et lèvent la tête. Viens voir.

Ce qui se dresse devant eux est une muraille impressionnante, trente mètres au jugé, aussi inattendue que l'enceinte d'une cité précolombienne entrevue dans le feuillage au terme d'une expédition dans la jungle – hommes en file indienne, pieds en charpie et peau couverte de pustules, chevaux à œillères convoyant lentement des caisses de bois à la fois trop lourdes et trop rigides. Un mur strié de lignes, d'entailles, de marques. Les plus visibles témoignent de la carrière, signalent les anciens plans de coupe de l'exploitation de la roche, quand d'autres, au-dessous, plus difficiles à déchiffrer, livrent l'histoire de la formation d'un sol. La belle tranche de fromage de cochon ! Jonas relève de l'index la visière de sa casquette et pose les mains sur les hanches en outrant la stupéfaction.

Une tranche de temps. Le mur avait l'aspect d'une coupe frontale et révélait, étrangère à la géologie avoisinante, un modèle de récif corallien en dôme, une structure de toute beauté créée par des colonies de coraux qui avaient fini par se souder là ensemble, s'étreindre et convulser pour faire massif, pour faire socle, tout cela ayant eu lieu sous un climat tropical, dans des eaux chaudes, claires et peu profondes, il y avait des millions d'années. Trois cent soixante-dix millions, Paula, tu te souviens ? Il ne la regarde pas mais ouvre les bras comme s'il allait contenir tout le site, et déclare que ce type de structures, des biohermes, nombreux dans les parages, peut atteindre deux cents mètres de diamètre et quatre-vingt-dix mètres d'épaisseur, et si tu regardes bien, chaque moment de la formation du récif, visible sur la paroi, permet de connaître la force des eaux qui ont successivement baigné la zone : eaux calmes à la base du bioherme, puis de plus en plus turbulentes, jusqu'à être carrément agitées au cœur de la masse récifale, et pures, oxygénées, tournoyantes, brassant alors des milliards de coquilles, de brachiopodes, de stromatopores, des milliards de petits organismes vivants.

Paula qui découvrant l'endroit avait été déçue – qu'est-ce qu'on fout là ? – suit le regard de son ami et pose le sien exactement comme si elle marchait dans sa trace, dans le sable ou la neige, repère la belle forme en coupole, les étagements, les différentes colorations de la roche, et maintenant le mur remue, il s'ébroue comme un vieux corps, ce n'est plus un vestige inerte signalé dans un circuit aménagé pour géologues et amateurs de sciences de la Terre, ni une falaise que l'industrie humaine a usée au rabot pour en exploiter la substance minérale, mais une histoire. Jonas parle, les stries sur la paroi sont des lignes qui deviennent des phrases, formant peu à peu ce récit lointain que la jeune fille fait revenir dans ses oreilles, tandis qu'à présent elle s'active sur le site, longe la paroi, escalade les schistes, ramasse les cailloux.

C'est le récit de la jungle d'avant, celui de la mangrove primitive, des barrières de corail et des lagons transparents qui imbibaient la zone au temps du Dévonien, celui de la lagune qui s'étendait ici avant le grand bouleversement qui avait ravagé la Terre au cours de l'ère primaire, avant ces phénomènes d'une violence inouïe qui avaient provoqué la catastrophe : oscillations brutales du climat, baisse du niveau des eaux, sols qui s'épaississent, arbres et plantes qui apparaissent et s'enracinent, anoxie des océans, astéroïdes qui frappent, glaciations ! Jonas scande les phénomènes et soudain ils jaillissent de la roche, comme le mage ferait sortir les diamants de la bouche du crapaud. De hautes pressions, Paula, de très hautes pressions ! Il conclut par une grimace : la fin du Dévonien, ce fut l'apocalypse ! Elle le regarde, se demande s'il ne dit pas n'importe quoi pour faire son malin, ramasse un caillou, l'examine, puis fait un ricochet sur l'eau plate et Jonas lui aussi rebondit : après tout cela, longtemps après – sa voix est plus lente, il raconte, jamais il n'a autant parlé et Paula sait qu'il se passe un truc, que quelque chose s'ouvre, s'élargit –, une fois que la zone fut asséchée, les coraux fossilisés, et que des hommes eurent établi des campements dans les parages, une fois qu'ils eurent semé des graines, créé des villages, engendré des enfants qu'il fallait nourrir, une fois qu'ils eurent inventé les dieux, les prêtres et les seigneurs et qu'il fallut construire pour eux des temples, des églises et des châteaux avec des sols sonores où se faire annoncer, des escaliers où faire voler sa cape et des cheminées où brûler les pactes secrets et les lettres d'amour compromettantes, après tout ce temps, qui ne fut qu'un battement de paupières au regard de l'âge de la falaise, ce fut l'avènement de la carrière, l'exploitation du marbre et l'exploitation des hommes embauchés pour l'extraire et le remettre entre les mains de celui qui s'était déclaré propriétaire des lieux – et comment celui-là parvint à faire gober aux autres qu'il possédait la roche, cette roche produite par l'action du temps, au point de les faire grimper sur de minces échelles et frapper la falaise avec des bâtons, je me le demande encore. L'exploitation en continu de la falaise durant un siècle et demi a effacé les anciennes traces d'extraction mais on suppose que des centaines de types à moustaches ont gravi ces échelles, ces barreaux de bois, que certains ont eu le vertige et s'y sont cramponnés, que d'autres ont craint de basculer en arrière et de se fracasser le crâne sept ou huit mètres plus bas, que tous criaient de frayeur, le mur répercutant leur voix comme entre les parois d'un canyon. Le premier coup donné contre la roche à la fin du dix-huitième siècle dut retentir tel un signal d'alerte, l'amorce d'une révolution, mais à l'époque personne ne le saisit comme tel : on perfore le marbre avec des coins de fer, on le perce à la broche – des traces punctiformes le laissent penser –, puis on bourre les trous de poudre noire, l'explosif injectant dans la roche juste assez d'énergie pour détacher les blocs. Les ouvriers sont nombreux, ils manient le métal et la poudre, mais étrangement travaillent sans

*imbricata*

broncher, y compris quand le givre brûle, quand le soleil tape, quand la pluie ruisselle. Le propriétaire de la carrière vient rarement, et toujours sans se faire annoncer, les haies frémissent sur le petit chemin et soudain il apparaît, surgi à cheval devant le front de taille, les ouvriers se retournent sans ôter leur calot, gardent les lèvres serrées, le contremaître accourt ventre à terre, le propriétaire formule une question ou deux sur le rendement de la falaise sans lui jeter un regard, puis d'un coup de talon aux flancs de sa monture fait demi-tour dans un nuage de poussière et repart galoper tête nue dans la campagne – ce qu'il aime le plus au monde –, et ceux qui restent perchés sur les échelles, les mains sales et les yeux fixes, ne sont plus si sûrs de trouver tout cela très normal. Le travail des marbriers change en 1874 quand on introduit sur la carrière la scie hélicoïdale – trois câbles d'acier filés en hélice qui découpent la pierre par frottement continuel. La falaise devient régulière, adoucie, lustrée comme de la nacre au soleil, elle prend alors sa physionomie actuelle, son profil singulier. Une fois extrait, le marbre est désormais acheminé vers des ateliers où il est taillé, poli, puis voituré vers des immeubles parisiens, vers des maisons bourgeoises de province, et vers certaines salles du château de Versailles où il rejoint d'autres marbres, ceux de Flandres et du Hainaut, prisés en ce palais depuis sa construction.

Bientôt les ouvriers de la carrière obtiennent le droit de fumer à la pause, de former un syndicat, de chômer un jour par semaine puis un mois par an, les propriétaires ne sont plus tellement des fils de famille, mais des sociétés capitalistes détenues par des actionnaires qui filent de mai à octobre sur la Côte d'Azur où ils aiment se promener pieds nus dans des mocassins en cuir tressé, vêtus de pantalons de lin blanc, coiffés de canotiers. Le front de taille recule, progressivement scié, chaque nouvelle coupe livrant d'autres formes fossiles dans la pierre, d'autres traces de vie saisies dans la roche. Après la Première Guerre, l'activité décline : les poêles de fonte et les radiateurs remplacent les cheminées, les décorateurs recommandent le bois, le verre, le polymérisé, tout ce qui peut être déplacé par une main d'enfant, et le marbre, connotant le conservatisme et la pesanteur d'un faste sans imagination, cesse peu à peu d'être exploité. La Seconde Guerre passe sur la carrière, sans modifier la tendance – peut-être que l'endroit sert de cache aux hommes, aux armes et aux parachutes roulés en boule que des avions alliés balancent dans la nuit sur la plaine. Quelques années encore et en 1950 le front de taille de Beauchâteau finit par retourner au silence. La carrière abandonnée devient alors le royaume des instituteurs épris de leçons de choses, des collectionneurs de fossiles, l'une de ces alcôves naturelles dont les paysages les plus attentionnés pourvoient les amoureux, un lieu de pèlerinage païen pour qui cherche à guérir d'un eczéma invasif, d'une pelade ou d'un psoriasis versicolore, et bientôt c'est le repaire de la jeunesse du canton, un de ces endroits mal famés où l'on fait des feux, où la drogue circule, où l'on ramasse dans les taillis des préservatifs usagés, des pages de magazines pornos, et dont aucune fille ne ressort vierge – à l'époque, dire d'une fille qu'elle « va à la carrière » signifie qu'elle est chaude et couche facilement. Quand tombe la nuit, la falaise, posée telle une gigantesque enceinte derrière le sous-bois, répercute les basses d'une musique satanique, des aboiements sauvages, des cris aigus, affolant ceux qui les entendent depuis la route, « il y a du monde à la carrière », pensent-ils, donnant un bon coup de pédale sur leur bécane, pressant le pas. Aujourd'hui, c'est encore autre chose – Jonas se prépare à conclure, Paula retient son souffle –, des scientifiques viennent faire des prélèvements, prendre des mesures, sonder la roche. La paroi est regardée comme une plaque photographique, un buvard où les graffitis sont devenus épigraphie, où tout ce qui s'est produit depuis le commencement fait empreinte, un palimpseste.

À présent, Jonas se tait. Il a épuisé sa parole et ses traits s'affaissent. La carrière est de nouveau figée, semblable à un décor de théâtre après la représentation, une fois que l'histoire a eu lieu, une fois que les choses ont été dites, vécues, et que le verbe s'est fait la malle. Paula marche vers le plan d'eau avec le sentiment de traverser une dernière fois le plateau, se penche, observe l'ombre de sa silhouette qui flotte à la surface glauque, plissée, se demande si un placoderme du Dévonien pourrait soudain briser les eaux avec fracas et jaillir à la verticale, la mâchoire ouverte, la cuirasse éclaboussée, et dans la foulée se souvient des carpes centenaires qui sommeillent dans les bassins de Versailles et des boulettes de mie de pain qu'elle leur jetait enfant, afin de les attirer, afin de les faire apparaître, tandis que ses parents à côté d'elle scrutaient également l'eau trouble et lui chuchotaient tout ce qu'elles avaient dû voir, ces carpes, et certaines avaient peut-être même salué Louis XIV, ses bijoux coruscants, ses falbalas, sa perruque, ses bottines blanches à talons rouges, elles avaient dû assister sans plus pouvoir dormir aux jeux fastueux qui amenaient le feu sur l'eau pour le plaisir de ce roi à qui chacun voulait plaire, et sans doute qu'elles se tenaient depuis tout ce temps tapies dans le fond du bassin, apeurées ou sournoises, dissimulées dans les algues, indistinctes des mousses, et Paula inclinée au-dessus de l'eau imagine maintenant des poissons bien plus anciens qu'elle-même, des mammifères énormes et silencieux, ceux qui

*imbricata*

surgissent au-devant de la barque primitive et font ruisseler l'eau sur leurs flancs, ceux qui font voir leur ventre blanc dans une gerbe d'écume et que l'on chasse sur l'océan jusqu'à devenir fou, ceux qui nagent dans la nuit sur les bras tatoués de Kate tandis qu'elle garde la porte du Nautilus dans une rue de Glasgow, elle tend la main vers cette nageoire qui dépasse là, sous la manche du blouson de cuir, à la surface de l'eau, voile noir, vacillement, et c'est la main de Jonas qui la retient par l'épaule alors qu'elle est sur le point de basculer dans l'eau.

Un jour de février, Kate retrouve Paula sous une pluie de cinéma, devant le distributeur de cigarettes à l'angle de la place. Un paquet dégringole, Paula le récupère puis se décale sur le côté tandis que Kate recommence l'opération pour des Pueblo fortes. On va se sécher au café ? Kate la regarde, cheveux dégoulinants, indifférente à la pluie – l'Écosse –, moulée dans un survêtement mauve qui ne lui fait pas de cadeau.

C'est un jour de semaine, le travail attend, massif, pourtant cinq minutes plus tard elles sont assises face à face devant une bière, dans l'un des cafés de la place, et le buste de Kate prend entre elles deux une part disproportionnée. Je me barre, j'arrête, je rentre. Paula ne bronche pas mais scrute le visage de celle que l'on appelle aussi « big Kate » : la chevelure *strawberry blond* – un blond vénitien aux reflets roses –, le trait d'eye-liner au ras des cils, épais, la chair laiteuse, une vague ressemblance avec

Anita Ekberg quand elle met ses mains à la taille, et rejette les épaules en arrière, martèle : les bois, les arbres, les moulures, les drapés, rien à foutre, *game over*! Elle frappe ses mains l'une contre l'autre, puis ajoute un ton plus haut : je suis une artiste. Le type derrière le bar jette un œil dans sa direction, intrigué, d'autant que Kate compense d'un éclat de rire l'outrance d'une telle déclaration. On imagine qu'elle ira au bout de son mouvement, qu'elle se lèvera, sortira de sa poche de la petite monnaie moite, rabattra sa capuche, et se tirera dans la nuit, mais non, elle reste assise, se tait. Paula attend. Ses yeux fendus jettent un éclat grave : on apprend ici à peindre la maille d'un noyer de dix ans et celle d'un noyer de cent ans, rien de plus, c'est le deal. Kate grince : super ! Super peut-être pas, Paula poursuit, cabrée soudain, mais le truc c'est que les copier implique tout de même de s'en faire une idée, de vouloir les connaître, ce n'est pas si médiocre. Elle passe une main derrière sa nuque, ramène sa chevelure sur le côté d'un geste machinal, et commence à la tordre, pressant l'extrémité sur la table, tel un pinceau japonais que l'on dégorge. Puis déclare doucement : faire la sieste sous un noyer rend fou, ils sont fragiles et ont une ombre froide, tu savais ça ? Kate hausse les épaules. Le café est désert, la nuit tombe, filandreuse, et soudain on devine à observer Paula qu'elle n'est plus si certaine que

Kate bluffe. Tu vas arrêter maintenant ? Tu vas pas te barrer aux deux tiers de la session ? Kate ne répond rien. Elle se recule contre le dossier de la banquette puis reprend d'une voix lente : on finira tous par camoufler des ruines pour pas cher, par recouvrir des pans de murs crades par des façades fleuries ou par décorer des chambres à thème dans des hôtels merdiques, tout ça n'est pas le monde, tu le sais aussi. Dehors, un flot noir a gonflé dans les caniveaux, les corniches et les arbres ruissellent mais c'est fini, il ne pleut plus, la place est une flaque où la réalité se déforme, et la voix de Kate sonne clair quand elle accélère : j'en ai marre de copier, d'imiter, de reproduire, à quoi ça sert, vas-y, j'écoute. Elle a enfoncé ses mains dans ses poches en repliant ses coudes vers l'arrière si bien que les manches de son blouson se sont rétractées sur les avant-bras, découvrant ses poignets carrés, et plus haut, dépassant sous le cuir, tatouée, une splendide nageoire caudale. Paula aimerait retrousser la manche afin de voir le poisson qui circule en silence sur la peau de son bras, lui et les autres, elle sait qu'ils sont là, surpuissants, le squale ombrageux, la baleine secrète, le dauphin amical, elle aimerait poser une main sur leurs peaux, elle aimerait escorter cette faune des profondeurs, couchée sur leur encolure, portée dans leur sillage. Au lieu de quoi elle murmure dans un souffle : ça sert à imaginer. Kate s'est figée. Durant quelques secondes, son regard se porte dans la rue, se déplace sur les pas de ceux qui quittent les abris pour se remettre en marche, évitent les gouttières et enjambent les ruisselets. Alors elle a vidé sa bière à son tour, s'est redressée, puis s'est penchée en avant par-dessus la table, a déposé un baiser sur le front de Paula. Ça sert à imaginer.

Ils se retrouvent rue de Parme chaque soir de la semaine. Kate, Jonas, Paula. Ils rentrent, ils allument les lampes, ils punaisent les feuilles sur les murs du couloir, disposent les modèles, les photos de référence, parfois un échantillon naturel qu'ils auront emprunté aux collections de l'école, ils lancent la playlist qu'ils ont créée pour ce rush ultime et dès les premiers accords du premier morceau ils commencent – ils ont écarté les sons déchirants, les textes denses, ont misé sur des ballades au tombé parfait, des chevauchées cosmiques, et quelques tubes radieux pour se réchauffer à l'instant des pauses. Ils ont annoncé aux autres qu'eux le torcheraient fissa ce putain de panneau, qu'ils le joueraient *blitz*, que le diplôme, franchement, ils s'en foutaient et que tout cela avait assez duré, mais une fois à leur poste, je sais qu'ils ont été lents, qu'ils ont pris tout leur temps, comme si l'enjeu de la peinture était d'essorer ces dernières nuits,

*imbricata* 115

de les tamiser afin d'en isoler chaque sensation, d'en retenir chaque seconde, d'en recueillir chaque atome, et bientôt ces nuits n'ont plus formé qu'une seule nuit, et la phrase ouverte entre eux au premier soir n'a plus formé qu'une seule phrase, commune, confiante, une de ces phrases où le silence n'est jamais une rupture mais une continuité. Une phrase comme un bois qui descend la rivière.

Le panneau du diplôme. Un panneau par élève, un panneau un seul, qui n'exprimerait pas seulement une virtuosité technique mais ressaisirait l'expérience de l'école. Un « panneau libre » en quelque sorte, puisque laissé au choix de chacun. Jonas réalisera un bois, la maille de chêne, Kate un marbre, le portor, et Paula une écaille de tortue. Un minéral, un végétal, un animal : à nous trois nous pourrions créer le monde ! Kate lance ces premiers mots alors qu'elle enlève son pull en croisant puis décroisant les bras vers le plafond – toujours sa beauté vigoureuse, charpentée, mais elle a maigri, ses cheveux rabattus en arrière accusent le front bombé, le nez fort, les canines proéminentes, les gencives très rouges. Elle se poste devant son fond de toile, ouvre un pot de noir pur, saisit un spalter et commence à couvrir intégralement son panneau qui se met à briller sous la lampe. Dans la cuisine, Paula boit au robinet de l'évier, haussée sur la pointe des pieds, retenant ses cheveux afin qu'ils ne trempent pas dans l'eau sale. Elle relève la tête, dégoulinante, et leur demande à voix forte : mais alors qui fera les hommes ? on oublie les hommes ? Elle aussi commence la préparation de son fond – jaune de cadmium orange et vermillon – tandis que Jonas démarre son glacis et murmure, lointain : les hommes ? quels hommes ? qui veut encore des hommes ? qui serait assez con pour vouloir encore des hommes ? toi, Paula ? On entend des cris, des cavalcades. Des bandes d'étudiants remontent la rue depuis la place, ça va être comme ça toute la nuit. Kate se tourne vers les deux autres pour demander du jaune de cadmium orange, Jonas lui tend le tube, Paula allume une cigarette.

Écaille de tortue. Tu ferais pas un peu ta maligne ? C'est ainsi que Jonas a commenté la décision de Paula, ironique, comme s'il démasquait là son narcissisme rentré, sa mégalomanie chichiteuse, ses stratégies de distinction, après quoi il a pris une voix d'expert pour balancer : le chêne, c'est tout de même autre chose, moins sophistiqué mais plus complexe. Kate, consternée par ce choix, et se voulant convaincante, a renchéri, pragmatique : de la tortue ? Tu n'en peindras jamais, ça ne sert à rien, tu perds ton temps. Puis ils l'ont regardée de biais, plaisantant et pas, ignorant tous les deux que la jeune fille

*imbricata*

avait commencé quinze ans auparavant par s'accroupir dans un vieux jardin, devant quelques feuilles de laitue destinées à régaler une tortue également très ancienne – les apparitions du reptile, rares, parfois espacées de plusieurs étés, déclenchaient parmi les enfants réunis en vacances des cris qui faisaient fuir l'animal derrière une grosse pierre, vos gueules, l'aîné des cousins ordonnait le silence avec autorité, puis s'octroyait le droit de s'avancer vers la rocaille, armé d'un bâton, afin de débusquer la tortue, mais alors on s'insurgeait, on protestait, non, va-t'en, c'est toi qui lui fais peur, on se poussait, on jouait des coudes, la petite Paula défendant comme les autres sa place au spectacle, jusqu'au moment fabuleux où la tortue finissait par se pointer, le front au ras du sol, très en avant, le cou tendu jusqu'à rendre visible la peau souple, élastique, qui raccordait sa tête et ses membres à sa dossière, elle progressait sans dévier de sa trajectoire, résolue quoique lente, indifférente aux commentaires des gosses qui s'écartaient sur son passage, fascinés, dégoûtés, excités, chronométraient sa vitesse à l'aide d'une montre et d'un mètre-ruban, cherchaient à établir son âge en déchiffrant sa carapace, les plus savants arguant de milliers de siècles et prononçant le mot de préhistoire, quand Paula, elle, n'écoutait rien mais escortait la tortue vers le lit de salade, rampait à son côté les genoux dans la terre, lui murmurait des encouragements, des mots doux, jusqu'à ce qu'elle tombe dans l'œil noir et lacrymal de la bête, fillette de la fin du vingtième siècle prise dans ce regard comme dans une faille spatio-temporelle bien trop profonde pour elle, car soudain c'en était fini de la tortue des comptines et de la fable, celle des dessins animés de sept heures du matin, toutes s'effaçaient devant celle-là, devant ce monstre, un monstre en petit mais bien réel, surgi de l'ombre d'un caillou comme d'un repli du temps afin d'entrer en contact avec elle.

Kate a chaud sous la lampe. Elle travaille son noir. Bientôt, elle ôtera son débardeur pour peindre en soutien-gorge et sa peau perlée de sueur reflétera la luisance ténébreuse du portor. Pour l'heure, elle prend possession de son panneau et quelque chose de vorace émane de ses gestes, un désir de théâtralité et de la vie élargie qui va avec. Elle se tourne vers les deux autres, allumée, chevaline, la lèvre inférieure gonflée à force d'être râpée par les grandes incisives du haut : une pierre de luxe, une pierre de riches ! À côté d'elle, Jonas concentré sur sa maille de chêne se bat avec son orgueil, on devine qu'il aimerait défaire son panneau de sa nature anecdotique, le débarrasser de ce caractère d'exercice qu'il juge dégradant : ce qu'il veut, c'est donner à la peinture elle-même une valeur égale à ce qu'elle doit figurer, peindre la peinture en somme, rien d'autre ne l'intéresse. Vingt minutes encore et il marmonne en reculant d'un pas devant son panneau : oh Milady, on se calme ! – on ne saurait dire s'il s'adresse à Kate, peut-être qu'il ne s'adresse à personne mais à sa peinture dont il veut freiner l'emballement comme on veut ralentir une jument qui part au galop, doux bijou doux. Les filles à ses côtés n'entendent rien, sont entrées dans l'espace situé exactement entre la main et la toile, entre l'extrémité du pinceau et la surface du panneau, et peut-être est-ce là, dans cet écart, que le geste prend forme et que se joue la peinture. Kate anticipe le moment où elle balancera le filet d'or sur son panneau, où elle enverra la lumière, sachant que sa main devra doser l'énergie au millimètre, quand Paula, elle, regarde sa feuille, piste la façon dont son imagination se saisit peu à peu des éléments du monde, compose les matières de son rêve, travaille à la lente et prodigieuse aimantation des images.

Dans la bibliothèque de l'Institut, elle a commencé par ouvrir les atlas, a localisé la tortue imbriquée – *Eretmochelys imbricata* – dans la mer des Caraïbes, le long de la côte du Brésil ou de l'Inde occidentale, jamais loin des rivages et plutôt dans les eaux de surface, parmi les algues, le plancton, les petits poissons ; sur les cartes, elle a pointé les hauts lieux de ponte à la surface du globe et parmi eux la petite île Cousin dans l'archipel des Seychelles, confetti de terre posé sur l'océan Indien – oiseaux rares, palmiers, incursions humaines exceptionnelles et contrôlées, des scientifiques surtout, des biologistes et des éthologues enduits d'écran total, vêtus de bermudas de toile et coiffés de bobs à lacets de cuir – où l'on dénombre facilement, enfouis dans le sable, un millier de nids ; elle a écouté l'éclosion de l'œuf, la coquille qui se lézarde, se fracture lentement, parfois sur trois ou quatre jours, puis libère la petite créature gluante ; elle a imaginé la progression de la bestiole vers le rivage, ses premiers pas sur la plage, cette manière de foncer avec lenteur, la carapace qui dodeline et ce pas si plein de grâce ; elle a visualisé ses premières brasses dans les vaguelettes, les pattes devenues des rames puissantes, puis la nage vers le large, là où bientôt elle serait en danger, n'aurait plus qu'une chance sur mille de survivre, croquée par un requin qui fracasserait sa dossière d'un coup de mâchoire, piégée par un pêcheur usant pour ce faire d'un rémora rayé, ce poisson protecteur en qui pourtant elle avait toute confiance, et tout cela si bien que Paula a fini par voir les écailles ruisselantes dans le fond de la barque, leurs reflets scintillants, et le sourire édenté du vieux pêcheur. Dans la foulée, elle a couru au Muséum devant le corps de l'*imbricata*, s'est penchée sur sa carapace, étonnée de l'ingéniosité de son agencement – les treize écailles, le tuilage de la charnière centrale et les quatre paires latérales, les deux trous dans la cuirasse, un pour la tête, un pour la queue –, elle a retourné l'animal pour caresser son plastron, là où se trouve l'écaille blonde, la plus rare. Os, corne, ongle, bec, griffe, cartilage, elle a cherché à distinguer les matières que recouvraient ces mots, s'est arrêtée sur la kératine qui les reliait toutes, une protéine vivante, la substance même de l'écaille. La matière même du cheveu ! lui déclare la coiffeuse un samedi après-midi alors que sa chevelure trempe dans les mousses, shampouinée, avant de lui tendre un catalogue de colorations où s'alignent des mèches peignées et disposées à plat, semblables à des fétiches érotiques. Paula arrondit les yeux et pointe l'index sur une boucle de cheveux étiquetée « écaille de tortue ». C'est ça que vous voulez ? C'est un balayage très demandé à Hollywood, je dirais brun miel tirant vers le blond doré, beaucoup d'élégance et de profondeur, des transitions douces, les stars en sont dingues, Julia Roberts, Sarah Jessica Parker, Blake Lively – vous aimez Blake Lively ? Paula hoche la tête puis la renverse de nouveau dans le bac, les mains de la coiffeuse massent son crâne, et trois jours plus tard on la voit rentrer en courant rue de Parme, grimper les étages quatre à quatre et filer droit dans sa chambre où les livres s'empilent dans un coin de la pièce. Elle en cherche un, ignore lequel mais sait qu'il est là, sait qu'elle reconnaîtra le titre ou la couverture, elle s'agenouille sur le parquet, soulève les piles, retourne un à un chaque exemplaire, enfin le voit, le prélève, le tient contre elle. *Le vieil homme et la mer*. Elle demeure immobile un long moment, les rotules écrasées contre le sol, douloureuses, et dans le silence de l'appartement vide, à la lueur d'une lampe de chevet, retrouve le passage du roman où Santiago, le vieux pêcheur, déclare au jeune garçon qui lui a payé une bière comme un homme que l'on devient aveugle à force de pêcher la tortue, qu'on finit par se brûler les yeux – le cœur de Paula se soulève tandis qu'elle frotte les siens, brûlants eux aussi.

Bientôt minuit. Kate vient de quitter la pièce pour passer un coup de fil. On l'entend qui parle anglais dans la chambre à côté. C'est son mec ? Jonas a parlé à mi-voix. Il commence à présent sa maille de chêne, travaille au drap de billard dans le glacis encore frais. Paula acquiesce, il est à Glasgow, il trouve que ça commence à faire long, il aimerait qu'elle rentre. Puis elle s'approche de lui et l'interroge : tu la fais à l'enlevé, ta maille ? Tu ne vas pas la peindre ? Jonas secoue la tête : je la fais comme ça, c'est rapide, précis, léger, j'adore cette technique. Paula

*imbricata* 123

insiste : mais il ne va pas être un peu mou, un peu liquide justement, ton chêne ? Alors le rire de Kate a éclaté de l'autre côté de la cloison et Jonas a déclaré à voix haute, ok, j'arrête un peu, j'ai faim, je sors prendre un truc, tu veux quoi ? Il a regardé sa montre et ajouté : à cette heure, ce sera macdo ou kebab. Prends-moi des frites alors. Paula s'est dirigée vers sa chambre pour aller chercher du cash, est entrée sans faire de bruit, furtive, a encore accéléré à la vue de Kate allongée sur son lit, dans la pénombre, torse nu et jean déboutonné, les seins caressés d'une main quand l'autre maintenait l'écran du téléphone à bonne distance. Je suis sur skype, Kate a marmonné simplement, *sorry*. La porte a claqué, le pas de Jonas a retenti dans l'escalier et Paula est retournée à sa place.

Elle prépare sa palette : une part de noir impérial et une part de terre de Cassel que le pinceau incorpore par petites touches à mesure qu'elle accomplit la coalescence des images. Elle appelle lentement les deux tortues géantes pêchées le long des côtes de Bornéo vers 1521 et dont les chairs seules pesaient vingt-six et quarante-quatre livres – Paula a compulsé la chronique de Pigafetta, lu le récit de la traversée du Pacifique, l'angoisse de l'océan, les jours qui s'accumulent, l'eau et les vivres qui manquent, les souris qui se vendent trente ducats, les rats qui pissent sur le biscuit, le cuir et les copeaux de bois bouillis en guise de soupe, le scorbut et le béribéri, les premiers contacts avec les autochtones, les ambassades méfiantes et les salamalecs, les perles des rois indigènes grosses comme des œufs de poule, les embuscades sagaies contre arquebuses, Magellan tué par une flèche empoisonnée dans la baie de Mactan – ; elle invite une marqueterie en écaille de tortue travaillée sur feuille d'or au fond d'un atelier de la rue de Reims par André-Charles Boulle, une pièce d'une virtuosité si grande que Louis se raidit en la regardant, haussa un sourcil – une telle insolence ! – et nomma l'artisan ébéniste royal afin de se réserver sa production entière ; elle convoque le berceau d'Henri IV, le couffin de légende façonné dans la carapace brune et vernissée d'une tortue de mer où elle visualise sans peine le nourrisson royal, la collerette plissée sous le double menton et les paupières closes aux longs cils ; enfin, elle synchronise le tout avec cette paire de lunettes dans la vitrine de l'opticien de la rue de Paradis, article dont il avait justifié le prix exorbitant en rappelant à Paula que l'écaille naturelle possédait une qualité extraordinaire, l'autogreffe – elle est indestructible, éternelle.

Jonas rentre alors qu'elle stagne d'un pied sur l'autre devant sa feuille. Surpris par la chaleur qui règne, on se croirait dans la salle des machines d'un cargo à pleine allure. Il lui tend une barquette de frites d'un jaune éblouissant, lui désigne le pack de bières qu'il vient de remonter. Kate est toujours au téléphone ? Des bruits se font entendre de l'autre côté de la cloison, des cris, des souffles que Jonas commente à voix basse, imperturbable, je ne peux m'absenter une minute sans que tout parte à vau-l'eau dans cette baraque, et Paula sourit sans se détourner de son panneau. Elle ne peint toujours pas mais pioche lentement les frites et les avale en silence, s'essuie les doigts à plat sur sa blouse, reprend sa palette et son pinceau, se replace, plus rien d'extérieur au cadre de la feuille ne saurait à présent lui faire dévier la tête. L'écaille est là, à portée de main, elle remue à la surface des choses, tangible. Il suffirait d'ouvrir la paume pour la faire venir, comme on fait devant un animal farouche pour le caresser, mais à peine Paula engage-t-elle ce geste que l'écaille se retire dans un espace où s'évanouit sa matérialité mais où l'on perçoit, voilée et plus désirable encore, sa lumière trouble. C'est une question de patience, pense-t-elle, à l'affût. Assis dans la cuisine, Jonas avale son hamburger et l'observe, effaré par sa peau pâle, quasi transparente, tendue, la peau d'un tambourin, par ses cernes en cuiller et ses prunelles liquides : les femmes ne s'intéressent qu'à la matière, il déclare à haute voix sans la quitter des yeux. On aimerait plaisanter, détendre l'atmosphère, d'autant que dans la chambre à côté ce sont les grincements d'un sommier où ça remue maintenant, où ça gémit, des sons qui montent, s'allongent, éclatent, le couloir résonnant comme un puits de plaisir. Kate est en train de jouir, Jonas repose son sandwich : pourrait-on travailler un peu tranquillement ici ? Et dans ce bruit, Paula commence à peindre, condense en un seul geste la somme des récits et la somme des images, un mouvement ample comme un lasso et précis comme une flèche, car l'écaille de tortue contient à présent bien autre chose qu'elle-même, ramasse les genoux écorchés d'une fillette de cinq ans, le danger, une île au fond du Pacifique, le bruit d'un œuf qui se lézarde, la vanité d'un roi, un marin portugais qui croque un rat, la chevelure ondoyante d'une actrice de cinéma, un écrivain à la pêche, la masse du temps, et sous des langes brodés, un bébé royal endormi au fond d'une carapace comme dans un nid fabuleux.

Alors, ça bosse un peu ici ? Kate réapparaît tout sourires, déliée, les joues rouges, elle prend une forte inspiration, saisit une bière qu'elle décapsule direct et boit tranquillement au goulot, après quoi, elle commence le veinage du portor au deux-mèches à marbre, le filet d'or, la résille de lumière, c'est le moment. Elle y va en souplesse, le pinceau léger, travaillant vite, tandis que Jonas adoucit sa toile par effleurements et que Paula entame ses enlevés en laissant traîner l'éponge sur son panneau. La nuit est devenue ductile, extensible, ils peignent comme si le passé et le futur s'étaient désagrégés et que le présent avait été remplacé par l'acte de peindre. Jusqu'à ce que Paula s'étire vers quatre heures du matin, les bras en croix, je vais me coucher, puis entre dans sa chambre, referme la porte, se déshabille en laissant ses vêtements bouchonnés au sol, et tombe endormie.

C'est l'été. Le soleil crée au fond de la rivière des ombres qui bougent, des losanges qui se forment et se déforment, ondulent, calamistrent le sable, les pierres, les mousses. Paula entre dans l'eau douce, écarte de la main les herbes longues et fibreuses que le courant peigne à l'horizontale. Une bête vivante se déplace là, sous la surface, une bête kaki, mouchetée de noir, de gris et d'or. Sa peau a pris l'aspect de la rivière, de son mouvement, de sa lumière ; la créature s'y déplace, camouflée. Paula lève les yeux au-dessus de la surface pour suivre le vol d'une libellule bleu métallisé qui disparaît dans les ajoncs, puis elle scrute de nouveau le fond de l'eau, mais la créature a disparu. N'a peut-être jamais existé. C'est un trompe-l'œil, pense Paula qui renverse la tête dans le soleil. Rien ne passe ici que la rivière elle-même. Puis elle dérive en nage indienne vers la mangrove, se tourne sur le dos, flotte dans le courant, bientôt approche la berge, elle a de l'eau jusqu'à la taille, ses pieds glissent sur les cailloux. Soudain la créature est là, réapparue, à moins d'un mètre d'elle. Paula tressaille : une tortue – mais la rivière n'est-elle pas le lieu de tous les reflets, de tous les miroitements ? Elle plonge, et ce n'est pas une illusion, c'est bien une *imbricata* aux écailles changeantes qui nage avec elle les yeux ouverts.

Il y a du monde ce 21 mars dans la rue du Métal, des files se sont formées sur les trottoirs, des gens se hâtent, ils ont la démarche déterminée de ceux qui se rendent quelque part, avancent front baissé contre le vent, certains se reconnaissent, se hèlent, puis chacun ralentit à l'approche du 30 bis, où l'on s'attroupe. Brouhaha feutré de l'attente. Quelques-uns s'exfiltrent du peloton pour finir un coup de fil, d'autres, adossés contre les voitures, fument une cigarette, le ciel est d'un bleu rabattu et l'on craint la pluie. Quelques visages connus pointent dans l'attroupement et parmi eux les parents de Paula qui reprennent leur souffle. Guillaume Karst regarde sa montre, se hausse sur la pointe des pieds pour jeter un œil par-dessus les têtes agglutinées devant la porte close, on y est, il répète, de retour à plat sur le sol, ça va bientôt ouvrir.

Ils ont eu peur d'être en retard bien que levés aux aurores dans la chambre réservée par leur fille dans un hôtel proche – au moment de partir, un doute devant le miroir et la crainte de paraître endimanchés les a déstabilisés, ils ont revu leur tenue, Guillaume ôtant finalement sa cravate, Marie préférant un simple pull noir plutôt que ce corsage en soie bleu pâle imprimé d'hirondelles. Ils avaient perdu du temps. À présent, ils patientent main dans la main, attentifs, conscients qu'en ce jour spécial, jour du diplôme de Paula, eux aussi ont en quelque sorte un rôle à tenir, et qu'il ne faudra surtout pas trop en faire quand leur fille sera appelée pour recevoir le rouleau de papier noué d'une faveur de satin rouge, quand elle cherchera leur regard dans l'assistance, ou, au contraire, quand elle expédiera l'instant avec une pudeur crâne, il s'agira d'être justes.

La veille, arrivés trop tôt en bas de l'immeuble de leur fille, ils ont fait le tour du pâté de maisons – surtout ne pas être en avance, surtout ne pas se montrer impatients, fébriles – et là encore ils se tenaient par la main. C'est Jonas qui leur a ouvert la porte, impassible, les mains sales, quand Paula depuis la salle de bains a crié qu'elle serait prête dans deux minutes. Ils ont piétiné dans la cuisine, silhouettes avalées dans les manteaux d'hiver – un duffle-coat pour Guillaume, une pèlerine bleue pour Marie –, gauches, déplacés, soucieux de ne rien effleurer et s'efforçant de masquer leur surprise à la vue de ce qui les entourait, Guillaume surtout, effaré de voir comment le petit logement d'étudiant gentiment aménagé en septembre était devenu ce cloaque. Les différentes pièces – chambres, cuisine, salle de bains, couloir – avaient perdu leur fonction pour ne plus créer qu'une continuité floue, les ultimes frontières ayant sauté récemment, peut-être même dans les trois derniers jours, comme cèdent les digues face à la rivière en crue, et depuis c'était la peinture, la peinture partout. Une prolifération. Les panneaux séchaient, étalés au sol ou suspendus contre les murs – les portes, trop étroites, n'affichant que des nuanciers, des essais de couleurs –, l'évier et le lavabo s'étaient changés en baquets d'eau sale où trempaient des pinceaux, et la moindre surface plane était encombrée de bouteilles de solvant, de cendriers pleins, de mixtures touillées dans des bols, de pigments en poudre dans des coupelles, et puis c'étaient des livres ouverts, des magazines cornés, des images, des cartes postales qui reproduisaient des tableaux – Poussin, Rembrandt, De Chirico –, des chiffons sales et des feuilles de Sopalin usagées, bouchonnées, des paquets de chips et des pots de yaourt vides, des tubes de lait concentré (Jonas), des canettes de Coca, des bouteilles de Yop, parfois un gant, un câble, un briquet, les rares espaces sanctuarisés demeurant ceux dévolus aux ordinateurs, car même les lits étaient envahis, celui de Jonas finalement relevé contre le mur, les lattes servant de séchoir aux peintures et à quelques vêtements, une chaussette, une culotte, un pull. L'odeur aussi les a surpris, si forte qu'elle semblait avoir pris une forme solide, et Jonas, les voyant blêmir, s'est empressé d'ouvrir la fenêtre. Après quoi, il a dégagé un coin de table en transférant ce qui l'encombrait sur des chaises encore libres – si bien que l'on ne pouvait toujours pas s'asseoir ici – et a invité les parents à y déposer leur bouteille, leurs gâteaux. Merci jeune homme. Le père de Paula avait maintenant les bras libres pour étreindre sa fille surgie à l'instant de la salle de bains, humide et rose, le cheveu mouillé, je prenais une douche, on s'est couchés tard, tandis que Marie, placée dans son dos, l'enlaçait, appuyant sa joue entre ses omoplates. Leur enfant. Ils l'ont tenue quelques instants en sandwich devant le garçon qui ne savait plus où se mettre, a fermé son blouson en regardant ailleurs, jugeant pour sa part cette petite chorégraphie de retrouvailles bien excessive, puis il s'est dirigé lentement vers la porte, voilà, j'y vais, je dois y aller – ses phrases favorites.

Jeune homme, attendez, buvons un verre ensemble, un verre de champagne pour fêter tout ça ! Déjà Guillaume Karst attrapait la bouteille alors que sa fille grimaçait, là maintenant ? tu es sûr ? embarrassée qu'il veuille marquer ce moment de façon si solennelle, oui ! maintenant, tu aimes bien le champagne, hein, Paula, et il a immédiatement débouché la bouteille, pendant que Marie, toujours un peu ailleurs, disposait des sablés sur le couvercle d'une boîte à sucre en métal où figuraient deux petits Bretons en costume folklorique. Paula a regardé Jonas de manière à lui signifier « reste », et quelques instants plus tard ils buvaient debout dans la cuisine en croisant leurs regards au ras de verres de cantine rincés à la va-vite – une connivence nouvelle se trame entre eux, Jonas connaît désormais ses parents, Paula a permis que cette scène ait lieu, elle se découvre.

Il était convenu que Paula fasse ce qu'elle avait à faire, fasse comme s'ils n'étaient pas là, tu ne t'occupes pas de nous, on se débrouille, on est assez grands, mais à présent ils traînent, ne sachant plus comment partir, posent leur verre d'un geste décidé, renouent leur écharpe, puis se servent à nouveau, allez, une dernière coupe, et puis on y va. Et subitement, la mère de Paula a dit qu'elle aimerait voir ce qu'ils ont fait pendant l'année, leurs travaux de peinture, Paula a aussitôt tordu la bouche et secoué la tête l'air de dire oh là là impossible, mais Jonas l'a devancée, avec plaisir, et les a guidés dans l'appartement minuscule qui soudain est devenu immense, profond, recelant toujours d'autres marbres, d'autres bois, d'autres ciels nuageux, d'autres moulures dorées, l'espace déballant ses trésors comme un manteau retourne ses poches. Paula suivait, ne cessant de râler qu'il n'y avait pas assez de recul, que ce n'était pas sec, qu'ils ne pouvaient rien voir, ne pouvaient se rendre compte, mais elle n'était pas audible, tout cela se passait sans elle, c'est Jonas qui menait la tournée. Il a placé les parents de Paula devant les peintures et leur a parlé, a répété les noms des bois et des marbres, les genres de décor, leur a tendu les pinceaux, a exhibé les palettes, et eux, mains croisées dans le dos, approchaient leur visage des feuilles en murmurant c'est étonnant, c'est incroyable, quel travail ! Pour finir, devant le panneau de Skyros, il a questionné le couple d'un ton théâtral : alors, on y croit oui ou non ? Guillaume et Marie ont hoché la tête en riant, oui, on y croit, on a bien envie d'y croire en tout cas, c'est la Grèce, c'est une île des Sporades, l'été, la lumière de la raison, Guillaume s'emballait, son visage vibrait de plaisir, tandis que Marie renchérissait, la lumière des mythes ! Ils sont ivres ou quoi ? Paula s'impatientait, mais de fait, ivres ils l'étaient, pompettes, gris, émerveillés. Jonas a fait des bonds de cabri dans le couloir comme si la réponse des parents de Paula confirmait son travail, puis abrégeant soudain la scène il leur a serré la main en leur donnant rendez-vous le lendemain, l'index pointé en l'air, docte : attention, c'est le

*imbricata*

grand jour ! Quel faux-cul, a pensé Paula alors qu'il passait la porte.

La luminosité a baissé d'un coup après le départ de Jonas, atténuant les angles, noyant les détails, et l'appartement trempe bientôt dans un bain grisâtre et sans reflet, semblable à celui que l'on trouve au fond des godets des peintres, là où les couleurs se sont mélangées. Je vous raccompagne. Paula a refermé la fenêtre de la cuisine, a enfilé un manteau et ils sont sortis. Dans la rue, elle s'est glissée entre eux, et ils ont marché bras dessus bras dessous dans le froid, jusqu'à l'hôtel. Elle reprenait sa place. Il est très bien ton ami, a déclaré Guillaume Karst dans ce rapport précautionneux qu'il avait au langage, et à sa fille, et cent mètres plus loin Marie a ajouté, oui, très sympathique, tu as beaucoup de chance d'être tombée sur lui.

Devant la porte de l'établissement, Paula les a embrassés, à demain, soyez sages, mais elle n'est pas repartie, est restée les observer à travers la vitre, ne les a pas lâchés des yeux pendant qu'ils traversaient le hall et se dirigeaient vers l'ascenseur, lents et tranquilles, puis son regard les a progressivement cadrés dans une réalité qui a fini par se détacher de la sienne pour devenir la leur, comme s'ils appartenaient soudain à un autre monde, comme s'ils étaient des personnages dans un film, circulant dans une histoire dont elle était absente. Jamais elle ne se sent aussi proche d'eux que lorsqu'elle se tient ainsi, tapie dans l'obscurité et qu'ils se dressent dans la distance, en pleine lumière. Ce qu'elle éprouve alors, et qui la déchire peu à peu, jusqu'à être si douloureux qu'elle tourne les talons pour s'enfuir, c'est la sensation de les percevoir comme des inconnus, de toucher leur énigme, une émotion qui fait aussitôt revenir le pyjama jaune canari qui lui grattait les fesses et le bruit de ses talons potelés sur le parquet, les soirs où elle se relevait de son lit après le baiser rituel, puis cheminait dans le couloir pour aller se poster dans l'entrebâillement de la porte de la cuisine, et découvrait par effraction à quoi ressemblait la vie de ses parents quand elle était endormie, ou plutôt qu'ils avaient une vie propre en son absence, une vie à laquelle elle ne manquait pas : debout dans la pénombre, elle suivait la scène du repas, fascinée par ce qui avait lieu dans la cuisine, le calme plein, les couverts qui raclent et les verres qui se remplissent, les bruits de bouche, intriguée par la conversation qui n'avait pas de fin, accompagnait leurs gestes – la main de Marie qui retire la peau d'une aile de poulet, pèle une pomme, porte son verre de vin à hauteur des lèvres, celle de Guillaume qui remue une cuiller dans un ramequin, les coudes sur la table, se relève pour la moutarde, le sucre roux, ou bien se tourne face à l'évier pour remplir la carafe au robinet –, ahurie par la manière dont ils s'écoutaient, se buvaient des yeux, eux qui vivaient ensemble depuis déjà dix ans et n'avaient encore jamais passé une seule nuit l'un sans l'autre, sa mère devenant en cet instant une autre femme, son père un autre homme, et la petite Paula ne sachant plus du tout qui ils étaient, des êtres lointains pris dans des vies professionnelles qui les portaient ailleurs – Marie à Paris, à la communication interne d'Air Liquide, Guillaume à Aubervilliers, à la recherche et au développement chez Saint-Gobain – mais dont ils partageaient les aléas avec détachement, réduisant leur impact au minimum, pour mieux s'isoler dans l'amour, alors l'enfant se plaçait dans le rai de lumière et les espionnait jusqu'à ce que l'un ou l'autre, averti depuis longtemps de sa présence, se tourne vers la porte et, haussant la voix sans même se lever de sa chaise, redevienne instantanément son père ou sa mère, il y a une petite fille qui ferait mieux d'aller se coucher maintenant.

Les travaux des élèves sont exposés dans le grand atelier nettoyé pour l'occasion, éclairci. Galerie d'exposition, vitrine des savoir-faire, les visiteurs s'y déplacent en lent cortège, s'y éparpillent, et saluent à tour de rôle la dame au col roulé noir pour qui c'est aujourd'hui le pire jour de l'année. Tailleur-pantalon de flanelle gris tourterelle et derbys plats, noirs et cirés, courtoise et neutre, elle les accueille et les informe sans relâche, maîtresse de maison. Parfois elle fatigue, c'est manifeste, elle ne parvient plus à calibrer sa parole selon son interlocuteur – tranchante quand il faudrait être affable, distante quand elle se voulait proche. La maison envahie, le tapage, le défilé interminable, les visages qui ruissellent de fierté, l'excitation bête, tout cela lui pèse et l'ennuie, elle eût cent fois préféré cette année encore que l'école puisse se passer de ce rendez-vous publicitaire et demeurer cet antre secret où quelques jeunes faussaires travaillent à creuser des trous dans la réalité, des passages, des tunnels, des galeries, et elle avec eux leur montrant l'exemple, leur enseignant le jeu. Pourtant, quand elle aperçoit Guillaume et Marie Karst s'avancer vers elle, silencieux, attentifs, elle s'ouvre dans l'instant, et leur tend la main.

Nous sommes les parents de Paula Karst. Le bruit décroît instantanément. Paula, c'est l'écaille de tortue qu'elle a choisie, leur déclare-t-elle à voix basse, les conduisant à la place de leur fille à travers le brouhaha. Le panneau est là. C'est un choix judicieux, elle poursuit : les tortues sont protégées, le commerce de l'écaille naturelle est interdit, de sorte que cette matière pourtant prisée des décorateurs a progressivement disparu des décors, et rares sont aujourd'hui ceux qui savent la peindre aussi bien que Paula. Les parents sont troublés, ils observent la peinture, placés pour la première fois devant la part inconnue de leur fille, sidérés de ce qu'elle a produit, cette image radiante impossible à décrire, cette surface qui tient du galet de rivière, de la plante sous-marine et du reptile, et l'idée d'aller poser une main sur la feuille pour sentir la carapace les traverse ensemble, pile au même moment. Ils remercient, s'éloignent d'un pas tranquille, à rebours des processions, et bientôt quelques-uns parmi nous les voient lever une main, faire signe à Paula apparue là-haut sur la coursive, rose trémière élancée sur sa tige, le diplôme roulé en longue-vue, promené sur la foule, arrêté sur eux deux, hé vous là-bas, elle murmure, je suis là, je vous vois.

La dernière nuit, ceux de la rue du Métal se sont saoulés tous ensemble car c'était *the last night, the last big one* – on allait se démonter la tête avant de se séparer, s'autoriser les serments, les déclarations, les promesses et les larmes, on allait noyer dans l'alcool une sentimentalité à laquelle on se laisserait aller sans chichis et au comptoir du bar, chacun prononcerait ses adieux devant l'assemblée en levant haut son verre. Mais vers minuit, Jonas avait disparu. Paula ivre était sortie le chercher dans la rue sans prendre de manteau, avait arpenté le quartier bras nus, son pas claquant dans les rues froides, avait gagné l'Institut pensant que l'atelier y serait peut-être éclairé, et Jonas à l'intérieur avec la dame au col roulé noir – ils s'y donnaient rendez-vous désormais certains soirs, tout le monde le savait, et travaillaient ensemble, évaluaient un pigment, testaient la composition d'un vernis, modifiaient une technique ou simplement parlaient de peinture, se penchaient sur des livres rares, sur des catalogues d'expositions qui avaient eu lieu à Amsterdam, Londres ou Madrid, sur des magazines de décoration d'un luxe stupide ; on racontait qu'elle aurait aimé recruter pour son école ce jeune type merveilleusement doué dont elle détestait pourtant les sweat-shirts à capuche et la casquette permanente, ce type qui la tutoyait, à qui elle versait un cognac ou un verre de Chartreuse, quelque chose de fort et de brûlant, avant qu'ils s'y mettent, et dont elle empruntait de temps à autre la cigarette pour tirer une taffe ou deux, soudain rieuse, légère, une jeune fille, mais il éludait cette demande silencieuse, ne se laissait pas saisir, et cherchait davantage à savoir si cette « spécialiste mondiale du blanc de Carrare » n'aurait pas mieux aimé être peintre plutôt que maître faussaire de haut vol et directrice respectée d'une école de peinture mondialement connue – tu veux dire un « vrai » peintre ? lui demandait-elle alors, moqueuse, fine comme une martre, la mèche sur l'œil. Mais non, tout était éteint au 30 bis rue du Métal, et Paula était retournée à la fête en frissonnant, s'était retrouvée coincée entre l'ex-banquier de Londres, en sweat-shirt rose pâle siglé *fuck*, qui pleurait à chaudes larmes les cheveux dans sa bière, et le peintre de Hambourg passablement ivre qui la harcelait pour qu'ils couchent ensemble, rappelant à Paula une promesse qu'elle n'était plus si certaine de ne pas lui avoir faite, viens, on y va, il posait sur ses reins sa grosse main chaude et lui léchait le cou, argumentait d'une voix pâteuse que c'était ce soir ou jamais, qu'après ils ne se reverraient plus, que ce serait trop tard, et Paula esquivait, guettant du coin de l'œil le retour de Jonas qui ne se montrait pas. Vers cinq heures du matin, elle avait raccompagné Kate sur le pas de sa porte. Là, les deux filles s'étaient embrassées à pleine bouche et longuement étreintes, après quoi Kate avait consenti à faire vivre une dernière fois ses poissons sur la peau de ses bras – et pour cela avait ôté son blouson, son pull, s'était placée sous le réverbère où elle était apparue au milieu de la nuit telle une créature féerique, sa chair lourde et pleine auréolée d'un halo de lumière froide, lactée. De retour rue de Parme, Paula avait gravi l'escalier de l'immeuble alors qu'au-dehors le jour se levait, le premier jour du printemps, pensa-t-elle, visualisant dans un flash tous les bois qu'ils avaient appris à peindre, et sur le palier, avant même d'ouvrir la porte, elle avait détecté la présence du garçon. Il est là, il est rentré. De petites larmes bien dures avaient soudain giclé de ses yeux, jaillies à l'horizontale, des larmes dont elle n'aurait su dire si elles étaient de colère, de fatigue, de soulagement, d'impuissance, mais des larmes qui ne cessaient de couler – une vraie fontaine. Dans la cuisine,

*imbricata*

debout devant l'évier, Jonas faisait la vaisselle, les omoplates et le chapelet de vertèbres – une boutonnière – saillant sous le tee-shirt, et quand elle est entrée, il a fait volte-face, les bras ballants, les gants Mapa rose pâle ruisselant sur le sol. Il l'a fixée quelques secondes, les lèvres serrées, comme s'il attendait que ça pète. Ça va ? Il a accompagné sa question d'un mouvement de la tête, et Paula s'est immobilisée – une tornade tenue en respect – puis, ressaisie, elle a regardé sa montre et demandé à quelle heure viendrait la fille de l'agence pour l'état des lieux. Il s'est tourné de nouveau vers l'évier : à dix-sept heures, faut se magner.

À présent, il faut ranger la baraque, rouler les panneaux, placer les peintures dans les cartons à dessin, nettoyer les pinceaux, reboucher les tubes, archiver les documents, démonter les meubles, plier, trier, faire ses sacs, descendre les poubelles. Une fois l'appartement vide, encore décaper les taches de peinture sur le carrelage et le plancher, laver la baignoire, frotter l'évier, le lavabo, effacer la crasse sur les murs et passer l'aspirateur – il y a du boulot s'ils veulent récupérer leur caution. Ils font le ménage toute la journée sans échanger le moindre regard, le moindre mot, hormis quelques questions maussades – et ça, j'en fais quoi ? demande Paula en brandissant une chaussette de Jonas ; ce que tu veux, je m'en fous – et quand tout fut rutilant, le parquet lustré, les carreaux transparents, et qu'il ne demeura plus aucune trace de leur passage en ces lieux, une fois que la fille de l'agence fut repartie après leur avoir tendu leur chèque avec une solennité vulgaire, ils ont fait une chose étrange : ils se sont allongés côte à côte sur le parquet et sont restés là en silence jusqu'à la tombée de la nuit, face au plafond – et peut-être que chacun a essayé de ressaisir en lui ce qui s'était passé là, ce qui avait eu lieu entre eux durant les six mois de leur apprentissage, ce qu'ils avaient été l'un pour l'autre depuis le dimanche du cerfontaine, et s'est imprégné de cet appartement afin qu'il devienne aussi élémentaire que les paysages de l'enfance, ceux que l'on découvre chaque fois comme si c'était la première et qui réimposent dans l'instant tout ce que l'on a oublié ; peut-être aussi qu'ils ont pensé à ceux qui emménageraient ici après eux, des élèves de l'Institut qui leur ressembleraient et dont ils enviaient les commencements, les cages thoraciques gonflées de promesses et les bouches bées ; ou peut-être qu'ils se sont reposés, tout simplement, car ils avaient accumulé les nuits sans sommeil, ils étaient fatigués.

Pourtant, tard dans la nuit, on les a vus s'asseoir en tailleur à même le sol devant l'écran de l'ordinateur encore allumé, et se connecter sur des sites qui proposaient des charters vers des îles paradisiaques – les Seychelles ! les Seychelles ! chantonnait Paula en jouant des épaules –, ils ont surfé longtemps, les visages modelés dans la lumière artificielle, ont comparé les horaires et les prix comme s'ils allaient partir le lendemain à l'aube, et puis Jonas a cliqué au hasard sur une tête de singe, lançant une vidéo qu'ils ont visionnée serrés l'un contre l'autre, médusés par la force de ce qu'ils ressentaient ensemble puisque c'était le film d'une libération mais aussi celui d'un adieu – ce qui compliquait tout : à l'instant d'être réintroduite *into the wild* après avoir été sauvée et soignée au centre de Tchimpounga, au Congo-Brazzaville, Wounda, chimpanzé femelle, se tournait subitement vers Jane Goodall, primatologue de classe mondiale au physique de poétesse anglaise, creusait une main énorme sur son épaule mince, posait la tête dans son cou, et l'étreignait, tandis que Jane en retour la prenait dans ses bras. La musique était une saloperie et Jonas a coupé le son. À présent silencieuse, la scène suspendait le temps, trouait la forêt tropicale pour créer une clairière où la femme et le singe se tenaient seuls au monde, recueillis. Paula et Jonas ont fondu en larmes. Quelque chose ici les a happés ensemble, l'alliance retrouvée des hommes et des bêtes, l'idée que vivre libre demande de se séparer, la gratitude pour ce qui a été vécu, donné, la déchirure de l'amour, je ne sais exactement quoi, mais cette nuit-là, leur dernière nuit rue de Parme, Paula et Jonas ont vu cette vidéo des dizaines de fois, et pleuré, tandis que sur l'écran la femme et le chimpanzé fermaient les yeux, enlacés, et que l'émotion électrisait cette lisière de jungle.

Demain, ils fermeraient la porte de l'appartement derrière eux, s'étreindraient eux aussi sur le trottoir et ce serait chacun sa vie. Pas de mélancolie ! Ils s'exhorteraient en riant à un peu de tenue, arguant qu'ils n'étaient somme toute pas mécontents d'en finir – c'est bon, j'en ai ma dose de toi, ça va me faire des vacances –, et veilleraient à resserrer la temporalité gluante des départs. Or, s'ils avaient confiance, s'ils ne doutaient pas d'être devenus singuliers l'un pour l'autre, uniques au monde, aimés, ils prenaient acte que quelque chose s'achevait ici : le temps de l'Institut de peinture et de l'appartement de la rue de Parme, ce temps de leur jeunesse et de leur formation, ce temps avait eu lieu. Paula fermait les yeux et se martelait ces phrases dans la tête, elle désirait leur violence, comme si souffrir lui permettait de prolonger la séquence, de gratter quelques minutes encore. Il leur fallait maintenant sortir de l'atelier comme on sort de l'enfance, retrouver le dehors, retourner dans un monde qu'ils avaient déserté sans s'en apercevoir. Tout était modifié pour toujours. Aussi lorsqu'ils regardaient Wounda se retourner une dernière fois vers Jane avant de pénétrer dans la jungle, c'est à ça qu'ils pensaient, chacun étant le singe de l'autre, à tour de rôle ou en même temps, des singes sur un seuil.

le temps revient

Un premier chantier s'annonce à peine Paula rentrée rue de Paradis, moins d'un mois après la remise du diplôme, alors qu'elle gamberge dans l'appartement, déphasée comme s'il existait entre Bruxelles et Paris un décalage horaire trop brutal pour être éclusé en quelques nuits, comme si elle revenait d'un pays lointain, d'un temps désynchronisé des horloges terrestres, et qu'il ne subsistait de ce séjour en Belgique qu'une grande fatigue. Elle maintient le store baissé dans sa chambre, les lattes inclinées de manière à garder la pièce dans le demi-jour – faut-il que ses yeux se reposent de tout ce qu'ils ont vu là-bas, qu'ils en reviennent, de tout ça ? –, et ne sort pas quand dehors c'est avril, la reverdie, la peau des épaules et des mollets réapparue sur les trottoirs, l'air acide, gazeux, gorgé de chlorophylle, le ciel cristallin, les couleurs de la ville rallumées, et si elle consentait à sortir un peu, Paula les verrait comme elle ne les a encore jamais vues et saurait désormais les nommer avec justesse – nacarat, cuisse de nymphe émue, paprika, aigue-marine, baise-moi-ma-mignonne, jaune de Naples, merde d'oye, vert d'après l'ondée, pomelo. Mais elle est vidée, sa cadence est rompue. Est-ce le désœuvrement qui l'affaisse ou le lent travail de la mémoire qui déjà la tire dans un étroit couloir, la tête en arrière ? Elle ne parvient pas à recoller à sa vie d'avant. Ses parents lui tournent autour et l'incitent doucement à faire des projets : tu devrais t'occuper des démarches administratives nécessaires pour obtenir l'équivalence universitaire de ton diplôme belge, tu devrais te renseigner sur ce stage de peinture en Savoie durant le mois d'août, tu devrais t'inscrire en candidat libre pour entrer aux Beaux-Arts. De même, ils l'encouragent à sortir, à aller à la piscine, à voir des amis – un comble venant d'eux qui ne sortent guère et ne reçoivent pas, passent leur temps libre à chiader ensemble des menus qui feront honneur aux légumes de printemps qui pointent sur les étals du marché – mais elle n'appelle personne, pas même ses bonnes copines, celles qu'elle a laissées derrière en septembre dernier, dans cette zone désormais hors d'atteinte, semblable à une rive floue et sans consistance dont elle s'est éloignée pour toujours. Les premiers jours, elle envoie plusieurs textos à Kate, à Jonas, mais leurs réponses ne relancent rien, elles sont minces, pressées, hachées de points d'exclamation, et l'idée qu'elle aussi soit maintenant encapsulée dans une période révolue de leur passé, cette idée lui fait mal. Dès lors, c'est encore dans sa chambre qu'elle est le mieux, dans cet îlot étanche où elle peut ressaisir à sa guise ce que fut l'hiver de Bruxelles, où elle peut s'enfouir dans ce qu'elle vient de vivre sans retenue, comme on se livre à la débauche.

Un matin, on sonne à la porte. Paula est seule dans l'appartement, elle finit par aller ouvrir : c'est la voisine du premier étage, en déshabillé de laine polaire, pieds nus dans ses savates. Paula ne perçoit pas immédiatement la présence d'un bébé entre les pans de la robe de chambre, endormi dans un sac kangourou, et la reçoit sans attention, dans l'entrée, téléphone à la main, comme si elle attendait un appel urgent qu'elle ne devait manquer à aucun prix. La voisine a la peau du visage tirée par les nuits blanches, le cheveu filasse et les dents négligées mais son regard impressionne Paula quand elle lui annonce : un ciel, je veux que vous veniez peindre un ciel dans la chambre de mon enfant.

Un ciel dans une chambre. Paula ne sait quoi répondre, mais investit immédiatement cette demande comme s'il s'agissait de réaliser le plafond de la chapelle Sixtine, transportée par ce sujet premier et pourtant si commun – et j'aurais tant aimé être dans sa tête à l'instant où les ciels de la peinture ont afflué dans son cerveau, tous, simultanément, la razzia, les grandes coupoles dures où séjournent des dieux, le ballet mécanique des planètes, les orbes cosmiques cadencés de fusées et de soucoupes volantes, le ciel humain des vides métaphysiques et des tempêtes noires, les brumes d'estuaires, les aubes zen, les flamboiements en technicolor, le bleu concret où convergent les avions et les drones, quelques oiseaux d'altitude, un ballon gonflé à l'hydrogène, et puis les fumées, les cendres, cette feuille d'automne emportée par le vent. Elle envisage ce travail avec la gravité d'une professionnelle de haut vol, descend sur-le-champ visiter la pièce sombre, étriquée, au plafond propre mais ventru comme s'il ployait sous le poids de l'édifice entier, puis écoute sans broncher la jeune mère décrire ce ciel aérien, frais et léger, ce ciel merveilleux qu'elle désire pour son enfant, pour les rêves de son enfant, quand il sera couché là, sur le dos, dans son berceau, la couverture de laine remontée sous ses bras potelés et les chatons brodés sur le drap rabattu. L'affaire est conclue sur le palier – Paula ne discute pas le prix – et moins d'une heure plus tard elle pousse un caddie dans le rayon peinture d'un supermarché de l'avenue de Flandre, achète différents bleus acryliques en pots d'un demi-litre – outremer, cobalt, céruléum –, un litre de blanc satiné, un tube de terre de Sienne naturelle et un autre de terre d'ombre brûlée, un rouleau, des éponges, un bac à peinture, plusieurs mètres de plastique noir, après quoi, une fois passée à la caisse, elle charge le tout dans un sac à dos, rentre en métro rue de Paradis, dépose ses courses dans la chambre du bébé, puis monte chercher ses pinceaux – spalter, patte de lapin, brosse ronde – et cet escabeau instable qu'elle hisse sur son épaule.

La pièce à peindre est située au premier étage sur cour, l'étroite fenêtre obscurcie à toute heure du jour par un pan de mur noir et suintant, mais c'est bien là, dans cet endroit terne, confiné, qu'elle retrouve son tempo, règle sa respiration, revisite sa musculature, et ceux qui la regardent à cette heure – la grosse tourterelle descendue en vol spiralé dans le puits de l'arrière-cour, la vieille dame chauve collée au carreau d'en face, la lycéenne qui évalue le temps qu'il fait à l'instant de choisir son pull – sont frappés par l'expression de son visage, par sa figure impassible quand le reste de son corps, lui, est entré en action comme si elle avait déclenché un processus que rien ne saurait interrompre avant que soit accomplie la dernière opération, chaque mouvement logé dans celui qui le précède, chaque geste découlant de la chaîne tout entière.

Elle commence par préparer les lieux, étale

à quatre pattes la bâche de plastique sur le parquet, puis, grimpée sur l'escabeau qu'elle déplace mètre à mètre le long des murs, déroule un ruban de masquage sur les angles du plafond – opération fastidieuse censée garantir des finitions nettes. Une fois que tout est prêt, elle accroche le pot de blanc contre les montants de l'échelle à l'aide d'un fil de fer, se hisse sur le dernier barreau et démarre l'application du fond en deux couches, au rouleau, la nuque renversée, songeant à ce ciel qu'elle va peindre, à cette zone diaphane, gazeuse, à la limite de la transparence, et qui diffusera dans un jeu de reflets une lumière radiante dont nul ne saura situer la source, elle imagine ce ciel à la fois immatériel et palpable qu'elle ponctuera d'un nuage prosaïque et tendre – voilà ce que je vais lui faire, à ce petit bébé-là.

Plus tard, au milieu de l'après-midi, le blanc est sec, le plafond prêt pour le recouvrement et Paula s'agenouille. Elle jette un œil autour d'elle, les parois sont blêmes, la fenêtre sans jour – elle a lu quelque part que les murs du Paradis étaient en saphir, je suis pourtant à la bonne adresse, sourit-elle en triplant le tour d'élastique de sa queuede-cheval –, puis elle ouvre les pots en glissant sous le couvercle la pointe d'un couteau, et découvrant ces surfaces brillantes, ces textures placides et onctueuses comme de la crème industrielle – de la crème Mont Blanc, en bleu –, elle songe aux procédés qui permettaient autrefois d'imiter la couleur du ciel, à ces décoctions dont elle aimait réciter la composition à Jonas, pour le faire rire, pour l'éblouir, pour jouer la sorcière affairée devant ses cornues, l'alchimiste possédant les secrets de la nature et les formules de sa métamorphose, essayant de nouveaux mélanges afin qu'il la regarde, afin qu'il l'interroge ; elle repense à ce bleu que l'on obtenait au Moyen Âge dans des fioles emplies d'essence de bleuet coupée avec du vinaigre et « de l'urine d'un enfant de dix ans ayant bu du bon vin », et à cet outremer que l'on finit par utiliser aux premiers temps de la Renaissance en lieu et place de l'or, mais qui était plus éclatant que l'or justement, et plus digne encore de peinture, un bleu qu'il fallait aller quérir au-delà de la mer, derrière la ligne d'horizon, au cœur de montagnes glacées qui n'avaient plus grand-chose d'humain mais recelaient dans leurs fentes des gouttelettes cosmiques, des perles célestes, des lapis-lazulis que l'on rapportait dans de fines bourses de coton glissées sous la chemise à même la peau, les pierres pulvérisées à l'arrivée sur des plaques de marbre, la poudre obtenue versée dans un mortier puis mélangée selon la recette avec « du blanc d'œuf, de l'eau de sucre, de la gomme arabique, ou de la résine de prunier, de cerisier – de la *merdaluna* comme on disait alors à Venise – et broyée plus finement encore avec de l'eau de lessive, de la cendre, du sel d'ammoniac », avant d'être finalement filtrée dans une étoffe de soie ou de lin ; et toujours penchée au-dessus des pots, en orante, Paula perçoit soudain la voix de la dame au col roulé noir ce jour où elle leur a déclaré depuis la coursive de l'atelier, inclinée par-dessus le garde-corps, projetant sur eux son ombre tranchante, que la connaissance contenue dans ces préparations, leur fabrication savante et habile, tout cela donnait au tableau sa noblesse, sa bravoure, son énergie morale – et sur ce dernier point, il était clair qu'elle ne plaisantait pas.

Paula prélève de la peinture dans chaque pot, mélange les trois bleus dans le blanc pur, ajoute une pointe de phtalocyanine, et lentement commence à chercher sa couleur. La peau de son visage s'échauffe et bientôt perle, elle respire bouche grande ouverte comme si l'air lui manquait et dans ses yeux qui n'ont pas cillé une seule fois se reflète le bac à peinture où son pinceau remue un bleu en formation, son poignet faisant battre sa main de plus en plus vite, émulsionnant un ciel possible. Elle stabilise enfin une couleur lavée des références, puis se relève, ankylosée, la tête lui tourne un peu et ses genoux craquent, elle accroche le bac à peinture contre la tablette de l'escabeau, se hausse sur la dernière marche, et debout à deux mètres du sol, un foulard noué sous la queue-de-cheval à la manière d'une paysanne, d'une éclaireuse, d'une pin-up des années cinquante, une main l'assurant et l'autre peignant – épaule basse, bras levé en angle à quarante-cinq degrés à partir du coude afin d'éviter toutes ces saloperies de tendinites, de capsulites ou « épaules gelées » –, elle peint. Les bruits du dehors ont disparu, le silence tient les murs, et seule la respiration de Paula au travail fait entendre une vibration qui monte. Mais la jeune fille n'entend pas ce bourdonnement, et continue de propager un ciel vaste et onirique en prenant soin de l'éclaircir dans les angles et sur les côtés pour y créer de la profondeur, prévoit une zone de réserve pour y faire advenir un nuage dont elle travaille le volume et la masse à l'éponge, festonnant ses contours et qui bientôt flotte au plafond tel un petit dirigeable très humain.

Le jour est tombé, il fait noir, Paula branche un halogène pour continuer à peindre. À l'intérieur de la chambre, la fenêtre s'est changée en miroir, quand depuis l'extérieur c'est une lucarne éclairée dans la nuit, le diorama d'un métier, le cinéma d'un petit chantier, et il y a fort à parier que la grosse tourterelle, la vieille dame chauve et la lycéenne, chacune à son étage, soient revenues se poster derrière leur carreau, les yeux braqués sur la silhouette de l'héroïne, parfaitement cadrée, droite, sûre, dressée en équilibre au sommet de l'escabeau, comme au centre d'un cerceau de feu, et ce quelque chose de ferme qui la couronne, cette détermination perceptible jusque dans son ombre portée, où la queue-de-cheval, énorme, paraît bouger à peine, où la tête dans un jeu de perspectives semble toucher le plafond, soutenir le jeune ciel comme une caryatide, sûrement que toutes trois sont restées là jusqu'à ce que Paula subitement s'arrête, éteigne la lumière et referme la porte, la scène engloutie d'un coup dans l'obscurité.

Le lendemain matin, le cou endolori, les épaules moulues, les yeux brûlants, Paula dévale les quatre étages, inquiète de ce qu'elle va trouver derrière la porte de la petite chambre. Elle entre, lève les yeux : elle est mitigée. Ne perçoit rien de la splendeur céleste qu'elle a cru peindre dans les dernières heures de la nuit – elle était cependant intoxiquée par les vapeurs de peinture, faut-il le lui rappeler ? –, mais un ciel trop fort, diapré, sans distance. Elle tourne en rond durant quelques secondes, affolée, puis verse du blanc pur dans un petit bac, reprend le spalter et remonte sur l'escabeau, se bat contre sa propre gravité – vacillements, courte nuit –, puis finit par déceler au plafond un bossellement sphérique, un défaut que sa peinture incorpore comme la forme même de son ciel, et maintenant elle peint à toute allure, c'est beau à voir, le plafond changé en une surface dont elle ne saurait dire si elle tient de la transparence ou de l'opacité, mais qui lui plaît. La chambre est convertie en nacelle de montgolfière, en tipi des plaines, en abri sous roche, et quand enfin Paula pose les pieds sur le plancher, oscillante, exténuée, puis annonce qu'elle a terminé, la jeune mère pousse un cri en entrant dans la pièce, se mord les lèvres de stupéfaction, et sa main s'agite dans l'atmosphère comme sous l'effet d'une piqûre de guêpe. Paula, elle, ne peut plus regarder son travail, baisse les yeux et se détourne, gênée, puis déclare qu'elle a soif et doit se laver les mains – peut-être que quelque chose, déjà, se détache d'elle, peut-être que si elle relevait la tête vers le plafond elle serait incapable de se reconnaître comme l'auteur de ce bleu, et mal à l'aise de constater la présence d'une inconnue dans le même corps qu'elle : c'est moi qui ai peint ça ? Un instant plus tard, elle est payée en liquide, de la main à la main, ses doigts brûlés par les solvants effleurent ceux de la jeune mère puis font crisser les billets. Remontée chez elle, elle rejoint ses parents dans la cuisine qui lavent des rattes et grattent des radis, brandit la liasse tiède, annonce qu'elle ne s'inscrira nulle part à la rentrée, ne retournera pas à l'université : je vais trouver d'autres chantiers. Le père hoche la tête, pose son couteau et va chercher un pot de rillettes fraîches qu'il commence à tartiner sur des toasts. Je croyais que tu voulais être peintre. Paula sursaute : je veux peindre, c'est tout.

L'été se précise, la ville prend une autre vitesse, revêt une autre acoustique, des vides apparaissent, des zones planes, vacantes, délaissées, le soleil brûle comme un disque blanc, et Paula traîne. Elle surfe sur les réseaux sociaux, rejoint le groupe facebook des anciens élèves de l'Institut, descend coller des affichettes chez les commerçants du quartier, démarche un studio de création de vitrines pour grands magasins, deux agences d'architecture d'intérieur, des ateliers de décors de théâtre à Saint-Denis et Montreuil, mais partout les lèvres se plissent en une moue taciturne, on n'a rien pour l'instant, on ferme la semaine prochaine, il faudra repasser nous voir à la rentrée. Les parents tentent bien de flouer leur fille en lui proposant de patiner le studio d'un ami, la cheminée d'un autre, de réaliser un placage en loupe de noyer pour l'ascenseur de la copropriété, quelque chose qui lui mettrait « le pied à l'étrier » comme ils disent, faussement enjoués, mais Paula suspecte des agissements troubles, soupçonne qu'ils la recommandent, voire qu'ils financent dans son dos ces petits travaux, et vexée, elle se mure. Jonas et Kate, eux, donnent peu de nouvelles, sinon pour comparer leurs rémunérations respectives, et s'informer des marges de négociation possibles – tu crois que je peux monter jusqu'à combien ? Jonas a trouvé un boulot sur les décors du *Neveu de Rameau* qui sera monté au Théâtre de la Monnaie en novembre, Kate peint une fresque du Grand Canal de Venise au fond d'une pizzeria de Glasgow et s'apprête à rénover celles qui tapissent les murs du Nautilus où elle a repris sa place de physio dès son retour, cerbère sexy et intraitable dressée à la porte des abysses. Paula n'a pas un rond, elle rejoint ses parents quelques jours en Charente, sinon s'étiole dans sa chambre, l'été est pourri. Pire encore, septembre ne crée aucun contraste : c'est une arrière-saison et non une rentrée, la jeune fille se tient sous la ligne de flottaison, en deçà de la reprise, des projets et des plans, hors jeu.

L'écran du portable s'éclaire. C'est Alba, l'Espagnole de la rue du Métal. La proposition est directe, tirée droit comme une fusée : le musée des Antiquités égyptiennes de Turin prépare une exposition dédiée à la découverte de la tombe de Khâ et Merit par la mission archéologique italienne d'Ernesto Schiaparelli, en 1906, tu vois ou pas ? L'agence de scénographie qui pilote le machin est dirigée par une cousine issue de germaine de ma mère – elle est dure, je te préviens –, qui recrute en urgence une équipe de peintres pour les panneaux muraux. Paula ne connaît rien à l'Égypte ancienne – mais se souvient avoir vu enfant des sarcophages de pharaons et la momie d'un chat lors d'une sortie familiale intitulée « un dimanche au Louvre » et dont on trouvera la trace dans un album de photos étiqueté « 1997 » –, n'a jamais entendu parler de Khâ et Merit et situe mal Turin, mais entendre Alba – débit rapide, voix rauque, grossièreté affranchie de l'aristocrate – c'est faire retour rue du Métal, et Paula, qui veut garder cette voix dans son oreille, emprunte le montant du billet d'avion à ses parents, rassemble son matériel, file à Orly.

Turin est austère, élégante, elle a le faste froid. Paula traverse la piazza Carlo Alberto en diagonale, les pieds gelés dans ses baskets de toile, mais impatiente de retrouver son amie à la cafeteria du Circolo dei Lettori, via Bogino. Les deux filles s'embrassent à grand bruit – Alba en fait des caisses – mais Paula doit toutefois ravaler son orgueil : pour ce qui la concerne, il ne s'agira que de réaliser des fonds de panneaux où d'autres artistes viendront ensuite peindre les falaises de la vallée des Rois et Deir el-Médineh, le village de Khâ et Merit, tel qu'il s'éclairait il y a trois mille ans dans l'aube poudrée du royaume d'Égypte. Paula accuse le coup, croise les bras et hoche la tête, je comprends, puis se rend au musée pour une petite visite des collections organisée à l'intention de l'équipe technique dont elle fait tout de même partie. Le conservateur est un jeune type à barbe de seigle, coiffé d'un chignon de la grosseur d'une noix, et vêtu d'un costume de velours noir. D'entrée, il annonce : la plus grande collection d'antiquités égyptiennes du monde, hors d'Égypte, c'est ici – ses deux index pointent le sol et Paula commence à prendre la mesure du lieu. Puis, sans attendre, il conduit le petit groupe au pas de charge dans la salle où sont exposés les objets trouvés dans la tombe de Khâ et Merit, ce couple enfoui dans la même chambre mortuaire, et s'arrête plus précisément devant la statuette d'un jeune homme, placée sur l'assise d'une chaise. Là, il se frotte les mains, regarde sa montre et déclare : je ne présenterai qu'un seul objet, celui-là – il désigne la statuette et ce geste ouvre son récit : au temps de l'ancienne Égypte, ceux qui, comme Khâ, architecte royal sous le règne d'Amenhotep II, disposaient de la fortune nécessaire à la construction de leur tombeau, commandaient souvent aux artisans de Deir el-Médineh une statue qui les incarnerait tels qu'ils voulaient apparaître sous le regard des dieux à l'heure d'entrer dans l'éternité, et se faisaient enterrer avec elle – le jeune conservateur s'exprime d'un ton docte, fixant d'un œil dur ceux qui lui prêtent une oreille distraite, dont les yeux glissent vers les smartphones – ; ce double offrait un refuge à l'âme du défunt au cas où il arriverait malheur à son corps momifié ; mais cette statue n'était pas une représentation de lui-même : elle était lui. Paula tressaille, certaine à présent que la voix s'adresse à elle, et à elle seule, quand elle conclut dans la foulée : le double est doué de vie.

Le conservateur balance ces derniers mots avant de s'esquiver à reculons, l'air de dire : bien, je vous laisse méditer tout ça. Le groupe se disloque dans un bruissement désorienté, s'égaille autour des vitrines, mais Paula, elle, ne bouge pas et s'attarde devant la statuette de Khâ posée sur une chaise peinte, présentée telle que les archéologues l'avaient trouvée dans la chambre funéraire ce jour de février 1906, alors que les ouvriers creusaient la vallée de Deir el-Médineh depuis plus d'un mois – en fin d'après-midi, Ernesto Schiaparelli, en costume trois pièces et chapeau colonial écru, avait reconnu l'entrée d'une tombe dans les éboulis, un puits d'environ quatre mètres au fond scellé d'un mur de brique, derrière quoi un boyau conduisait à une paroi qu'il fallut abattre, puis dans une longue antichambre déjà meublée d'un lit d'apparat, et enfin à la chambre funéraire où se tenaient, retirés du monde depuis trois millénaires, au cœur d'une pièce où le regard humain ne fut pas même envisagé, les corps et les trésors convoités, et parmi eux cette figurine en marche, la poitrine ceinte d'une guirlande de vraies fleurs qui avaient traversé, intactes, une masse de temps et d'obscurité que nul ne pouvait concevoir. Paula sonde les yeux peints de la statuette, contemple le nez modelé dans le bois, la bouche close, les mains ouvertes le long du corps et les pieds décalés, comme saisis dans un pas, et bientôt, à force de regarder, elle n'est plus si certaine que tout soit immobile derrière la vitre, et si la statue s'avançait vers elle en ouvrant la bouche, en cet instant, elle y croirait – et le jeune conservateur qui la lorgne du coin de l'œil devine qu'elle mettra quelque temps à décanter ce face-à-face, persuadé qu'il suffit amplement à donner une valeur inestimable à toute virée turinoise, celle-ci par ailleurs bien besogneuse et fort peu lucrative pour Paula.

La piste italienne s'avère féconde. Elle joue comme un fil que l'on tire et lève un collier d'opportunités, chaque chantier recelant une bifurcation vers un autre à venir, logeant une chance. Paula saisit ce qui se présente, parfois in extremis, parfois sans trop y croire, consent au gros œuvre, aux plans modestes et subalternes, aux rémunérations rapides, les billets tendus par une main souvent endiamantée mais réticente, aux ongles pointus – une pince. Après les fonds de panneau pour la scénographie de l'exposition de Turin, c'est la patine bouton d'or d'un salon de coiffure à Milan, suivie, au domicile même du coiffeur, par une salle de bains en faux marbre – mégalomane et sentimental, le client choisira un candoglia, la pierre du Dôme –, puis elle peint le lettrage à l'ancienne sur la devanture d'un chocolatier de Brescia, le décor de *Conversation en Sicile* pour une troupe de théâtre amateur de la paroisse San Luca de Turin, fabrique la colonne du *Temps et la chambre* joué par les mêmes six mois plus tard dans le off d'Avignon, réalise trois panneaux d'eucalyptus – un marbre gris – pour des chambres à coucher dans un mas de la Drôme converti en hôtel, une cheminée en sarrancolin qu'elle doit recommencer, la cliente préférant finalement un rose de Bohême qui s'harmoniserait avec la toile de son canapé – petit chantier mal payé d'une durée excessive, mauvaise opération –, peint les murs d'une pâtisserie en marbre de Carrare aussi scintillant que du sucre candi, deux colonnes de turquin et des raccords en faux buis pour les stalles de l'église de Mergozzo, dans le Val d'Ossola, qu'elle exécute sous la houlette d'un curé aveugle et tatillon – elle dort au presbytère dans une chambre spartiate, le premier soir grimpe sur le lit, se hausse sur la pointe des pieds dans l'oreiller et tend le bras pour décrocher le crucifix cloué au mur, une croix laide avec christ en métal argenté tordu de souffrance la face énucléée, les côtes visibles, qu'elle range au fond du tiroir de la commode avant de se coucher sur le dos les yeux au plafond ; la dernière fois qu'elle a tenu un crucifix entre ses doigts, elle se trouvait presque seule au mois d'août dans un petit cimetière de campagne où les funérailles avaient déraillé : on avait descellé par erreur le caveau des cousins, le fou rire avait gagné la tête du cortège puis s'était propagé vers l'arrière, les croque-morts avaient reposé à temps le cercueil sur les graviers, et soufflé, en nage, engoncés dans d'épais costumes de drap noir, tandis que déjà les enfants se penchaient sur le trou espérant voir des squelettes, alors le fossoyeur du village avait surgi dans l'enclos, efflanqué, les pattes rasées sur les joues en poignard ottoman, la veste de travail ouverte sur un tee-shirt, mais putain la moitié des tombes portent le même nom ici, il avait gueulé, puis s'était glissé entre les sépultures pour aller desceller l'autre tombe, la bonne cette fois-ci, mais à force de patienter sous la canicule les hommes avaient ôté leur veste et desserré leur cravate, le maquillage avait coulé, les pieds avaient gonflé dans les escarpins, les bébés s'étaient réveillés dans les bras des grandes sœurs, et les vieux avaient commencé à s'asseoir sur des pierres tombales, disséminés un peu partout comme de gros corbeaux, éventés à l'aide du livret de messe, désapprouvant du regard les jeunes couples partis attendre dans les voitures climatisées ; le cercueil une fois descendu à sa place, le fils aîné de la défunte, très rouge, accablé par ce cafouillage, avait entonné un chant à la Vierge, *Chez nous soyez Reine*, quelques voix frêles avaient suivi, mais le prêtre, qui avait une autre messe à dix kilomètres, avait expédié la fin et chacun s'était signé en vitesse avant de filer à la collation de funérailles ; Paula, attardée auprès de la tombe, avait observé le fossoyeur qui comblait le trou, l'odeur du ciment frais dans le seau lui montait à la tête, puis elle avait replacé le crucifix bien debout sur la stèle ; alors, on y croit ou pas ?, le fossoyeur la fixait des yeux appuyé sur sa pelle, le cimetière était désert, les portes des bagnoles claquaient derrière le mur, puis il avait descendu un litre de Fanta tiède, la tête renversée en arrière, les yeux clos.

Elle a rallié la cohorte des travailleurs nomades, ceux qui se déplacent à longueur d'année, et parfois loin, au gré de leurs contrats, ceux-là bien distincts des stars de twitter ou d'instagram que l'on fait venir à grands frais pour la soirée de lancement d'un téléphone portable, d'une ligne de maquillage ou d'un sorbet à la crevette – coiffeurs et coloristes, pâtissiers étoilés, footballeurs, chirurgiens aux dents blanches, agents de toutes sortes, chroniqueurs cultes –, et bien distincts également du prolétariat embauché à flux continu sur les chantiers qui prolifèrent à la surface du globe, la main-d'œuvre inépuisable et sous-payée qui circule dans les soutes de la mondialisation. Paula, elle, joue dans une catégorie intermédiaire, les free-lances, ceux que l'on engage sur des contrats à durée déterminée et que l'on rémunère en honoraires, et bien que travaillant en Italie depuis son diplôme, sur des chantiers variés et toujours pour des commanditaires italiens, elle n'est pas encore enregistrée à la Maison des Artistes. Free-lance, c'est la nébuleuse, il y a les stars qui enchaînent, convoitées, le carnet de commande noirci plusieurs années à l'avance, et les autres, qui ne travaillent pas assez, n'ont aucune visibilité au-delà de trois semaines. Ceux du calibre de Paula ont tendance à tout prendre de peur qu'on les oublie, de peur qu'on les blackliste s'ils sont indisponibles, ils achètent eux-mêmes leurs billets d'avion ou de train, facturent des chambres d'hôtel low cost ou des studios meublés que le turnover des locataires a convertis en investissement à fort taux de rentabilité – des turnes fonctionnelles dotées d'un bon wifi et de placards montés à la va-vite mais dont le loyer est majoré pour un torchon ou une taie d'oreiller supplémentaires – et recréent où qu'ils soient, en quelques heures à peine, la cellule intime qu'ils habiteront durant leur séjour. Ils parlent mal de nombreuses langues et couramment aucune, mais ont l'oreille exercée et en moins de quinze jours le timbre de leur voix change, ils prennent l'accent du pays tandis qu'une gestuelle inédite accompagne leurs récits et que leur peau se met à chatoyer à l'unisson de celles qui les entourent. À Rome fais comme les Romains, c'est ainsi qu'ils s'encouragent. Ils sont tout-terrain et polyvalents, s'adaptent à toutes les pratiques, à tous les protocoles, à tous les rythmes, c'est d'ailleurs en cela qu'ils sont utiles, c'est pour cela qu'on les embauche. Et Paula parmi eux a désormais une petite expérience, ceux qui ont travaillé avec elle la recommandent volontiers pour peu qu'on les questionne : c'est une fille fiable, une bonne technicienne qui travaille vite, et que l'on sait capable d'improviser – de fait, elle a stocké dans sa mémoire de quoi faire face à telle situation en appelant telle autre, analogue, résolue en d'autres temps et d'autres lieux, tient toujours des carnets rigoureux où elle consigne les références chromatiques des teintes rares et la composition de vernis spécifiques, un répertoire du vocabulaire employé dans les différents corps de métiers, définitions et traductions comprises, ainsi qu'une cartographie progressive du réseau de ses clients.

Ces chantiers modestes s'enchaînent, ils assurent à Paula une continuité de travail enviable par les temps qui courent, et une autonomie matérielle, fragile mais réelle. Grisée, elle loue une chambre à Turin, près de la gare, dans un appartement lugubre de la via Giotto, apprend l'italien, se débrouille de mieux en mieux et même si bien qu'elle peut négocier un salaire, un jour de rab, un défraiement. C'est la langue du pays des marbres, non ? écrit-elle à Kate qui lui serine que maîtriser l'anglais serait plus efficace et que c'est là-dessus qu'elle doit miser.

Elle acquiert la foulée souple des filles débrouillardes, pragmatiques, de celles qui sautent dans les trains, prennent des autocars sur de longues distances, se fardent dans les vitrines et les rétroviseurs, boivent au robinet et engagent volontiers la conversation avec des inconnus, ces filles déliées qui se frayent facilement un passage dans la foule, ne traînent jamais longtemps sur place et décanillent, souriantes, sans regarder derrière elles, déjà loin, déjà ailleurs. Mais cette effervescence neuve, qu'elle aime d'ailleurs un peu trop mettre en scène, outrant le rush, se donnant des airs importants, clamant « je suis charrette ! » à tout bout de champ, exagérant le nombre d'heures passées sans dormir ou la difficulté de ses interventions, perturbe sa lucidité : elle n'est pas en mesure de réaliser que la précarité est devenue la condition de son existence et l'instabilité son mode de vie, elle ignore à quel point elle est devenue vulnérable, et méconnaît sa solitude. Certes, elle rencontre des gens, oui, beaucoup, la liste de ses contacts s'allonge dans son smartphone, son réseau s'épaissit, mais prise dans un rapport économique où elle est sommée de satisfaire une commande contre un salaire d'une part, engagée sur des chantiers à durée limitée d'autre part, elle ne crée pas de relations qui durent, accumule les coups de cœur de forte intensité qui flambent comme des feux de paille sans laisser de trace, désagrégés en quelques semaines, chaleur et poussière. Par exemple : à la vie à la mort avec une fille embauchée sur le même chantier qu'elle – un escalier en onyx jaune doré d'Algérie horriblement difficile pour le siège d'un armateur de Milan –, les deux logées dans un appartement mis à disposition par le directeur de la compagnie – un type à fine moustache vêtu d'un manteau droit de cashmere camel qui trouvait très charmant de loger ces deux petites Françaises en salopette –, intimes soudain, partageant tout, se racontant longuement sexualité comprise, puis une fois l'escalier peint leurs chemins divergent, et elles dévissent d'un coup, les deux ensemble, en trois jours ça se referme, plus rien, un smiley de temps en temps, une info par texto, et aucune ne manque à l'autre. Et Paula qui pourtant se proclamait nomade, électron libre, parfaitement ajustée à ce mode de vie, goûtant les amours de courte haleine, dédaignant la conjugalité précoce et regardant les sédentaires de son âge comme des pantoufles, est peu à peu déstabilisée par la discontinuité de sa vie affective, par ces engouements sans lendemain, par le courant alternatif qui étrille son cœur. Elle apprend à mesurer ses distances, à ne pas s'emballer, au fond à toujours repartir, aura trois amants en tout et pour tout les deux premières années de la période italienne, des conjonctions éclair qui se forment toujours dans les interstices du chantier, ou la veille de livrer le décor, comme si à l'instant de quitter les lieux Paula consentait à lâcher prise. Un dimanche de mars, elle s'écroule en sanglots dans un Frecciarossa entre Milan et Rome.

De Glasgow par ailleurs les nouvelles sont moroses. Kate galère. Bientôt trois mois qu'elle n'a pas touché un pinceau, et rien ne pointe à l'horizon. Lors du dernier skype, elle travaillait toujours au Nautilus mais si fauchée qu'elle avait accepté des heures de baby-sitting – la fillette rêvait de se présenter à l'audition de *Britain's Got Talent*, allumait son karaoké dès son retour de l'école et sautillait dans le salon sans discontinuer, un enfer. Le dernier chantier, surtout, avait mal tourné : au moment de la régler pour une simple frise, la cliente en petit perfecto de cuir rouge lui avait annoncé une retenue sur salaire au prétexte que le sol avait été sali, Kate avait nié en bloc, réclamé son argent, et marché sur sa cliente front en avant et tête baissée, sans desserrer les canines, si près que l'autre en face avait paniqué, braillant mais vous êtes folle, finissant par lui jeter le fric au visage, et Kate, blanche de colère, ramassant la liasse, puis la lui refourguant au creux de la main, exigeant qu'elle la complète et la lui redonne gentiment, avec des excuses *please*, ce que la cliente avait refusé de faire, acculée contre une console de verre, sortant son téléphone pour appeler son mari, répétant en boucle vous êtes complètement folle, une folle dangereuse, si bien que, perdant le contrôle, Kate avait ressaisi en une poignée de secondes son spalter, débouché son pot de peinture, et raturé à grands coups de rouleau le feuillage élégant d'inspiration Grand Siècle qu'elle avait mis trois jours à peindre au plafond de l'entrée, avait tout conchié, projetant des gouttes de peinture sur le sol justement, puis avait passé la porte sous les yeux ébahis de la femme et enfourché sa petite moto juste avant que surgisse la belle Audi Q5 argentée du mari. Voilà, je suis tricarde dans le coin, avait rigolé Kate, faudrait que je me tire. Paula avait applaudi : viens ! Ben voyons, tu me paies le billet ? avait rétorqué Kate, maussade, ajoutant, trouble, j'ai un mec, moi, t'as oublié ? Et depuis, c'était silence radio.

Le silence de Jonas est, lui, d'une tout autre matière. Jonas est débordé. Hyperactif et secret, toujours loin. Son travail sur *Le neveu de Rameau* monté à Bruxelles lui a valu un contrat de deux ans auprès d'un scénographe slovène en vue, au nom imprononçable, et sa sphère professionnelle a pris d'entrée de jeu une dimension européenne, des productions prestigieuses dont il ne dit rien, superstitieux et chien, Paula vexée de lire son nom par hasard dans un article élogieux sur une adaptation de *Macbeth* au Théâtre royal de Namur, ou plus tard dans une mise en scène d'*Othello* à la Schaubühne de Berlin, blessée de l'entendre minimiser ses projets d'une voix détachée lors d'un échange sur skype, le visage pixellisé à l'écran : faut se calmer, Paula, tout cela n'est quand même pas de la peinture. Il élude les chantiers, parle-moi de toi, c'est plus intéressant, proche soudain, toute distance abolie, le monde rétracté sans plus de géographie, tu rencontres un peu des gens dans tout ça ? Alors c'est au tour de Paula de jouer les évasives, de créer des zones de flou artificielles, quand sitôt l'écran éteint elle se sent vide, les mains froides, ne saurait dire s'ils se sont vraiment parlé, sent qu'ils s'éloignent l'un de l'autre, se demande quand elle le reverra, l'ombre sur la moitié du visage, et la braise de la clope à hauteur de la joue.

Paula ouvre les yeux et regarde autour d'elle.
Elle reconnaît les lieux mais il lui faut un temps
– un temps inhabituel – pour refaire surface.
Elle se laisse envahir par sa conscience et par le
jour qui monte, reconstitue lentement l'enchaînement des jours précédents. Tout a été très
vite. Un chantier de cinq semaines annulé à la
dernière minute – la patine d'un appartement
de trois cents mètres carrés dans le centre de
Turin – et la petite organisation qui s'effondre
comme un château de cartes : elle a rendu sa
piaule de la via Giotto, a ramassé ses affaires qui
remplissaient à peine deux grands sacs de sport,
la boîte à peinture, l'ordinateur, les chargeurs,
elle a déposé les clés et le loyer en liquide sur
la console de l'entrée puis un sac sur chaque
épaule, ainsi équilibrée, s'est mise en route
vers la gare pour y attendre le bus 68 qui l'a
conduite à l'aéroport – dans la file d'attente à
l'enregistrement, elle observe longuement une

fille de son âge avancer en shootant dans son sac de voyage, sans quitter des yeux son portable. Quelques heures plus tard, elle a poussé la porte de l'immeuble de la rue de Paradis et dans le vestibule s'est arrêtée, intriguée par la patine de faux marbre qui recouvrait les murs – un rouge de Vérone à peine crédible : les nodules étaient trop épais et les fossiles d'ammonites mal répartis sur le panneau – et qu'elle a regardée vraiment pour la première fois.

Paula écoute les bruits de l'appartement, ses parents sont debout, et le grille-pain saute dans la cuisine. Il va falloir jouer serré – attention, je ne me réinstalle pas, ce n'est que transitoire – et s'avancer vers eux tête haute : hep, vous deux, fini la rigolade, Paula est de retour.

C'est sa chambre ici. La seule qu'elle ait jamais connue jusqu'à l'âge de vingt ans. Elle y a dormi bébé dans un moïse de paille à garniture de vichy rouge que l'on déposait sur un chevalet en rotin, puis dans un lit d'enfant placé sous un mobile de bois qui figurait les voyages extraordinaires de Nils Holgersson – une oie sauvage que chevauchait un petit garçon en chemise à jabot et costume bleu roi –, puis dans un lit de fer forgé repeint en bleu ciel par sa mère, et enfin dans ce lit double pour lequel elle avait dû batailler en début de terminale et qui, c'est vrai, prenait pas mal de place. La chambre avait alors été refaite, elle s'en souvient, l'arrivée d'un nouveau lit ayant fourni l'occasion de repeindre les murs en blanc, de changer la moquette, de remplacer les rideaux fleuris par des stores à lattes, et de bazarder tout ce qui désignait la gamine qu'elle avait été, le petit bureau laqué de blanc, la douzaine de boîtes à machins, les feutres à paillettes, les peluches flétries, les carnets, le grand pêle-mêle d'images qu'elle avait passé tant d'heures à composer, décomposer, recomposer – photomatons de copines à trois ou quatre dans la cabine, cartes postales des tableaux du Douanier Rousseau, publicités pour des parfums ou photos de mode, *Le baiser de l'Hôtel de Ville* de Doisneau, Leonardo DiCaprio. Paula avait été sans pitié pour ses babioles, pour ces reliquats d'enfance, affirmant sans ciller son emprise sur les lieux, son goût propre et une maturité nouvelle. Seuls avaient survécu un kayak miniature taillé dans un bouleau, un collier tahitien, quelques livres – parmi lesquels *Contes et légendes du monde grec et barbare*, un volume cartonné à dos blanc liseré d'or –, et Uma Thurman sur l'affiche de *Kill Bill 2*, sabre sanglant et combinaison jaune d'or, guerrière sexy grandeur nature. Depuis son départ, d'autres images et d'autres objets s'étaient infiltrés dans cette chambre, mais rien n'était venu altérer la sobriété du décor, ce dépouillement si désirable aux yeux de la jeune lycéenne radicale d'alors, cette Paula de dix-sept ans qui vidait les tiroirs, arrachait du mur les clichés et les pages de magazine et remplissait les sacs poubelles avec détermination tandis que sa mère repliait les rideaux dans des caisses en plastique et que son père, debout sur un escabeau, dévissait la tringle en évitant de penser au curseur de la fermeture Éclair entre les seins d'Uma.

Inhabitée comme celles des enfants qui ont quitté la maison, la chambre de Paula s'était peu à peu dissociée du reste de l'appartement, déconnectée de son fonctionnement organique. Sans l'exclure totalement de leur espace quotidien, ses parents l'avaient désactivée : tout y était en ordre, chaque chose à sa place, et la moquette portait encore les traces de l'aspirateur, mais elle était devenue cette pièce inerte, silencieuse, repliée dans une zone où l'on n'allumait plus, que l'on n'aérait pas. Pour qui poussait la porte, il était clair que l'on entrait peu ici, sinon pour aller chercher dans le placard mural un ciré, une paire de bottes, une valise à roulettes, un sac de couchage. Paula percevait tout cela à la seconde même où elle débarquait dans le couloir, de retour dans un intervalle de temps entre deux chantiers, et ça la mettait en boule, elle voulait continuer à occuper toute sa place, à faire exister l'espace qui lui avait été dédié depuis son premier jour sur terre. Elle restait sur le seuil de la chambre, gueulait c'est pas un sanctuaire ici, puis entrait à l'intérieur, faisait du bruit, allumait les lampes, ouvrait grand la fenêtre.

Paula s'étire, se tourne sur le flanc, ses yeux s'arrêtent sur un autre visage à moins d'un mètre d'elle. C'est une enfant de sept ou huit ans qui sourit dans le soleil, une fillette en sandales, maigrichonne et dorée. Elle est debout dans un pré, vêtue d'un short en tissu-éponge orange et d'un tee-shirt du sous-marin *Le Triomphant* ; autour d'elle l'herbe est grillée, le ciel vide, il y a ce collier en pépins de melon qui lui festonne le cou et son œil gauche est couvert d'un pansement épais. La photo est adossée contre les livres sur l'étagère, c'est un polaroid dont les couleurs ont viré, et sous l'image, dans la marge blanche, quelqu'un a simplement écrit : Pola. Elle s'étonne que ses parents aient placé là cette photo, la seule visible dans la pièce, un cliché où elle n'est pas la mignonne fillette qu'elle sait par ailleurs avoir été – une gamine vive et tendre quoique trop longue pour son âge, et gauche, trébuchante, une grande perche disait-on, et incapable de percevoir sa taille comme un atout physique qui lui aurait permis, par exemple, d'impressionner les plus petits – mais une enfant dont le visage manifeste un problème et, sinon une infirmité, du moins une bizarrerie.

Debout et nue au milieu de la chambre, Paula

remue le vieux polaroid, comme si ses doigts pouvaient recueillir tout ce qui en émane, restituer l'enfant qui sourit devant l'appareil photo, plantée dans un champ grillé par les canicules d'août. Ce qui lui avait valu d'être photographiée ce matin-là, elle s'en rapproche maintenant, sa respiration s'accélérant à mesure que la scène se développe, c'est ce maillot de coton bleu ciel à manches courtes, imprimé en lettres de velours synthétique qui épelaient sur son ventre le nom d'un sous-marin nucléaire dont la puissance était d'autant plus grande qu'elle était retenue, contrôlée, dissuasive : *Le Triomphant*. Son parrain, officier supérieur du navire, le lui avait expédié par colis postal au retour d'une campagne dans des mers connues de lui seul et dont il ne pouvait révéler les noms sans trahir, si bien que personne, pas même son épouse, ne savait dans quelles eaux frayait le bâtiment – il s'immerge un beau jour en rade de Toulon, de Brest ou de Lorient, réapparaît au bout de plusieurs semaines dans une gerbe d'écume, le kiosque perforant la surface pour redevenir un perchoir à oiseaux, et les hommes de l'équipage alignés sur le pont ont désormais le teint blême, les yeux qui papillotent et le corps lesté de quelques kilos supplémentaires. Paula avait décacheté la grande enveloppe alors que la fourgonnette jaune de la poste faisait demi-tour devant le portail, au milieu d'une nuée d'enfants accourus pour voir, et avait revêtu sur-le-champ ce vêtement venu du fond des mers. Trois de ses cousins avaient alors surgi à vélo et s'étaient mis à tracer des cercles autour d'elle en la fixant du regard, visages brûlés de convoitise et bouches ouvertes – de jeunes coyotes –, et Paula les avait laissés faire, consciente de son privilège, heureuse de susciter l'envie de ces garçons qu'elle vénérait comme des demi-dieux quand pour eux elle était peu de chose – une fille –, car ce tee-shirt ne s'achetait pas dans le commerce mais uniquement dans les magasins de la Marine, au fond des arsenaux militaires, à l'intérieur de salles spartiates aux accès contrôlés où l'on trouvait aussi des pulls marins et des treillis, des calots, des gabardines, des rangers, des quarts en fer-blanc et du galon. Le commun des mortels ne pouvait donc le posséder sans être intimement relié au domaine des sous-marins, et c'était bien cela qui faisait la joie de cette petite Paula de huit ans, torse bombé sur de longues guibolles : être signalée aux yeux du monde comme un être connecté aux mers clandestines, aux profondeurs obscures, partie prenante d'un ordre planétaire invisible, traversé de torpilles, lesté de menaces.

Paula enfile une culotte, un tee-shirt, cernée par les coques noires des sous-marins qui patrouillent en ce moment même autour des atolls de Polynésie, au large de la Corée du Nord, au fond de la mer Noire et sous le rail de Sein, songe à tout ce qui circule sous la surface du monde, aux passions surpuissantes et secrètes – l'amour –, et, c'est étrange, mais c'est exactement à ce moment-là qu'elle reçoit un selfie de Jonas, tête nue, grave et cravaté, incrusté dans un marbre d'un vert sombre qui rappelle la majesté du porphyre antique, de la serpentinite, s'étonne Paula qui reconnaît aussitôt l'un des marbres les plus célèbres de la planète, le marbre emblématique de la tribune du Parlement des Nations unies, à New York.

C'est de nouveau l'été – mais quel été ? 2010 ? 2011 ? elle se perd quand elle raconte, seul l'enchaînement des lieux ordonne les dernières années, seules les saisons balisent sa mémoire, et on la voit de plus en plus souvent ressortir ses grands agendas noirs pour reconstruire son passé – et Paula part peindre un vestibule en paonazzo dans une villa Art déco sur les hauteurs de Portofino. C'est un marbre difficile, statuaire, une variété de carrare au fond d'un blanc pur, semé de mouchetures violettes et parcouru de veinules jaunes le long des brisures, comme si une rouille portuaire suintait des fentes de la pierre. Elle s'éclate à le peindre dans les premières canicules de juillet, l'air marin refoulant dans l'entrée de la villa les odeurs de résine et de poussière qui stagnent en nappes brûlantes au cœur de la pinède, ses épaules luisent, un filet de sueur coule dans son dos et trempe ses reins, ses aisselles dégoulinent sur le maillot de bain qu'elle porte sous le tablier, ses pieds collent dans ses tennis maculées de peinture, elle boit du thé glacé dans un thermos pendant que la maison murmure des conversations alanguies, des tintements de glaçons au fond de verres à whisky, et le soir venu, poisseuse, elle descend sur la plage désertée par un étroit chemin où des bestioles ensuquées détalent sur son passage, les lézards à ventre bleu, les scarabées d'un noir de vinyle, les gendarmes orange cuirassés d'un masque humain, tous dans leur fuite font bruire les taillis et chuinter les feuilles raidies sous un voile de poudre ; puis une fois sur le rivage, elle enfouit ses pieds nus dans le sable grisâtre tandis que face à elle, lente, épaisse, la mer répand ce bleu Majorelle où la jeune fille pénètre avec délice, où elle entre sans une éclaboussure, comme s'il s'agissait seulement de fendre l'eau, d'en éprouver l'empire, le plein contact, après quoi elle s'immerge lentement, s'incline tête la première dans la pénombre et descend caresser le sol plissé, la peau nue de son ventre excitée de plaisir, puis remonte vers la clarté, se regarde longuement au revers de la mer, dans son miroir interne, et une fois la surface retraversée, nage loin, au large, s'allonge sur la houle paisible, et fait la planche, les yeux au ciel, pense à ces derniers mois décousus, esseulés, petits bonds d'un lieu à un autre, ricochets de caillou plat, à ces lieux qu'elle n'investit jamais plus de quatre ou cinq semaines, à ces jours fondus dans un seul mouvement, celui de trouver le chantier d'après sans que la pause à Paris soit trop longue, sans qu'elle ait à demander à ses parents un petit rab qu'ils s'empresseront de lui donner, elle pense à ces peintures qui se relayent sans temps mort : c'est donc ça la vie ? Le ciel fonce lentement au-dessus d'elle, se rétracte vers l'est dans un bleu mourant que l'on dirait appliqué en deux couches à la gouache, et Paula se souvient de la grande verrière de la rue du Métal, de la luminosité si particulière de l'atelier, et alors, comme s'il procédait de cette image, comme s'il en était la continuité même, Jonas apparaît, la gueule de Rembrandt, le visage à demi occulté par la visière de la casquette, le regard clandestin, la peau d'iguane, la prunelle d'un noir bleuté, le blanc de l'œil aux reflets de perle, les cernes de cendre. Elle flotte au gré de l'eau devenue sombre à présent, smalt : il ne répond plus à ses messages, trois semaines depuis le dernier mail, Jonas, je t'aime, s'entend-elle dire au milieu de la mer.

Paula achève le paonazzo le jour dit, déroule le foulard qu'elle a noué en turban autour de sa tête, essuie son front du revers de la main, ferme les yeux. La peinture est remarquable, le marbre si maîtrisé que les propriétaires éprouvent immédiatement la fraîcheur minérale de la pierre, ils complimentent Paula en usant des mots *miracoloso, incredibile, magico*. On verse à la jeune peintre un Campari orange dans un verre soufflé, on lui offre une Dunhill baguée d'or, on la prend par la taille pour lui proposer un bain dans une piscine pavée de grès cérame, semée de tesselles d'or, puis on la règle en cash. Peu après, la saison bat son plein sur la côte Ligure, à Rapallo, Portofino, Savona, le long des côtes escarpées du golfe de Gênes, le couple de la villa reçoit, les invités s'émerveillent du paonazzo, ils y apposent la paume et leurs yeux s'élargissent. Un producteur de cinéma rit en apprenant qu'il a été joué, et d'un claquement de doigts demande que l'on appelle Paula : je veux qu'elle vienne à Rome. Sitôt cette exigence formulée, le type évidemment oublie Paula et son paonazzo, se reverse un verre de blanc, se passe la main dans les cheveux, brosse une feuille de laurier sur son pantalon d'été, mais la machine est lancée et la semaine suivante, effectivement, Paula est à Rome.

Fini les petits chantiers privés, les échantillons impayés, les nuanciers délicats qu'il faut faire valider à des hommes absents, à des femmes hésitantes, d'autant plus exigeantes qu'elles sont faussement pressées : Paula est embauchée pour trois mois aux ateliers de Cinecittà où elle devient la signorina Karst – et à ces mots, elle se voit en jupe corolle jaune soleil et chaussée d'une paire de ballerines. Ce qui l'attend pourtant ne virevolte guère : il s'agit de réaliser la façade de la basilique Saint-Pierre. Ah. Paula debout les bras croisés dans l'atelier des peintres en décor n'est pas certaine d'avoir bien compris ce que vient de déclarer le type qui a d'abord frappé dans ses mains en gueulant *silenzio !* Autour d'elle, personne ne s'étonne, les gars tapotent les poches de leurs jeans et sortent prendre l'air, placides, leurs mains ont construit plus fou, plus grand, plus délicat que la basilique Saint-Pierre, elles ne se laissent pas impressionner. D'ailleurs certains se marrent en silence, le ventre en avant, et fument en cercle, paume plaquée sur la bouche : donner corps au rêve des cinéastes, épouser leur furie mégalomane, matérialiser leurs fantasmes, c'est leur travail, c'est exactement pour ça qu'ils sont là. *La fabbrica dei sogni*, c'est le vrai nom de Cinecittà, tu savais ça, petite Française ? Un type aux dents pourries se penche vers elle, il a des yeux bleu marine, très enfoncés, et des poils noirs sur les poignets, il lui parle tout près du visage, et lui raconte en guise de bienvenue l'anecdote de ce décorateur de cinéma qui avait interpellé le cinéaste par ces mots : « Maestro, vous pouvez commencer, le cosmos est prêt ! » Voilà, nous, c'est un peu ça. Paula rigole. Le cosmos. Sans blague.

On reprend. Le chef décorateur détaille les tâches d'une voix plus lourde : il s'agit de la section centrale de la façade, soit la loggia papale, les deux fenêtres latérales, et quatre colonnes sur les huit qui existent ; environ vingt mètres sur les cent trente que compte la largeur de la basilique. La partie pour le tout. Qui résumera le lieu entier tel qu'il apparaît au monde les soirs d'élection, illuminé, à l'heure où le souverain pontife nouvellement élu vient bénir la foule massée sur la place, sa voix de vieil homme marmonnant dans le micro tandis que les cardinaux à barrettes rouges s'agitent sur les balcons latéraux. Pourpre vaticane donc, et travertin ! Puis il annonce avec délectation : dernière chose, la chapelle Sixtine sera intégralement reconstituée en studio. À ces mots, quelques voix fusent, deux jeunes types hilares se mettent en position pour imiter la scène de *La création d'Adam*, l'index de l'homme et celui de Dieu orientés l'un vers l'autre, et sur le point de se toucher comme se toucheraient deux corps conducteurs par lesquels transiterait la vie, ils prennent la pose entre les établis, s'avachissent et se redressent, s'excitent comme des gosses – la chapelle Sixtine, putain ! –, pendant que Paula, au seul nom de Sixtine, revoit la dame au col roulé noir peignant dans le silence le célèbre trompe-l'œil qui court, répété, le long des murs latéraux de la chapelle, dans la bande inférieure, un drapé damassé avec glands, feuilles de chêne et armoiries pontificales, c'est la part subalterne de la composition, précisait-elle, perverse ici, c'est le bas morceau ; elle semblait peindre en pensant à autre chose, ses yeux mi-clos regardant à peine le panneau tandis qu'elle annonçait que l'on commencerait par le bas, qu'il se passait là bien des choses captivantes, qu'il serait temps ensuite de lever le regard vers les hauteurs, vers les fresques, que l'on progresserait lentement et par étapes, oui, je vous conseille d'y aller doucement avec la Sixtine, murmurait-elle, quasi menaçante, lorsque la voix du chef d'atelier soudain refroidit l'ambiance : oh les artistes, on ne s'emballe pas, les fresques de Michelangelo, c'est Big Image qui s'en charge ! Il circule à présent dans l'atelier pour distribuer une première feuille de service, haussant les épaules et précisant d'un air goguenard que la production a opté pour l'impression numérique grand format : nous, on fait les finitions. Après quoi il se fige : une dernière chose, on travaille pour le film de Nanni Moretti, *Habemus Papam.*

Chaque matin à huit heures trente, Paula descend à la station Cinecittà, sur la ligne A, s'engage dans le tunnel qui passe sous la via Tuscolana – odeurs de pisse et d'ordures, elle rabat son foulard sur son nez et accélère – puis, ressortie à l'air libre, elle se dirige vers l'entrée des studios, présente son badge, après quoi c'est une vaste pelouse qu'elle contourne en direction des ateliers, déhanchée sous le poids d'une besace en bandoulière où se frottent les pinceaux, les chiffons, les carnets, un tablier propre roulé en boule ; sa chevelure tressée sur le côté en une natte épaisse bat sur son sein gauche, en contrepoids du sac. Le jour est là, les bâtiments s'éclairent gris de cendre puis mauves, l'air sent la campagne récente, elle est à Cinecittà bon sang, et cinq minutes plus tard en blouse et à poste.

Désarçonnée pourtant les premiers jours,

déçue. Elle s'attendait à entrer dans un château baroque, rutilant et bordélique, et pénètre dans un complexe architectural conçu pour répondre aux nécessités de la production cinématographique, l'organisation modulaire des lieux répartissant studios, loges, ateliers, dépôts, selon des impératifs de rationalité industrielle. Géométrie des formes et des perspectives, sobriété des lignes, rigueur orthogonale du plan, parterres de pelouse et pins parasols plantés au cordeau, à première vue le cadre est strict, homogène comme s'il était sorti de terre d'un bloc, issu de la volonté d'un seul, démiurge, qui aurait frappé trois coups sur le sol – en l'occurrence Mussolini, Paula ne l'ignore pas, même si ses connaissances sur la création du site et son histoire sont lacunaires et floues. Alba l'Espagnole – qui poste régulièrement des photos de ses chantiers sur instagram – l'aura prévenue : il ne se passe plus grand-chose là-bas, tu ne verras rien, tu perds ton temps, et Paula commence par lui donner raison. Il n'y a pas grand-chose à voir. Les vingt-deux studios du site sont des caissons géants aussi secrets que des coffres, aussi clos que les conteneurs de métal qui s'empilent sur les quais sécurisés des terminaux portuaires et l'extravagance promise de la terre « fellinienne », l'artificiel ostentatoire, les créatures charnues, bouffonnes, métaphysiques, les stucs et les plastiques, les noces de la farce et de la poésie, rien de tout cela ne se montre. Or, c'est précisément ce tissage serré entre visible et invisible qui stimule peu à peu le regard de Paula qui chaque jour longe les bâtiments aveugles, et laisse traîner le bout de ses doigts sur leurs murs jusqu'à ce que la peau, râpée, se couvre d'une poussière orangée qu'elle porte à son nez et respire comme l'odeur du cinéma. Il y a une vie occulte derrière ces enceintes closes, une vie qu'elle veut atteindre. Les aiguilles de pin crépitent sous ses semelles comme un feu de bois sec.

Parachutée là par une main puissante, oubliée illico, Paula réalise rapidement qu'on ne sait trop quoi faire d'elle et découvre ce que signifie être une variable d'ajustement, passagère et flexible, à l'endroit où l'art et l'industrie tentent une cohabitation. Elle apprend la hiérarchie des postes, se familiarise avec les nuances de l'aristocratie ouvrière, colore son italien de quelques inflexions romaines et assimile le lexique des studios. Les peintres qu'elle côtoie sont chevronnés, francs et techniques, les filles surtout l'impressionnent, ingénieuses, endurantes, l'ego dynamique et la langue bien pendue, négociant pied à pied les heures supplémentaires. Travailler pour le cinéma ne leur fait plus d'effet, ils sont blasés, étanches au mythe qu'ils concourent à faire vivre, indifférents aux stars, peu friands d'anecdotes qui croustillent, de rumeurs qui troublent, et la plupart toisent narquois la candeur de Paula pour qui tout ici est plutôt désirable.

Pour commencer, on l'envoie systématiquement chercher ce qui manque, un accessoire afin de vérifier un raccord de peinture, un pli au courrier, un téléphone portable oublié à la cantine – Kate, cheveux orange coupés au bol et sous-pull turquoise : c'est n'importe quoi, envoie-les chier, tu n'es pas leur larbin ! – mais Paula en profite et reconnaît le terrain, plan à la main et blouse ouverte, le chignon banane épinglé d'un pinceau. On la voit bientôt s'écarter des parcours directs, dénicher des diagonales, trouver des biais, s'en aller rôder du côté des studios, où les scènes qu'elle surprend rappellent qu'il se passe tout de même encore des choses ici : type en costard à pois qui transporte dans ses bras une Junon de résine ; animatrices de jeux télévisés, talons aiguilles et seins sous pression, les joues plâtrées de terracotta, criant au téléphone – *Il Grande Fratello* ? – ; figurants de série chaussés de spartiates et vêtus de toges romaines qui fument à la pause – *Les Borgia* ? – ; silhouette de femme vêtue d'un long manteau blanc qui s'engouffre dans une limousine en remuant dans son dos une cascade de cheveux d'or – Julia Roberts pour le clip Lavazza ? – ; trio d'adolescents qui recherchent le décor de *U-571* – un

« film de sous-marin » avec destroyer américain contre bâtiment allemand, chiffreuse Enigma à capturer, oreilles d'or et torpilles lancées dans l'outrenoir des abysses – ; et Paula flattée que l'on puisse la regarder comme une autochtone, comme une initiée des studios, guidant les trois collégiens jusque sur le décor, dans la salle de contrôle du navire, où elle aussi s'approche des cadrans qui clignotent dans la pénombre, auprès du sonar et du périscope, éprouve soudain l'atmosphère de caisson hautement technologique lancé à grande vitesse dans l'océan sauvage, l'absence de lumière qui abolit les repères temporels quand seule l'intensité du néon, virant au rouge quand vient la nuit, rythme le temps à bord, la réverbération des bruits, le souffle et le silence, les perceptions humaines qui reconstruisent un monde étrange, elle retient sa respiration, cueillie par l'émotion – enfant du *Triomphant*.

De la vie suinte aux jointures des studios. Des aperçus de coulisses chargent le pas des portes. La qualité de l'air y est différente, agitée, vibratile – le bourdonnement d'une ruche active avec trafic intense devant l'orifice noir, abeilles en vol stationnaire, file d'attente, va-et-vient, engouffrements, expulsions –, et plus elle s'en approche, plus Paula devient fureteuse, prompte à intercepter ce qui entre et sort de ces bâtiments comme les traces indicielles de ce qui se joue à l'intérieur ; elle guette les approvisionnements – fontaines à eau et cartons de vin, cochonneries destinées aux loges, parfois un jambon de Parme livré sous blister avec sa planche de bois, parfois des croissants chauds –, observe les livraisons de matériel – kilomètres de câbles, ordinateurs, caisses de sono en pièces détachées –, et ne peut s'empêcher de scruter les visages de ceux qui sont passés devant la caméra et qu'elle distingue désormais entre tous au seul grain de leur peau quand ils resurgissent à l'air libre, les yeux papillotant, les traits de leur visage alourdis par le fard, simplifiés par les dernières techniques de contouring ou simplement bouleversés par l'émotion d'un tournage, l'adrénaline d'une émission où l'on s'est réconcilié avec sa mère, où l'on a pardonné à un époux infidèle, où l'on s'est dépensé, où l'on a dansé, chanté, pleuré, où l'on s'est frotté à des vedettes, et c'est cette transformation qui trouble Paula, l'idée que quelque chose, à l'intérieur de ces hangars, a le pouvoir de modifier les êtres qui s'y aventurent, que ces gros parallélépipèdes contiennent de quoi déclencher ces métamorphoses. Elle attend que s'ouvre un passage, que s'écarte une fente – semblable en cela aux spéléologues qui longent les falaises, attentifs à capter un souffle qui signalerait un échange thermique et présagerait de l'existence d'une cavité dans la pierre, une grotte peut-être –, mais étrangement elle ne s'est pas risquée à explorer le fond du site, où s'étendent, juxtaposés, les grands décors extérieurs – pas encore.

Mise à toutes les sauces, déplacée continuellement d'une tâche à l'autre, et pas seulement sur les deux décors d'*Habemus Papam* – loggia papale et chapelle Sixtine –, Paula est intégrée pour un temps à l'équipe de peintres affectée au travail de base : poncer, enduire, patiner – putain c'est de la peinture en bâtiment ça, tu n'es pas formée pour ! martèle Kate depuis Glasgow, le visage déformé sur la vidéo, simpliste en cet instant. Mais Paula, soucieuse d'être adoptée, obtempère sans ciller, trouve du plaisir à peindre hors châssis, libérée du panneau, à réaliser ces à-plats sur de larges supports, ces vastes monochromes. J'ai de bonnes sensations, je reviens à l'acte fondateur de la peinture : recouvrir une surface ! – elle mime à grands gestes le travail au rouleau devant l'écran où Kate, justement, se vernit les ongles dans la loge du Nautilus, atterrée. Un dimanche, Paula se joint au bataillon d'urgence venu reprendre mille mètres carrés de bois afin de simuler un béton, et s'assied sur le sol au milieu des hommes à la pause déjeuner, étonnée d'être posée parmi eux, ses épaules entre les leurs, d'être enfin un bras, une main, une compétence, une énergie insérée dans celle des autres, décrochée de la solitude de l'artisanat pour rejoindre leur cercle – elle s'abstient de leur révéler qu'elle aurait préféré à l'inverse peindre du bois sur du béton, que c'est même son métier.

Un matin, elle a rendez-vous sur le tournage d'un feuilleton télé pour assister le peintre chargé des retouches lumière en plateau – décor de salon bourgeois, tentures à glands et parquet Versailles, mobilier Knoll –, on signifie à Paula que c'est une promotion. Elle arrive en avance, mais se trompe de *teatro*, entre dans celui d'à côté, glisse un œil entre les battants, puis ouvre d'un coup d'épaule et se tient sur le seuil, les jambes en coton : le plateau est plongé dans le noir, la lumière du jour dans son dos trace sur le sol un rayon de la largeur de la porte où se projette son ombre, nette d'abord, puis estompée à mesure que le rayon fuit vers l'obscurité – un rivage éclairé dans la nuit et la mer devant, c'est l'image qui lui vient. Paula lève les yeux vers les rails de spots qui s'entrecroisent au plafond sur un canevas de poutrelles métalliques. Les proportions de l'endroit lui échappent complètement, c'est sans doute immense, c'est peut-être le sas qui conduit vers un autre monde. Elle fait quelques pas à l'intérieur, absolument vierge, écoute l'espace faire résonner son corps et se dit alors qu'elle aimerait bien vivre ici.

La femme qui vient de s'asseoir en face de Paula dans la rame du métro répand une forte odeur de tabac froid. Petite, râblée, un cache-col en renard argenté, la bouche épaisse et noire, les cheveux comme de la paille de fer. Paula la reconnaît, se tortille, finit par se pencher vers elle et lui glisser avec précipitation : on descend à la même station, je travaille aussi à Cinecittà. L'autre sursaute puis sourit, machinale, détourne le regard sans relancer davantage, si bien que Paula se recule contre la banquette, serre son sac contre son ventre et jette les yeux dans le tunnel. Quelques minutes plus tard, une fois passé le contrôle à la porte des studios, la femme allume un cigarillo et attend que Paula parvienne à sa hauteur pour se remettre en marche. Encouragée, la jeune fille bondit : vous faites quoi ici ? Dans la lueur rasante de l'aube, la pelouse de la grande esplanade centrale est un lac de lumière, les pas des deux femmes crissent, la rumeur de la route s'est éteinte, et il semble que l'espace forme à présent une chambre d'écoute, je suis maquilleuse, cela fait trente ans que je suis maquilleuse ici, je m'appelle Silvia – trente ans de maquillage, songe Paula tandis que jaillit l'image de Liz Taylor dans *Cléopâtre*, ses yeux violets cernés de khôl, ses yeux exagérés qui gagnaient les sourcils, envahissaient le front, et disaient moins la reine d'Égypte que l'actrice de cinéma, la star hollywoodienne qu'il ne fallait pas dissimuler mais au contraire faire voir sous le fard, on avait payé pour – ; après quoi elles se taisent, avancent de concert, dépassent la grosse tête de femme posée à même le sol, reliquat du *Casanova* de Fellini, effrayante, elle aussi les paupières peintes, naïve et totémique, déesse de cinéma, puis c'est la zone des studios et des ateliers, et l'espace se construit. Paula jette de brefs regards sur le profil de la femme, sombre, cherche une issue latérale afin de poursuivre seule, mais contre toute attente la maquilleuse la retient : mais toi, qu'est-ce que tu es venue faire ici ? Paula arrondit les yeux, répond je suis peintre en décor, je travaille sur le prochain film de Nanni Moretti, j'ai un contrat pour trois mois ici – fière d'abattre ses cartes, de posséder les titres qui légitiment sa présence. La femme émet un rire triste, mais c'est fini ici, mon enfant, le cinéma s'est fait la malle depuis longtemps, les cinéastes partent tourner ailleurs pour moins cher, les équipes d'artisans se réduisent, des gens qui pourtant savent tout faire, des gens à qui tu peux tout demander, la lune, tout – elle force la voix sur cette dernière syllabe. Les studios aujourd'hui, c'est la téléréalité et les spots publicitaires, des galas, des shows à tout casser pour le lancement d'une marque de lunettes ou le nouvel album d'un groupe rock, et l'on fait revenir la magie des studios pour un soir à coup de grosse sono, de filles à poil et de rayons laser. Ce n'est plus du cinéma mais de l'événementiel – Silvia hoquette de colère, puis ralentit sa marche pour tirer sur son cigarillo, ce qui relance sa phrase, augmente sa vitesse, il est maintenant question d'une opération foncière censée faire main basse sur les quarante-quatre hectares du domaine, les soixante-quinze kilomètres de rues, la vingtaine de plateaux, délocaliser les tournages, se débarrasser des deux cents salariés, transformer Cinecittà en parc d'attractions, vitrifier la mémoire, vendre le mythe. Un bloc de rage, c'est ce qu'elle est maintenant, un bloc compact. Les mots « honte », « Fellini » et « pornographie » roulent au-devant d'elles jusqu'au carrefour où un instant plus tard elle écrase son mégot en le vissant du talon, le ramasse, le fourre dans sa poche qui fait apparemment office de cendrier, puis déclare en relevant la tête, on n'est pas dupe ici. Mais à l'instant où leurs chemins divergent son visage s'éclaire, elle attrape Paula par le menton : passe me voir au maquillage, j'aime bien les yeux vairons et puis tu louches, on tentera quelque chose.

Tu louches, tu louches. Paula regarde la maquilleuse s'éloigner tandis que ces deux mots se déposent dans son lobe temporal gauche, là où se tiennent les voix de l'enfance, là où résonnent les phrases familières que le temps convertit en énigmes. Tu louches. Elle baisse la tête et s'engage dans l'allée. La gosse du vieux polaroid fait retour en boomerang, les pattes de faon, le short en tissu-éponge orange et les mains sur les hanches, l'été du *Triomphant*. Tu louches. Or, à l'époque de la photo, il y a bien sur la figure de cette petite Paula de huit ans quelque chose de bizarre, de désaxé. Une anomalie. Elle a une coquetterie dans l'œil, elle a un œil qui dit merde à l'autre. Ses cousins louchent en s'asseyant à table, et s'esclaffent : tu ressembles à Dalida. Ils écartent leurs mains à tout bout de champ sous son nez : combien j'ai de doigts ? Cela ne fait pas rire la fillette qui préférerait cent fois être conforme au canon anatomique, les yeux bien parallèles et le regard droit. On s'acharne à rectifier cette malfaçon lors de séances d'orthoptie épuisantes où l'enfant avance son petit menton dans un synoptophore et visualise toutes sortes de figures qu'elle doit compter, ordonner, décrire. Peu avant l'été, afin de rééduquer une bonne fois pour toutes cet œil gauche sorti de son axe, cet œil indocile, afin de le faire travailler puisqu'il a été décrété paresseux, tire-au-flanc, du genre qui laisse tout le boulot au collègue – une expression que Paula n'a pas comprise –, l'orthoptiste prescrit le port permanent d'un cache-œil sur l'œil droit. L'enfant s'affole, mais ce qui aurait dû être l'été de sa disgrâce est celui de son triomphe – l'été triomphant. Le cache-œil lui accorde une aura d'héroïne. Elle devient l'enfant singulière, l'enfant cyclopéenne, pirate, éborgnée, suscitant l'attention des grandes personnes, intriguant ses cousins, effrayant les plus jeunes. Bénéficiant d'un régime de faveur, elle est autorisée à rester près des adultes à l'heure du café, recueille de menus cadeaux en compensation des baignades interdites, et quiconque la tourmente est tancé. Quand vient le moment de changer son pansement que par ailleurs il ne faut ni toucher ni mouiller – surtout pas ! –, Paula se replie dans la salle de bains avec des mines de sapajou, suivie d'un petit qu'elle a enrôlé pour la regarder faire, un spectateur soumis à qui montrer son trésor de gaze et de compresses stériles, ses rouleaux de sparadrap. Elle se place alors devant le miroir et officie avec soin, se lave d'abord les mains de manière ostensible puis ôte le pansement en le pinçant du bout des doigts tandis que le petit témoin à son côté retient son souffle, excité à l'idée que surgisse l'œil malade, suintant, les cils coagulés dans une pâte verdâtre, la paupière cloquée comme un vieux champignon, déçu de ne voir finalement qu'un œil fermé, et soudain beaucoup moins attentif au spectacle de la grande Paula qui poursuit ses simagrées, se badigeonne le tour de l'œil d'une pommade bleue, puis applique une nouvelle compresse qu'elle scotche lentement en formant une étoile. Paula en vient à chérir son cache-œil, les questions qu'il déclenche, les précautions qu'il exige, le visage qu'il lui donne, et plus les jours passent, plus elle l'exhibe avec cette crânerie maniérée qui finit par agacer son entourage – bon sang qu'elle est chiante ! Peu avant la rentrée des classes, le pansement est enlevé lors d'un rendez-vous censé célébrer la victoire de la science orthoptique et de la méthode du cache-œil. Mais dans le cabinet médical aux stores baissés, voilà que sous les compresses blanches, sous la paupière fermée, l'œil gauche dévie toujours, récalcitrant. L'orthoptiste ouvre déjà son agenda pour y noter de nouvelles séances de rééducation – « une salve », annonce-t-elle, martiale – quand la mère de Paula contre toute attente se lève de sa chaise, prend doucement sa fille par le menton et lui murmure devant l'orthoptiste ahurie – Paula se souvient d'une grosse dame moite aux chairs tremblotantes, juchée sur de petits talons bobine qui avaient l'air de souffrir de la supporter tout le jour et s'évasaient au contact du sol – : ça suffit comme ça, on va le laisser un peu tranquille, cet œil, il fera l'affaire. Paula enfile son cardigan et suit sa mère hors du cabinet, décontenancée. Au fil des années, elle se persuade que cet œil exotropique – un mot qui la gonfle d'importance et qu'elle adore prononcer – lui permet d'avoir toujours un œil qui regarde ailleurs quand l'autre vise dans l'axe et que, oui, c'est là quelque chose de désirable, c'est une sorte de pouvoir magique et surtout c'est un charme – le sien.

Paula se frotte les yeux. La maquilleuse est loin. Elle fonce, le pas têtu, les fesses serrées, les petites jambes musculeuses boudinées dans le jean neige. Le soleil écrase sur les murs des studios une pulpe abricot et l'odeur des pins revient charger l'atmosphère, tonique. Au loin l'atelier est ouvert, le chien du chef d'équipe a repris sa place, couché devant la porte, et les moteurs des scooters refroidissent sur le trottoir.

*Scusi miss !* Une voix s'élève dans le dos de Paula penchée sur le seuil de l'atelier des staffeurs. Le type pousse un diable chargé de sacs de plâtre et Paula s'écarte d'un bond pour libérer le passage tandis que quelques têtes à l'intérieur de la salle lui jettent un œil, sans arrêter leur travail. L'homme a des yeux en forme de grain de café, gonflés et fendus, des cheveux roux, il a zippé un gilet à col camionneur par-dessus sa blouse et porte un petit bonnet de marin roulé au-dessus des oreilles. Paula se présente : on m'a dit de venir voir ici, qu'il y aurait besoin de gens cette semaine. Le type la dévisage, pose une main sur sa hanche, avance un menton mal rasé vers les plans de la loggia dessinés sur de grandes feuilles de papier ajustées au mur comme les pièces d'un puzzle, et regarde sa montre : ok, alors tu es en retard, on tire ce matin les corniches de la loggia, pose tes affaires là-bas.

C'est blanc ici – un local éclaboussé de lait –,

il fait froid et les voix résonnent comme dans un hall de gare. Un timbre d'office et un point d'eau, de longs plateaux de bois posés sur des tréteaux, et partout des seaux en tôle galvanisée, des auges, des récipients de toute taille, quelques plaques de zinc. Les outils apparaissent aussitôt, suspendus à des clous contre des planches. Les manches vernis, rouges ou orange, accrochent les yeux, les lames étincellent et Paula s'en approche, curieuse : truelles triangulaires ou en langue de chat, gouges, rabots, compas de bois, spatules de toutes sortes, ils attendent la main qui les saisissant percera leur mystère, révélera leur fonction, sûre que leur forme, leur maniabilité, leur masse induiront une action singulière, qu'elle en découlera. Puis le type réapparaît tête nue, en tee-shirt, il lance à Paula un tablier qu'elle enfile et noue dans son dos en tirant d'un coup sec, puis déroule sur la table le moule en silicone – le négatif d'une corniche sculptée qui surplombera la loggia papale. Il regarde Paula, et sourit en tordant le bec : Cinecittà, c'est le royaume des staffeurs, le royaume des charlatans ! Les autres ricanent dans leur coin, Paula les entend mais demeure stoïque, elle s'approche de la matrice de caoutchouc, intriguée. Je te montre, tu regardes, et après tu commences.

Il a rempli une auge au robinet puis, à vue de nez, y a versé du plâtre comme s'il détenait d'instinct la bonne proportion entre l'eau et la poudre, après quoi il a gâché à fleur d'eau jusqu'à ce que des îlots poudreux apparaissent en surface, alors il a plongé son avant-bras dans le récipient, a remué le tout jusqu'à obtenir une pâte onctueuse. La loggia de Saint-Pierre, elle sera si légère qu'un gamin de dix ans pourra la porter sous son bras ! Ensuite, il a saisi une brosse large aux poils longs et souples, l'a trempée dans le seau puis a commencé à marcher lentement le long de la table en projetant le plâtre sur le moule, jusqu'à le recouvrir entièrement. Tu restes combien de temps, ici ? Il a parlé tandis qu'il badigeonnait, lointain, comme s'il meublait. Paula a répondu sans relever la tête, je ne sais pas encore, on verra, et se concentre sur ce qu'elle voit, le moulage, le caractère concret de son protocole – et s'interrogeant à rebours sur la réalisation du modèle initial et sur celle de la forme en silicone. Voilà ! Le type a reposé sa brosse. Et maintenant, on va armer le truc, on va faire une corniche super résistante ! Il a saisi un écheveau de filasse, a remué les fibres, a formé un lit épais qu'il a étalé dans le moule, puis il a repris la brosse et le seau de plâtre pour imprégner le tout, paisible, allant et venant contre la table, la tête légèrement en recul de manière à bien voir son travail, le geste précis mais relâché, presque désinvolte, comme s'il agissait sans penser à rien, pas même à Paula debout devant lui le chignon de danseuse parfaitement épinglé et le menton stable, un geste qui vient de loin, et du même ton calme il a continué : t'as rien derrière ? Ils ont échangé un regard, Paula a capté deux éclats d'un bleu sombre dans la fente des yeux : non, j'ai rien. La salle de l'atelier était tellement sonore que l'on entendait les conversations des staffeurs comme s'ils étaient sonorisés par des micros-cravates, mais Paula n'écoutait, elle, que le frou-frou de la brosse à staff. Le type la regardait de temps en temps, mesurait son corps le compas dans l'œil, intégrant ses coordonnées anatomiques avec une précision de cartographe, mais gardait les mouvements du poignet si parfaitement cadencés que la brosse semblait travailler toute seule, tout cela à la fois très simple et très énigmatique. T'es comme un oiseau sur la branche alors ? Il a reposé la brosse pour finir de tasser les fibres à main nue, chassant la moindre bulle d'air capturée dans le staff, a pétri la matière crémeuse qui déjà commençait à prendre. Puis il s'est longuement rincé les mains sous l'eau glacée tandis que Paula regardait la corniche durcir sur la table, et on attend combien de temps maintenant ? Le type a sorti son paquet de clopes. On va aller prendre un café. Il a ajouté, l'œil rieur, tu vas voir, moi aussi je suis un charlatan.

Au lieu de se diriger vers le métro au sortir de l'atelier, Paula a laissé derrière elle le secteur ordonné des studios, et tourné sur la droite en direction des décors extérieurs. Le paysage se déforme, le chemin devient terreux, les cailloux roulent sous les semelles et les flaques d'eau font venir les moucherons des fins d'après-midi. La luminosité décline mais le ciel après l'ondée est limpide. Le monde vient de naître.

Le Charlatan est passé la voir la veille alors qu'elle travaillait en studio sur les finitions de la chapelle Sixtine, usant pour cela d'un petit pointeur en poils de martre, espérant voir Nanni Moretti qu'on disait dans les parages. La loggia papale est debout, elle a été montée hier dans le set de Rome pour des essais lumières, tu devrais aller voir ta corniche – ils se tournent autour, c'est tangible à présent, les sens si affûtés qu'ils n'ont plus besoin de se capter du regard pour savoir qu'ils partagent le même périmètre, parfois vaste, parfois peuplé de dizaines de personnes, et même s'ils parlent à d'autres et se tournent le dos, même si trente mètres les séparent, chacun sait que l'autre est là, et l'on se demande ce qu'ils attendent pour s'écarter ensemble et se toucher enfin – ; Paula s'est redressée et a posé les mains sur ses reins, bien sûr, je vais aller voir.

C'est un porche puis une vaste esplanade lustrée par la pluie : une église, une tour, des palais, des maisons de bois. Le tout à échelle humaine, désignant un lieu de l'histoire, un endroit du temps : *Firenze medievale*, indiquaient les panneaux. Le plateau, construit une dizaine d'années auparavant, était pourtant censé figurer une autre ville, Assise, pour le tournage d'une série télé sur la vie de saint François, *Francesco*, et ceux qui l'avaient conçu avaient soigné les références, et œuvré dans le détail afin de satisfaire aux exigences de cette histoire – Paula repère la rosace de l'église, le perron en demi-lune, les rayures horizontales de marbre, la forme carrée du campanile, son toit plat et ses fenêtres en ogive – mais depuis il a été recyclé, les éléments réutilisés, détournés. Aussi ce n'est plus tellement Assise ici, pas plus que ce n'est Florence, Padoue ou Bologne, mais une ville de l'Italie du Nord au Moyen Âge, n'importe laquelle, toutes, un Meccano qui agence les actions et les temps, un creuset où les fictions du cinéma s'empilent par strates, ou s'entrelacent. C'est un lieu bricolé. Bientôt, lors d'un prochain tournage, ce serait Vérone, l'été, le faucon pèlerin, le bal et les épées, un balcon dans la nuit, l'amour et la douleur, *le jour est-il si jeune ?* Ou peut-être Ferrare, ou Mantoue, ou Sienne, pour un nouveau James Bond, et l'on verrait Daniel Craig courir, escalader la tour sous les bombes, une varappe en smoking, une traversée d'esplanade en tyrolienne, le Walther PPK entre les dents et les chaussures cirées miroir.

Paula s'est avancée au cœur de la place, impressionnée par le volume, le silence, le vide, et par l'aspect clos du plateau, une insularité qui recréait sur-le-champ un monde en soi, une cage de scène. Il y a de l'espace ici, on peut y faire venir des grues, des caméras, des rails de travelling, une équipe de tournage, une multitude de figurants, des chevaux, des charrettes, des jongleurs et des cracheurs de feu ; on peut y faire la guerre, organiser des réjouissances, exécuter un traître, danser des farandoles, et l'on peut aussi y jeter du sable comme on en jeta à l'aube du 7 février 1469 sur la place Santa Croce de Florence en attendant l'apparition du jeune Prince à cheval, puissant et calme, le regard flottant au-dessus de la foule venue le voir passer, la longue cape de soie blanche aux parements d'hermine, le surcot de velours piqué de perles, le *mazzocchio* orné d'un diamant pur, lui et les douze jeunes hommes de haut lignage qui forment sa brigade, les seigneurs de Florence, les maîtres, en santé et en force, qui bientôt échangeront leurs habits de fête contre des armures de fer et galoperont en hurlant, briseront leurs lances, mais qui pour l'heure paradent côte à côte, contrôlant d'une main ferme la fougue de leur monture, et l'on s'étonne de les voir le dos si droit après la nuit de débauche qu'ils ont connue, filles et garçons partagés dans l'ivresse et les salles communes, renversés, retournés, pétris, pincés, fourrés, sucés, les filles prises debout les jupes retroussées sur les reins, le lacet des corsages tranché, la lame de la dague lentement promenée sur le ventre, enfoncée entre les seins puis relevée d'un coup sec, clac, et les seins roulant dehors, doux et chauds, l'épaule nue sitôt modelée dans le clair-obscur, un galet de rivière, et dans ce kaléidoscope d'éclats et de reflets, de rires et de cris, de sueur et d'haleine, de halètements de toute sorte, reviennent une gorge blanche tendue dans le plaisir, la carotide durcie à bloc, une bouche perlée de sang, un menton dégoulinant d'alcool, un sexe obscur et poisseux, trépidant telle une fourmilière, éclairé dans un comble à lucarne où l'on avait fini par s'écrouler une fois grimpés là-haut, se soutenant l'un l'autre à chaque marche pour ne pas tomber en arrière, où l'on avait fini par s'affaler sur une couche de paille, veillés par un rayon de lune, repus, gavés, des images que chassent maintenant ces jeunes cavaliers dessaoulés, la tête plongée dans un baquet d'eau glacée au premier chant du coq, le corps ceint d'une blouse de lin frais puis paré avec soin, ces petits cons qui prisent les plaisirs coûteux et violents, prêts à tuer, prêts à mourir, l'œil vide et le menton gras, tous au pas derrière le Magnifique dont chacun peut lire l'étrange devise peinte sur l'étendard de joute « le temps revient » ; alors de beaux nuages dorés se sont amoncelés par vagues au-dessus de la place, la lumière est devenue jaune, ou plutôt d'un vert Chartreuse, quelque chose d'acide et de ferreux, Paula s'est précipitée vers l'église, a gravi les marches du perron, s'est arrêtée devant la porte de bois ornée de clous de fer martelés, mais à mesure qu'elle se rapprochait, la sensation de relief s'effaçait : la peinture reprenait ses droits – Paula a frappé contre la porte qui lui a retourné un son creux, le son du toc, et on l'a vue sourire. Parvenue à la tour, elle a examiné la muraille d'un doigt lentement passé sur le joint des blocs en vitrorésine qui, vus de près, étaient franchement d'une patine grossière, d'une patine que n'aurait certainement pas tolérée la dame au col roulé noir, a-t-elle pensé en palpant les aspérités du matériau, mais quelques mètres plus loin elle a stoppé net : un courant d'air a glacé son visage, le mur se déchirait en cet endroit, s'entrouvrant comme le rideau d'un théâtre, laissant voir par sa fente un autre monde, un monde qui subitement est apparu à Paula aussi mystérieux, aussi onirique que le décor où elle se trouvait : au premier plan un bout de terrain vague, taillis de ronces et herbe pauvre, un peu de ferraille, et plus loin, visible au-dessus du mur d'enceinte de Cinecittà, la proche banlieue de Rome, le bruit des moteurs et des klaxons dans les rues avoisinantes, et ces immeubles où les fenêtres commençaient à s'éclairer, où l'on allumait une radio, un ordinateur, la télé, où l'on allumait le gaz sous une casserole d'eau, où l'on allumait une veilleuse sur une table de nuit, où l'on tirait d'autres rideaux qui ménageaient d'autres fentes derrière d'autres vitres, où l'on abaissait des stores sur un balcon où ruisselaient des tables en plastique et des fauteuils inclinables, parfois un vélo d'enfant, un ballon, et toujours, stagnant dans les coins, imbibés de flotte, des feuilles et des aiguilles de pin, un bouchon, un élastique rose, une allumette cramée. Paula a collé son œil brun contre la fissure, puis son œil vert, les pupilles l'une après l'autre rétractées dans le froid, elle a regardé longtemps à travers la brèche, ce dehors qui englobait le décor, ce hors-champ qui incubait le plateau. De quel côté est le vrai monde ? Le temps revient. Paula sort de la place.

Voir les autres *backlots* avant la tombée du jour, marcher un peu plus vite. Derrière la cité médiévale c'est un faubourg de New York au dix-neuvième siècle, derrière le palais de pierre c'est la rue de bois, un continent se renverse dans un autre, les époques se télescopent, les scènes se concurrencent, s'emboîtent, se déchirent, et Paula avance, c'est elle qui relie ces mondes, elle a les yeux pour, c'est elle qui voit la violence carnassière des joutes aristocratiques basculer dans celle des gangs, le velours se changer en hardes, le tournoi devenir une rixe, une lutte au poignard qui se terminera en duel, comme si seul un combat singulier soldé par la mort pouvait convertir des hommes en héros et créer de la légende, mais pour Paula c'est toujours la même violence.

Au loin, dans le contre-jour, de hautes constructions de bois forment une muraille branlante, et le vent qui se lève fait trembler les échafaudages, claquer les bâches, siffler les planches disjointes, un vacarme semblable à celui des ports de plaisance quand la mer est grosse au-delà de la digue et que les remous frappent contre les coques, que les drisses tintent, normal, se dit Paula, c'est ici un rivage, c'est un port, et elle plisse les yeux alors que s'ouvre le décor de

*Gangs of New York*, tourné ici dix ans auparavant, étendu sur trois plateaux distincts : Broadway, Five Points et les quais du port. Un chantier colossal pour dire l'engendrement d'un monde, des mois de travail, les équipes techniques gonflées à bloc, et Cinecittà redevenue pour quelque temps ce qu'elle ambitionnait d'être, Hollywood-sur-le-Tibre. Ceux de l'atelier de peinture qui en avaient été usaient pour l'évoquer du mot « pharaonique », ils en avaient plein la bouche, se frappaient le ventre et se tapaient sur l'épaule, rappelle-toi, rappelle-toi, ils imitaient Scorsese, sa voix nasillarde et son débit de mitraillette, ils rejouaient le film, et Paula aimait les écouter raconter comment ils avaient recréé Five Points, ce quartier de Manhattan, deux trois carrefours, quelques rues, quelques arpents de terre, l'endroit où venaient s'entasser, déversés dans la panique intérieure et l'affolement général, les Irlandais que la famine avait chassés de leurs villages, des êtres qui s'étaient battus pour une place dans la soute d'un navire appareillé de Cork et crachaient du sang dans des pelisses loqueteuses ; l'endroit où se pressaient, libres, paumés, à peine sortis du cauchemar de l'esclavage qui avait duré plus de cinq siècles, les Noirs qui voulaient en finir avec le Sud et remontaient vers le Nord, et la foule de ceux pour qui ce bourbier était une promesse, pour qui ces galetas suffocants l'été, glacés l'hiver, vidés à la première épidémie, ces ruelles surpeuplées où la faim tenait lieu de rapport au monde, où le vice faisait loi, ce faubourg dont on sortait endurci pour toujours, armé, étaient une intronisation à l'Amérique, un sas où prendre son élan vers une vie possible.

Les décors enchevêtrent les images qui forment la trame du monde, ils se superposent et s'amalgament, le plan d'eau asséché de Cinecittà – la *piscina* – fait voir le marécage pollué sur lequel s'était bâti Five Points, un cloaque drainé en 1820, mais suintant, si bien que le sol du faubourg de New York se changeait en boue dès les premières averses, on pataugeait là-dedans, on dérapait, d'ailleurs Paula dérape, elle manque de tomber en avant, se rétablit en moulinant des bras, baisse les yeux sur ses baskets barbouillées par la terre que l'on avait aplanie ici, retournée, défoncée, afin d'y faire du cinéma, et tout se passe à présent comme si elle avait incorporé le décor, elle marche sur le sol spongieux de Cinecittà mais c'est un autre marécage qui lui revient, un champ en bordure de Seine, un peu avant Le Havre, l'estuaire devenu large à cet endroit, le pont de Tancarville haut et rouge dans le ciel blanc, énorme, et ses parents tout petits au-dessous, affairés, un décor de cinéma avait murmuré son père qui photographiait sa mère en robe à bretelles – ta robe à haubans –, lui se tordant dans tous les sens, jouant au professionnel, roulant les « r », chérie, chérie, regarde-moi, chérie tu es belle, et elle jouant l'actrice pour la première fois, gauche et déhanchée, radieuse, levant un coude derrière la tête, fumant une cigarette, outrant la pose, et regardant vers le large, vers le port justement, et puis elle, la petite Paula, marchant vers la berge pendant qu'ils se faisaient leur film, hypnotisée par le fourmillement des herbes, étourdie par l'acidité de l'air, captivée par les cloportes violets et les lombrics roses – des bestioles qui respirent par la peau, descendent dans l'épaisseur du sol pour aérer la terre –, s'avançant dans une zone de fourrés semi-aquatiques, les pieds dans l'eau, et puis plouf, un trou, elle est aspirée dans la vase, ses mains attrapent des touffes d'herbes sans réussir à s'en faire du cordage, ses bras sont incapables de la soulever assez haut pour qu'elle puisse poser ses coudes sur le bord du trou, puis un genou, et se sortir de là, si bien qu'elle retombe, éclabousse son tee-shirt neuf, ses lunettes neuves, et toutes ces images qui l'assaillent, des images en noir et blanc de main solitaire progressivement engloutie dans un marais brumeux, mais aussi des images en couleurs où Pierre Richard s'enlise dans des sables rouges en disant « si je réagis je m'enfonce encore plus, c'est bien connu, il ne faut pas se débattre dans les sables mouvants » – elle adorait cette scène, son père et elle connaissaient par cœur les répliques du film –, alors elle avait cessé de bouger, fermé la bouche et les yeux, terrorisée à l'idée de disparaître pendant que ses parents batifolaient dans un champ sur la route du Havre, à l'idée d'être ensevelie sans laisser de trace, de disparaître sans autre témoin que les mouettes en vol débandé au-dessus du fleuve, car aucun conducteur traversant le pont en voiture ne pouvait l'apercevoir, aucun, elle était une petite fille qui tendait sa main vers le ciel, une petite fille dans un espace monumental tout entière absorbée, aspirée par le fond de la terre, jusqu'à ce que ses parents se retournent, fouillent le paysage du regard, et se mettent à crier son nom, Paula !, Paula !, repèrent dans les fourrés la petite tête aux cheveux dorés puis se précipitent, affolés, atteignant le trou, sa mère descendue la première dans l'espèce de poche fangeuse alors que son père criait non, reste là, j'y vais, les trois remuant bientôt dans la bouillasse sans réfléchir, à l'étroit, énervés, les parents peinant à trouver les gestes pour expulser leur enfant de la vase, puis s'accordant pour la saisir sous les bras, la tenir par les hanches, hop, et une fois ressortis de la gadoue, ils s'étaient affalés dans l'herbe chaude, haletant, soufflant, empilés, les trois cœurs soubresautant à l'unisson dans les poitrines, Marie finissant par s'aviser que l'enfant avait perdu sa sandale, c'est comme dans le film ! s'était écriée Paula en écarquillant les yeux, ravie, c'est comme Pierre Richard dans *La chèvre*, et sa mère, calme, méthodique, relevant lentement sa robe pleine de boue sur ses jambes splendides pour redescendre dans la fosse, y enfouir son bras, et fouiller jusqu'à en extraire, triomphante, la petite sandale – neuve elle aussi.

Le jour tombe, l'air se charge en indigo, c'est l'heure où les animaux nocturnes sortent des terriers, frôlent les clôtures, estompent les lisières entre les mondes, et Paula se coule dans le décor, déchiffre les noms sur les devantures de planches, ces noms de gargotes et de boutiques que le gel a écaillés, que la pluie a délavés, que le soleil de Rome a blanchis, des noms qu'elle chasse comme trésors et comme proies, ces noms qui avaient peuplé New York et s'affichaient en ce moment même sur des écrans d'ordinateur dans les salles glacées d'Ellis Island, listés sur des bases de données que consultaient ceux qui voulaient savoir ce qui s'était passé, ce qui avait eu lieu, et reconstituaient des parcours troués, des noms parmi lesquels d'instinct elle cherche ceux qu'elle aurait pu connaître – Seamus O'Shaughnessy, Duane Fisher, Finbarr Peary, Svevo Krankowicz, Theodora Dawn –, parmi lesquels d'instinct elle cherche le sien, Karst, un nom de paysage, un nom qui fait voir l'érosion du temps, le creusement de la pierre, les rivières souterraines, les galeries obscures et les chambres ornées dans un sol calcaire, Paula Karst, elle prononce son nom à voix haute, trois syllabes qui éclatent dans l'atmosphère, entrouvrent la nuit de Cinecittà et la connectent au cosmos, tandis qu'elle shoote dans les débris des taudis de Five Points, évite les carreaux cassés des fenêtres à guillotine, et passe une tête par les portes défoncées juste pour voir derrière, la caverne obscure au sol sablonneux, à l'odeur de poussière, la carcasse de bois et de métal élevée sur trente mètres, l'échafaudage malingre mais curieusement solide où grincent, fragiles, des ponts et des passerelles, des paliers et des trappes, le tout assemblé de barres et de perches par des manœuvres assurés de mousquetons, des brayeurs à qui l'on avait crié depuis le sol de s'activer un peu.

Courir, remonter le temps, revenir à Rome. Paula bondit sur les pavés. Le dernier plateau, monumental, juxtapose sur près de deux hectares les hauts lieux de l'histoire romaine pour les besoins de la série *Rome* – fiction gorgée de sexe et de sang qui déclenchait parmi ceux de l'atelier des haussements d'épaules, voire une mimique écœurée la main sur le bide comme si le nom de la série leur provoquait un haut-le-cœur. Paula repère la tribune des Rostres, le Forum, la basilique et, plus loin, dressée au revers d'une muraille grossière, isolée, la loggia d'*Habemus Papam*, d'une étrangeté de sculpture. Trois fenêtres, trois colonnes, un balcon, des rideaux pourpres qui plissent dans le soir, un cadrage serré sur une fente sombre. Paula s'approche, la loggia est réelle, parée pour le cinéma et techniquement si parfaite que la fumée de sa cigarette, montant en vrilles molles vers le balcon, se condense en un signal blanc, qui annonce l'apparition imminente du pape nouvellement élu.

Les artisans ont œuvré ici dans la grande tradition des studios, et démontré leur maîtrise – putain, encore heureux qu'elle se soit tournée chez nous, cette série, avait maugréé le chef peintre chargé de mettre au point les couleurs du décor, dont ce rouge sombre qui recouvrait les murs, un rouge ne devait être ni trop jaune ni trop bleu, mais quelque chose entre le rouge brique et le sang-de-bœuf, les *sandaloni*, c'est notre cœur de métier ! Désormais, ce plateau avait supplanté tous les autres, il était devenu le clou du parcours touristique, l'ultime étape d'une visite au terme de laquelle le guide s'écriait : « Retour à Rome, la boucle est bouclée ! » Les touristes, eux, qui avaient parfois visité les vestiges du Forum romain le même jour, et marché dans les ruines, et débarquaient à Cinecittà, épuisés, hagards, se délectaient de retrouver la cité antique intacte ou presque à quelques stations de métro du centre-ville : ils reconnaissaient les lieux de la série et, subitement enthousiastes, prenaient des poses et se photographiaient mutuellement, emboîtés dans des mondes gigognes.

Mais pour Paula qui souffle sur ses doigts glacés, la cité des législateurs, des conquérants et des traîtres n'est ici qu'un impressionnant catalogue de perspectives peintes, de colonnes en résine, de statues de plâtre et de celluloïd. Debout au milieu de l'esplanade, elle ratisse le décor en lents scopes latéraux et chaque image qui se forme porte le monde en elle, mais ce monde n'est pas Rome, c'est Hollywood-sur-le-Tibre, on y est, la fabrique des rêves, la grande coulisse, l'outil de propagande – « *il cinema è l'arma più forte* » –, un paysage de carton-pâte convoquant les parades du Duce et les centaines de films tournés ici à la gloire du fascisme, puis rameutant les péplums de l'âge d'or des studios, citant les séquences kitsch ou légendaires, un mille-feuille de photogrammes fondus dans une seule image qui défile en continu.

C'est l'intérieur de la nuit. Paula a sorti son portable pour éclairer ses pas, a songé que les vigiles de la sécurité n'allaient pas tarder à commencer leur ronde, à braquer dans la pénombre des torches autrement plus puissantes que son téléphone, des lampes dont les faisceaux à longue portée touchent aussi les angles morts du décor. C'est maintenant l'artère d'un quartier populeux de Rome, une rue mal famée que bordent des maisons basses, des échoppes d'artisans, des ateliers. Quelques grilles cadenassées ferment des passages où traînent les débris de tournages antérieurs, fragments de chapiteaux sculptés, amphores, roues et charrois, essieux qui rouillent, quelques statues de plâtre, et tout un fatras de planches et de pierres, de pistons et de pieux – des objets qui transitaient d'une fiction à l'autre, remaniés. Une rue qui ressemble dans la nuit à un site de fouilles archéologiques, ou du moins à l'idée que Paula s'en fait, alors elle s'écarte de la chaussée, promenant la lueur du téléphone sur les décombres, scrutant le sol comme si elle pensait glaner là quelque trésor, une tesselle de verre, un bout de terre cuite, une pièce d'or. Ce sont les fausses ruines de vraies ruines, les vraies ruines de fausses ruines, Paula avance comme prise dans la porte tambour d'un palace, et dans ce tournoiement un cercle d'images dont elle est l'axe de rotation déroule sa bobine, un ruban continu, mixage de portes et d'échafaudages, de gravats de villes et de charpies de chambres, de grues, de cheminées géantes, de falaises mortelles et de rivages semés de cadavres, de campagnes cabossées, un paysage volcanique et calciné où rien ne peut plus se redresser. Puis la porte tambour ralentit son mouvement, le tourbillon desserre son étreinte, et Paula se casse en deux pour souffler mains sur les hanches – une coureuse qui crache au bout de la piste cendrée. Elle s'adosse contre une colonne. C'est la fin, pense-t-elle, c'est la fin du parcours. La fin du grand cinéma. Le froid de la nuit commence à peser sur ses épaules, et dans la lueur du téléphone des mousses apparaissent. Des mousses répandues en formes aléatoires à l'endroit où elle croyait marcher sur un sol défoncé, sur des plaques de suie, des mousses immiscées entre les pavés, glissées dans les anfractuosités des murets, poussées dans les interstices des planches, une résille végétale de plus en plus étendue à mesure que Paula fascinée l'attise de sa lampe, une pellicule tissée au ras du sol, dense, souple, semblable au pelage d'un animal, des mousses qui survivent. Seuls les lieux restent à la fin, à la fin de tout, c'est ce qu'elle se dit au bord des larmes, seuls les lieux continuent, comme ruines, comme mousses, ils persévèrent, une bâche qui claque sur une barre de métal, des chambres vides derrière un échafaudage, une dalle de béton que fendillent les herbes. Ses chaussures sont boueuses et ses yeux sont usés.

La réputation du Charlatan incite à la prudence, on se charge d'en aviser Paula. Il se pointe partout précédé de la *fama* des kiffeurs, de la réprobation et de l'envie que suscitent les êtres de plaisir – s'il y a de l'alcool je bois, s'il y a de la musique je danse, s'il y a une belle nana je veux faire l'amour avec elle. Méfie-toi, Paula, méfie-toi de lui, c'est une planche pourrie, un homme inconséquent – la maquilleuse est penchée sur le visage de Paula et lui applique un fard à paupières différent sur chaque œil, histoire d'insister sur ses yeux vairons au lieu de les masquer, comme on accuse un défaut pour en tirer une singularité. Paula la remercie du conseil mais ces préventions provoquent l'effet inverse, on s'en doute, si bien qu'elle se rend aux divers rendez-vous que lui donne le Charlatan, qui peu à peu l'introduit dans les décors de cinéma. Fils d'un éclairagiste qui travailla plus de trente ans sur les films de Fellini et d'une coiffeuse qui posa ses premiers rouleaux sur les cheveux de Jane Fonda dans *Barbarella*, il est le prince du royaume, le mémorialiste des soutiers des studios. Prétend être le seul à savoir ce que contiennent les dépôts d'accessoires où s'agglutinent les objets de plus de trois mille films, à pouvoir localiser une Vénus de Milo, un buste d'Einstein, un casque d'hoplite dans les ateliers de la famille De Angelis – quatre générations de sculpteurs à Cinecittà depuis la Seconde Guerre mondiale. Tutoie tout le monde, complimente les femmes, donne l'accolade aux hommes. Le *teatro 5* c'est un peu ma cabane, lance-t-il frimeur à Paula qui marche sur ses talons alors qu'ils retournent ensemble dans les *backlots*, la jeune fille immédiatement déroutée par les décors qu'elle trouve tellement grossiers en plein jour, complètement toc, si éloignés des trompe-l'œil parfaits qu'elle a appris à Bruxelles. On n'y croit pas du tout ! elle s'exclame. Comment pourrait-on y croire ? Il a passé un bras autour de ses épaules et l'a entraînée vers le Forum : il y a eu un temps où l'on coulait un vrai paquebot avec plusieurs centaines de figurants pour filmer le naufrage du *Titanic*, tu sais ça ? On tournait des batailles antiques en réquisitionnant des milliers de figurants que l'on armait de javelots, de lances, et il arrivait qu'ils se blessent pour de bon, c'était même encore mieux ! – il fait voir des dents splendides, acérées comme des canifs – ; on sous-estimait le cinéma, ses ressources, ses solutions propres, on mettait le paquet pour que le spectateur y croie : il fallait « faire vrai ». Paula écoute, silencieuse, se souvient avoir cru dans son enfance que les figurants qui mouraient à l'écran mouraient pour de vrai, qu'ils se présentaient pour jouer dans le film précisément parce qu'ils étaient candidats à la mort et que se faire descendre dans un western – tomber du toit d'un saloon fauché par une balle de Colt ou avoir le cœur transpercé par la flèche d'un Apache –, c'était une bonne manière d'en finir, le cinéma se chargeant en quelque sorte de les faire mourir en beauté, de les faire exister dans la mort, et tout en sentant la main du Charlatan qui s'attarde sur elle, Paula repense à la figure éberluée de son père le soir où elle l'avait interrogé alors qu'ils étaient avachis l'un contre l'autre devant la télé, une couverture sur les genoux, un écran où ça canardait dans tous les sens, sans doute un western spaghetti comme il s'en tournait en pagaille à Cinecittà dans les années soixante – près de quatre cents entre 1954 et 1963, tout de même, les producteurs profitant du ciel bleu dur et d'une main-d'œuvre bon marché payée en lires –, Guillaume stupéfait : mais enfin, Paula, c'est pour de faux, c'est du cinéma ! Et tandis qu'elle se remémorait ce soir décisif, le Charlatan continuait, édictait les règles de la fabrique de l'illusion apprises ici, dépliant un doigt à chaque argument : un décor ne doit pas être vrai, mais juste, juste techniquement, juste pour le cinéma ; ou : un décor naturel est souvent artificiel à l'écran, illisible, encombré de tout un tas de choses inutiles, c'est pourquoi on les crée en fonction du film à faire ; ou : regarde, on ne bâtit en général que ce que le spectateur peut voir du décor, on évite les parties hautes, les plus coûteuses, les plus difficiles à construire, celles dont les comédiens sont absents – c'est le cas de la loggia d'*Habemus Papam*. Plus tard, ils se sont assis côte à côte sur les marches d'un temple en résine qui avait survécu à la chute de l'Empire romain, et le Charlatan a décollé sa main de la clavicule de Paula pour désigner le paysage autour d'eux : tu te figures que ton œil est semblable à l'objectif de la caméra mais l'œil humain est une petite machine ultramobile, bien plus complexe – il a pointé un index vers ses yeux gonflés, entrouverts, dont les iris n'étaient pas bleu foncé en cet instant mais d'un brun rougeoyant –, l'œil ne voit net qu'une fraction de seconde mais est capable de mémoriser cette perception et de l'intégrer à la suivante de manière à ce que le cerveau produise une image complète, il ne perçoit pas l'image en plan large mais prospecte en dedans par touches successives, il sélectionne, organise, et reconstruit ce que la caméra a enregistré comme une totalité, comme un bloc ; finalement, la nature de l'image, au cinéma, c'est de permettre à l'œil de saisir immédiatement les éléments nécessaires à la compréhension du film – il s'est levé d'un bond, a tourné sur lui-même : tout cela n'est pas grossier, miss, mais hautement technique, adapté à tes yeux.

Le contrat de Paula entre dans son dernier mois, elle n'a toujours pas aperçu Nanni Moretti mais subitement les choses se précisent, elles accélèrent. On lui demande de peindre un marbre pour les scènes d'intérieur d'*Habemus Papam*, tournées au palais Farnèse, un panneau de cipolin – dimensions importantes et délais courts, tu te débrouilles cocotte, il paraît que t'es une spécialiste, le chef déco lui tapote l'épaule et Paula rougit violemment, puis s'éloigne pour fermer les yeux, appeler sur-le-champ l'image de la pierre et toute sa résonance. Rue du Métal, elle aurait dosé sur sa palette du vert anglais, du bleu outremer, du brun Van Dyck, de l'ocre et du noir, elle aurait respecté chaque étape, « moutonné » son fond, réalisé la ronce en usant d'une veinette qu'elle aurait chargée de noir, d'ocre et de vert, puis elle aurait fondu les veines avec un pinceau plat et adouci le tout à la queue de morue, exécuté un glaçage à l'huile, mais ici, retenant la leçon du Charlatan, elle procède différemment, préfère atténuer l'ensemble, donner l'impression des lits de mica et du microplissement de la roche en forme d'amande qui caractérisent ce marbre cristallin, clair, aux reflets verts – les chlorites. On y croit ou pas ? lui demande le Charlatan apparu dans son cou à la fin de la journée, bonnet à la main. On y croit, elle réplique, et c'est comme se jeter dans l'eau froide : elle fait volte-face sur ce visage distant de trente centimètres, sur cette bouche à hauteur de la sienne qu'elle embrasse, emportée par son élan, un baiser qui se poursuit au-delà des lèvres, la bouche du Charlatan devenant sous la langue de Paula, dans son souffle, quelque chose de vaste et de plein, d'une simplicité telle que l'instant prend une profondeur inattendue, alors les mains s'ouvrent, les doigts se déplient, un bonnet et un pinceau tombent sur le sol, puis les paumes viennent sur les corps, les quatre, elles se posent et se promènent, de plus en plus rapides, les doigts dénouent dans le dos le nœud du tablier, dézippent le pull, défont les premiers boutons de la blouse, soulèvent le tee-shirt, tandis que les pieds eux aussi s'impatientent, soudain se mettent en route hors de l'atelier, dans l'étroite avenue où les pins parasols, éclairés par-dessous, envoient sur les murs une résille noire qui les resserre encore, après quoi c'est le franchissement de l'enceinte des studios, la descente dans le métro, Paula et le Charlatan passent sous la ville, abouchés sur le quai dans le tunnel qui gronde, abouchés contre la vitre dans la rame qui tangue – suspendus par les bras à la barre traversière, indécents, et se parlant, c'est dingue, sans même décoller les lèvres ; ça va ? ça va ; on va chez moi ? on va chez toi –, abouchés dans le petit ascenseur de la via del Bosco, puis dans la minuscule chambre de Paula, dans le canapé clic-clac qui les rabat l'un sur l'autre, abouchés à la nuit étendus juste sous la fenêtre, si bien que le lendemain ils ont les lèvres liserées de rouge, enflées, et ce jour-là, comme si tout se cristallisait en même temps, chacun dans l'atelier des peintres approche le cipolin pour le voir de près, se recule puis s'avance, recommence, et les peintres d'expérience, les types ramenards et les filles rogues, tous grimacent en hochant la tête, pas mal, considèrent Paula d'un autre œil, mais elle s'en fout, déjà repartie dans l'atelier voisin rejoindre le Charlatan, reprendre le porphyre sur une colonne tombée la veille de la remorque d'un camion qui roulait beaucoup trop vite sur la place de la Seigneurie à Florence, un élément de décor qu'ils peaufinent ensemble, comme ils peaufinent les jours suivants leur façon de faire l'amour, Paula remuée par son corps lourd et brûlant, les paumes râpeuses, la clarté des mouvements, lui la découvrant étonnamment belle – comme si nue elle donnait toute sa mesure –, et plus affirmée qu'il ne l'aurait pensé, troublé par son regard divergent, par son œil vert sorti des rails, toujours ailleurs, si bien qu'il n'éprouve pas la sensation de la tenir entière, regarde-moi, lui demande-t-il, excité, penché au-dessus d'elle et posant les mains en œillères sur son visage, regarde-moi dans les yeux. Et Paula, qui jusque-là insistait sur son dégoût des relations fusionnelles, prétendait ne jamais mélanger travail et affects – comme si les sentiments n'étaient pas partout, tout le temps, à occuper le terrain de l'existence –, péremptoire sur ce point, sûre d'elle, sans doute parce qu'il ne lui arrivait pas grand-chose, il faut le reconnaître – tout juste avait-elle perçu l'atmosphère de licence sexuelle qui imprégnait la villa l'été du paonazzo, ces mains qui se posaient sur ses reins, cette manière d'insister pour lui prêter un maillot de bain, pour qu'elle se baigne, pour qu'elle boive de l'alcool et se laisse aller, on ne peut pas tout le temps travailler, il faut bien se faire un peu plaisir, lui répétait la maîtresse des lieux qui pourtant ne foutait pas grand-chose mais faisait tinter ses bracelets dorés avec grâce tout en l'examinant de ses yeux mi-clos –, Paula mélange tout.

Le soir, elle passe chercher le Charlatan dans l'atelier des staffeurs, attend qu'il ait fini en le regardant faire, assise sur un pot de peinture, un gobelet de café brûlant entre les doigts, hypnotisée, elle aimerait que ses gestes s'étirent, qu'ils ralentissent le temps, qu'ils imposent une image par seconde, pas davantage, afin qu'elle puisse fixer la scène, et bientôt la fille qui tournait les talons en fin de chantier et refermait sa boîte à peinture, clac, avec la satisfaction concrète mais un peu courte du travail bien fait et payé comme il se doit, bientôt cette fille-là est introuvable : avant même de quitter Rome, Paula regarde Rome par-dessus son épaule. T'es amoureuse ou quoi ? – Kate, les paupières frangées de faux cils géants, une croix celtique coincée entre les seins – décale-toi dans la lumière, viens plus près que je te voie bien à l'écran. Paula s'exécute en s'esclaffant tandis que l'autre, à Glasgow, la scrute avec sérieux, une ride creusée sur le front, puis annonce, solennelle : j'ai décidé d'aller vivre à Paris, faut que je t'aie à l'œil quand tu rentreras, tu fais n'importe quoi.

Un jour, sortant fumer et découvrant l'hiver qu'elle n'a pas vu venir, enfermée en permanence dans le hangar clos, surprise par la neige tombée en fine couche sur les arbres, les toits et les capots des voitures, Paula avise un groupe de touristes qui visitent les studios, auquel elle se joint sans vergogne, mains sur les reins. Au centre du cercle, le guide est un étudiant long et maigre, au teint jaune et à la barbe miteuse, vêtu d'un petit blouson de jean beaucoup trop léger en ce jour glacé, il raconte l'histoire des lieux, ouvre un interstice entre la fin de la Seconde

Guerre mondiale et l'âge d'or des péplums, cinq ans, un temps durant lequel Cinecittà devient un camp de réfugiés, semblable à ceux qui parsèment aujourd'hui la surface du globe, et semblable sans doute à ce qu'était Five Points à New York vers 1880 pour ce qui est de la promiscuité aigre, de la fatigue et de la crasse, soit mille huit cents personnes dès 1945, une foule d'anonymes que la guerre avait dispersés avant de les rabattre là, dans la cité du cinéma, et parmi eux, des Juifs de retour des camps, des exilés de Dalmatie, des colons de Libye, tous entassés dans le grand *teatro 5* sur des châlits à deux niveaux, puis dans des cellules sommaires à peine cloisonnées, les lieux de la fiction cinématographique retournés en lieux de vie, on naît, on meurt, on grandit là-dedans, on avale des soupes claires, sans jamais trouver le repos – trop de bruit pour dormir : les ronflements et les sanglots, parfois les gémissements du sexe, et ces cris de terreur qui jaillissent des cauchemars et réveillent tout le monde –, on s'ennuie, on végète, et cela pendant cinq ans. Le nom de Cinecittà devient celui d'un dépotoir humain.

Le groupe de touristes s'éloigne en silence, mais Paula ne bouge pas. Il s'en est passé des choses ici, hein ? La voix du Charlatan qui vient à sa rencontre, les baskets dans la neige et les mains enfoncées dans les poches arrière de son jean, la tignasse rousse ébouriffée, le cœur de

Paula se contracte. Je continue ? Je t'écoute. Alors le Charlatan a conclu d'un jet : en 1950, la fiction reprend la main, le cinéma revient à Cinecittà sous les traits de Deborah Kerr en pure héroïne romaine, c'est le tournage de *Quo vadis*, le péplum qui relance les studios, l'archétype, et parmi les réfugiés de la guerre qui vivotent encore dans le *teatro 5*, rebuts d'un conflit que l'on veut oublier mais qui hante l'espace, certains, embauchés par la production, entrent dans le film, et redeviennent des silhouettes, des figurants de l'histoire.

À nous deux, on pourrait former une belle équipe. C'est la dernière nuit à Rome, le Charlatan est nu, et l'eau fume dans la baignoire. Par la porte entrouverte, Paula l'observe depuis la chambre obscure, plongé jusqu'au cou dans une mousse excessive, le profil filtré par la vapeur mais moiré sous la lampe, scintillant, les yeux clos. À ces mots, elle a basculé sur le dos dans le lit défait, les doigts entrelacés derrière la nuque, les coudes relevés, saillants, deux ailettes dynamiques, ses longues jambes croisées aux chevilles, puis les yeux au plafond elle a relancé d'une voix claire : une association de malfaiteurs plutôt, non ? – joueuse ici, actrice. Le Charlatan ne répond rien mais s'immerge lentement dans le bain, ses fesses glissent vers l'avant de la baignoire, son dos bascule en arrière, sa tête disparaît dans le bouillonnement, la mousse diminue dans le clapot et les courants contraires, ça dure quelques secondes, puis il refait surface, les cheveux lissés, tandis qu'elle déclare, pensive : on pourrait rebâtir ce qui a disparu. À présent, il se déplie à la verticale, massif et spumeux, le ventre énorme, la peau sitôt lustrée de fines gouttelettes, les poils du torse et du pubis redressés et frisant de nouveau, enjambe la baignoire et revient dans la chambre, les hanches ceintes d'un pagne en éponge, à contre-jour, placide, alors Paula poursuit : on pourrait faire revenir ce qui a été oublié. Le rayon de lumière issu de la salle de bains, dégagé, s'abat sur le lit et vient fendre Paula, ses seins, son ventre et son sexe apparaissent dans la largeur du trait – sphères bombées, vasque convexe et triangle isocèle – et elle articule encore : on pourrait retrouver ce qui a été perdu. Le Charlatan déroule son pagne, oui, quelque chose comme ça, puis il commence à se rhabiller, présente ses vêtements sous la lumière pour discerner l'envers de l'endroit, enfile son caleçon, sa chemise – il ne l'a pas déboutonnée la veille mais l'a ôtée par la tête avec l'aide de Paula déjà nue qui la lui retroussait le long de ses bras levés, haussée sur la pointe des pieds, biaisant les yeux sur ce ventre dévoilé d'un coup, pâle, l'abdomen lourd, moelleux, le nombril déformé en foliole noire, le sexe pâle, après quoi le tissu avait plané à travers la chambre, jeté –, ajoute : on serait de vrais faussaires. Et Paula qui le regarde se rhabiller depuis le lit, troublée que la scène soit si réelle bien que la chambre soit sans contours, fibreuse, fantomatique, conclut avec calme : de vrais peintres.

Elle finit par rentrer. Passe encore deux ans entre Rome, où le Charlatan, possessif et lointain, lui tient la dragée haute, et le nord de l'Italie où elle a ses chantiers. Elle se crispe, cherche une issue. La restauration complète d'un hôtel particulier situé dans l'île Saint-Louis lui fournit une occasion de retour en or. Elle se bat pour être du chantier avec une ferveur qui étonne, grille son forfait en appelant plusieurs fois par jour l'agence de l'architecte russe en charge des travaux, et dès qu'elle obtient son contrat, liquide dans l'instant sa vie italienne – on reconnaît ici la brusquerie de ses actes, comme si, chez elle, toute décision ne pouvait advenir que sous la forme d'un glissement de terrain. Elle dira bien plus tard, essayant d'éclaircir les raisons de son retour en France, et songeant à cette histoire d'amour avec le Charlatan qui n'avait pu la retenir : je n'y croyais plus.

Ses parents, on s'en doute, lui préparent un lit frais et lui ouvrent les bras. Le premier soir ils cuisinent pour elle un couscous royal avec caramel d'oignons jaunes, pois chiches et raisins de Corinthe, débouchent un vin de précision. Elle est l'enfant prodigue, celle que son retour inattendu rend plus précieuse encore, et resurgit, bilingue, bigarrée, les joues hâlées par le blush du dehors, celle que l'on retrouve comme une part de soi-même, dont on caresse la peau à l'intérieur des poignets, dont on reconnaît sur-le-champ le grain de la voix et le coin des yeux plissé en éventail japonais, mais dont on finit par se rendre compte, les jours passant, en l'observant de biais, que c'est une inconnue. À l'inverse, Paula est frappée de voir que la rue de Paradis n'a pas bougé, l'horlogerie interne de l'appartement à peine émoussée cinq ans après, épousant la cadence d'un mouvement perpétuel. Certes, en cinq ans, Guillaume et Marie ont vieilli, le cheveu plus filasse peut-être, la peau du visage filetée de ridules qui vues de face ne se perçoivent pas encore mais révèlent leur relief dans une lumière oblique, les verres de lunettes épaissis, les hanches plus lourdes, et sans doute que le souvenir du dernier sprint est loin. Mais leur union, peaufinée par le temps, est devenue aussi troublante qu'une œuvre d'art : salut les artistes !, c'est ainsi que Paula les interpelle au matin, alors qu'ils prennent un dernier café debout dans l'entrée, arrangeant mutuellement leur tenue de combat, tailleur neutre, cravate sombre, veste sobre, ils se regardent au fond des yeux une dernière fois avant d'ouvrir la porte de l'appartement et de se jeter dehors, chacun dans sa direction vers son lieu de travail, salut les performers ! Trente ans que ça dure, on les envisage comme des bêtes curieuses, comme des monstres, on leur demande sans vergogne des recettes de longévité amoureuse tout en méprisant ce qui en eux se contente d'une seule vie quand il est possible d'en mener plusieurs de front, on les compare à une île déserte, à l'ennui, à du métal inoxydable, à l'habitude, on fait des théories, quand Paula les approche en oiseaux rares, leur tourne autour, remuée par cette alliance qu'elle sait profonde et mystérieuse. Passé la joie des retrouvailles, chacun reprend ses marques et ses quartiers dans l'appartement, Paula jouissant rapidement d'une entrée indépendante par l'escalier de service, en attendant de voir venir.

Le chantier de l'île Saint-Louis est perturbé dans les dernières semaines par la mise au jour d'une fresque du dix-septième siècle sous la couche d'enduit d'une restauration antérieure, une peinture sur le point de disparaître un peu plus sous le nouveau décor et qu'il s'agit de sauver. C'est une première pour Paula actrice de l'événement, qui revêt chaque matin un masque et une combinaison de protection en polypropylène, puis s'approche très près de la paroi, munie d'un cutter, de différentes brosses et d'un plumeau en « aile d'oie », pour gratter le mur, et révéler ce qui n'est encore qu'une présence spectrale, dissimulée sous le plâtre. Des experts rappliquent pour dater la fresque, identifier le style, élaborer un récit possible, dramaturgie de la perte et du retour, ils allument des lampes de Wood, sortent des loupes, prélèvent des pigments et des poussières, munis d'un matériel semblable à celui qu'utilisent les membres de la police scientifique sur une scène de crime, et d'ailleurs interrogent Paula. Elle témoigne avec précision de l'instant où l'enduit s'est craquelé, où l'air s'est engouffré sous la croûte, augmentant la lézarde et faisant choir au sol un fragment de plâtre pas plus gros qu'un ongle de nourrisson, un lambeau de matière que personne n'a vu tomber mais qui a créé un accès, minuscule mais bien réel, à la peinture en dessous. Puis elle raconte comment elle a élargi le trou avec un grattoir, le plâtre s'émiettant en formes aléatoires, jusqu'à révéler un pétale, une rose, un jardin, le monde s'ouvrant progressivement sous les yeux de ceux qui chaque jour passaient voir ce qui apparaissait et se tenaient devant le mur comme au spectacle, certains parmi eux lançant des paris, espérant une femme nue, pourquoi pas une odalisque de Boucher, couchée sur le ventre dans les coussins, la fesse ronde et offerte, le regard provocant, une scène si scandaleuse qu'il aurait fallu la recouvrir afin d'en épargner le péché à l'épouse bigote du propriétaire des lieux, ou mieux, à sa fille de quatorze ans déjà fort délurée, que sais-je, Paula faisait des hypothèses en décollant peu à peu les bords de l'image, découvrant des blancs rosés, des verts émeraude, alors que d'autres à ses côtés misaient maintenant sur une scène de chasse dans une forêt royale, celle de Fontainebleau, celle de Compiègne, et prédisaient un grand cerf élaphe assailli de chiens courants, arrêté sous un chêne sombre piqué de glands d'or, l'encolure, la gorge et les bois tendus vers le ciel dans un mouvement à la fois digne et désespéré tandis qu'au ras du sol une meute horrible lui mordait les pattes, une scène que n'aurait pas aimée celui qui avait racheté l'hôtel vers 1750, une scène trop sentimentale à son goût, propre à faire pleurer les enfants, à encourager la sensiblerie des filles et la poltronnerie des fils. Au bout de deux semaines de travail et d'attente, on met au jour, déployée sur une largeur de cinq mètres et haute de trois, une composition animalière située à l'intérieur d'un paysage idéal, avec semis de fleurettes, champs cultivés, sous-bois latéraux, promontoire rocheux et arrière-plan de collines boisées – mais d'homme, point.

La variété zoologique occupe tout l'espace de la toile, à l'instar d'un grand catalogue où les animaux domestiques – chevaux, chiens, vaches, taureaux, agneaux, un chat – côtoient les bêtes sauvages – renard, cerf, singe, tigre – dont certaines célébrités exotiques comme le dodo de l'île Maurice, aujourd'hui disparues. Au sein de cet éden animal, le vent gonfle les crinières, celle bouclée d'un cheval blanc aux longs cils, et celle d'un lion roux levant sa grosse patte sur une oie imprudente ; au premier plan, une tortue imbriquée, l'œil tourné vers le spectateur du tableau, fait tressaillir Paula qui lui fait un clin d'œil comme à une bonne copine. L'atelier entier applaudit.

Le soir de ses vingt-cinq ans, Paula lève son verre autour d'une table à tréteaux dans le grand salon de l'hôtel particulier. Les projecteurs illuminent le plafond où sèche une voûte étoilée. On boit du vin blanc, du vin rouge, il y a des tomates cerises et des copeaux de parmesan dans des assiettes en carton, le chef peintre ressemble à Willem Dafoe – inquiétant et sexy, sourire de loup –, il récite à Paula un poème de Baudelaire en marchant sur les mains, j'ai plus de souvenirs que si j'avais mille ans, elle souffle des bougies plantées dans une brioche, une enceinte chromée diffuse des airs de bossa-nova, on entend la Seine rouler derrière le mur, son clapot léger, c'est juin. Paula sort sur le balcon fumer une cigarette : dans l'après-midi, elle a vu des traces de pinceau au revers d'une corniche à sept mètres de hauteur, une série de petites touches invisibles depuis le sol, déposées par ceux qui, comme elle aujourd'hui, étaient montés sur des échafaudages trois cents ans auparavant pour étalonner leur image et décorer cette même coupole. Les empreintes formaient un nuancier de teintes, de reflets, de contrastes, mais ce qui l'a troublée, c'est de percevoir la recherche des artistes, et de suivre leur œil, comment l'échantillon avait progressivement viré, comment ce bleu de porcelaine s'était-il chargé progressivement de noir pour devenir ce gris d'orage – que s'était-il passé ? À cet instant, une femme vient l'aborder dans un français de voyelles sombres et de « r » considérables, elle lui serre la main d'une poigne exagérée en la regardant au fond des yeux – au vu de l'espace qui s'est créé autour d'elle alors qu'elle s'avançait vers le buffet, Paula devine qu'elle est la cheffe du chantier, cette Russe dont tout le monde parle, son agence d'architecture ayant depuis peu les faveurs des magazines de décoration, et son carnet de commande, d'un large spectre, cumulant, outre diverses datchas d'oligarques autour de Moscou, le cottage de Victoria Beckham dans le Lancashire, le commissariat d'une exposition consacrée aux Ballets russes au

Musée d'Orsay, et, murmurait-on, l'église orthodoxe de la Sainte-Trinité, quai Branly, à Paris. Elle demande à Paula si elle a des projets, et son numéro de portable, et sans doute a-t-elle de la suite dans les idées puisqu'un an plus tard elle fait appeler « cette jeune Française qui louche » afin de lui proposer un contrat de trois mois à Moscou, dans les studios de Mosfilm, où l'attend *Anna Karénine*.

Paula achète le roman sans grande conviction, commence à le feuilleter trois semaines avant de partir, rebutée par l'épaisseur du volume puis par la profusion des noms qui peuplent les pages – des noms russes qui se dédoublent et se chevauchent, des prénoms qui parfois sont les mêmes, des surnoms anglais –, elle hésite quelques jours puis entame le livre un matin, dans la chambre aux stores baissés, trouvant d'emblée la position idéale pour entrer à l'intérieur, lovée sur un sofa ramollo, la tête à la verticale mais les jambes relevées, approvisionnée en eau et en biscuits – des Oreo que l'on achète ici exprès pour elle –, peaufinant un éclairage ad hoc, le faisceau de la lampe orienté sur les pages à la manière d'une poursuite de théâtre, éclairant un texte dont elle capte immédiatement la nature de palais, l'extérieur solide, l'intérieur immense et minutieux, si parfaitement créé qu'il lui semble être advenu d'un seul bloc, issu d'un puissant sortilège ; elle tourne lentement les pages, perd parfois le fil, remonte le paragraphe à contre-courant jusqu'à l'endroit du texte où elle a lâché la corde, puis replonge et se réinsère, médusée par le façonnage progressif de l'amour, taillé éclat par éclat tel un biface du paléolithique, jusqu'à devenir tranchant comme une lame et capable de fendre un cœur en silence, jusqu'à devenir ce grain de poussière pléochroïque, ce fragment minéral qui change de couleur selon l'angle par lequel on le regarde, à jamais énigmatique, et finit par rendre fou.

Bientôt elle pense à travers le roman, c'est lui qui éclaire sa vie, fait revenir Jonas en cette fin d'après-midi, en bas de chez elle, il y a quelques mois déjà, déhanché contre un réverbère – ou plus exactement, elle repense à cet instant où elle l'avait détecté avant même de le voir, comme si quelque chose d'inhabituel, une présence surnuméraire s'était glissée dans le décor et l'avait intrinsèquement modifié –, la cigarette au bec et les cheveux longs, la visière baissée, les mains dans les poches d'un imper sable, strié dans le flot de la circulation, dressé au bord du trottoir comme s'il allait traverser direct tandis qu'elle s'était placée également au bord du caniveau sans le quitter des yeux une seule seconde, et ce laps de temps qu'il leur avait fallu plus tard pour retrouver le bon rapport de taille, de corpulence, la bonne façon de se tenir face à face au milieu du trottoir, Paula avait pris la joue de Jonas dans sa main, c'est donc toi, et il souriait, la tête rentrée entre les épaules, ça va ?, ça va, super, ils ne s'étaient pas dit autre chose, les iris tournoyants comme des sulfures de verre, et dans la chambre de Paula, ils avaient évolué sans se heurter, comme si leur aptitude à cohabiter, revenue, reculait les murs, agrandissait la pièce, ils s'étaient partagé une canette de bière, tombés sur un sofa, les pieds emmêlés, les yeux au plafond, fumant bientôt la même cigarette, le tout dans un élan si libre, dans une parole si déliée – comment vas-tu, mon âme ? – que le monde autour d'eux n'était plus qu'un tissu de mensonges. Ils s'étaient quittés la veille dans la rue de Parme, à Bruxelles, et la nuit dernière avait duré cinq ans.

Pourtant, ils ont changé depuis la rue du Métal. Jonas plus terrestre bien que maigre encore, le corps plus dur, les gestes justes comme si le moindre mouvement devait sa beauté à une dépense d'énergie calibrée, quasi animale. Quelque chose d'éclairci dans le visage, de débroussaillé, les dents polies peut-être, le blanc des yeux plus frais. Et Paula elle aussi plus acérée, la silhouette plus franche, le profil net – front bombé, nez long et busqué, bouche fine, petite bosse du menton. Et puis, elle est campée à présent, la tresse dorée bien en place sur l'épaule, la voix posée, on devine qu'elle a gagné en endurance, en débrouillardise, qu'elle peut désormais porter des charges lourdes, monter rapidement un échafaudage, peindre longtemps. Mais plus Jonas l'observe, tandis qu'elle tourne dans la chambre, tandis qu'elle suspend son manteau, branche le téléphone, tandis qu'elle allume les lampes, le tout dans un mouvement fluide, plus elle change à ses yeux, évolue en temps réel comme vire une couleur au soleil, plus son visage rougit, un embrasement.

Qu'est-ce que tu fais à Paris, t'as un chantier ? Paula l'a interrogé direct, et Jonas a pris l'air outragé de celui dont on sous-estime la force des sentiments : je suis venu pour toi ! Il a compté sur ses doigts le nez en l'air : cela fait combien de temps, cinq ans ?, et le rire de Paula a créé une clairière autour d'eux, les a isolés ensemble, pour moi ?, mais oui, mais bien sûr, jusqu'à ce qu'il déclare soudain : j'ai arrêté les trompe-l'œil, j'ai arrêté les décors, je suis peintre à présent, et Paula tendue d'un coup, ne sachant que répondre, tremblante, comme s'il venait de lui jeter sur les épaules un manteau de glace, comme s'il lui signifiait officiellement une séparation de corps et d'esprit, l'abandonnait sur la rive sale des faussetés pour s'avancer vers une vérité à laquelle elle était étrangère. Elle a hoché la tête comme une poupée mécanique. Puis il a précisé ralentissant la voix, je viens d'accepter un chantier, j'ai besoin d'argent, ce sera le dernier, le der des ders ! – et il a levé un poing, exalté. Plus tard, il a fait à Paula le récit de sa dernière année à Bruxelles, lui a décrit l'apnée dans la peinture, chaque composante du monde approchée en peintre, sans hiérarchie, y compris les plus fragmentaires, les plus triviales, les plus évanescentes ou microscopiques, chacune traitée comme un monde en soi, une continuité de peinture qui lui avait retourné la tête, mais une année achevée dans une galerie froide et mal éclairée où son exposition n'avait pas attiré les foules, où le vernissage même avait été clairsemé, quelques anciens de la rue du Métal venus et repartis aussi sec, ça n'avait pas marché – ah ça, c'est le moins que l'on puisse dire, avait glapi la fille de la galerie tout en versant dans de grands sacs poubelles noirs des chips et des cacahuètes qui n'avaient pas été touchées, il imitait cette petite bourgeoise étroite de hanches et d'esprit, cette créature branchée, étanche à sa peinture, la voix saccadée de dépit. Il s'est finalement renversé sur le sofa, couché sur le dos, la peau couleur de vase et les longs cils de faon, et bientôt, entre deux bouffées de cigarette, a repris : et toi, tu n'aimerais pas peindre vraiment ? Dans un mouvement précipité, Paula s'est levée pour aller ouvrir la fenêtre, a baigné son visage dans le vide, a senti que son œil dérapait sur le côté quand, devant elle, le ciel grouillait, sa rumeur diffuse couvrant cette voix aimée qui lui annonçait, fiévreuse, je me rapproche de toi, je viens vivre à Paris, à ces mots elle a fait volte-face, jamais ses yeux n'avaient été si écartés l'un de l'autre, le gauche roulant en lisière d'orbite, le droit comme piqué d'une tête d'épingle, jamais ils n'avaient autant embrassé de clarté, tout était limpide à présent : peindre vraiment, aimer vraiment, s'aimer vraiment, c'était la même chose. Elle est revenue s'allonger sur le sofa, ils se sont tournés ensemble sur le flanc, face à face, les yeux ouverts, le premier qui cligne des paupières a perdu, et c'est elle qui a fini par fermer les paupières.

*Anna Karénine* est un bon instrument d'optique pour regarder l'amour, c'est ce que se dit Paula qui referme le livre, se lève, écarte des doigts deux lattes du store pour inspecter la rue, le carrefour, les trottoirs, les alentours du réverbère, chercher Jonas à l'endroit où il est apparu la dernière fois, bien qu'elle le sache à Dubaï, envolé au printemps dernier pour réaliser la décoration d'une villa destinée au cousin de l'émir – mille mètres carrés intégralement traités en trompe l'œil, une armada de décorateurs internationaux et d'artistes triés sur le volet, et Jonas au milieu d'eux, le sourire ironique et le poignet génial. Alors elle jette un œil à sa montre et vérifie l'heure de son vol pour Moscou.

dans le rayonnement fossile

Accompagner Paula qui allonge le pas sur un quai de la gare d'Austerlitz. Le long manteau de laine grise, l'écharpe jaune, les boots en cuir fourrées, des gants de peau, la sacoche en bandoulière et, traînée dans son dos, la valise à roulettes orange flammé qu'elle n'a pas eu le temps de ranger au retour de Moscou. C'est encore la nuit. Peu de monde ici, les fêtes du nouvel an sont finies, la jeune femme monte dans le premier train pour Périgueux, ils sont à peine une douzaine dans le compartiment, c'est un hiver glacé. Dans l'ébranlement du train et du jour qui se lève, son visage s'éclaire, et ce qui était encore imperceptible lorsqu'elle s'est assise dans le wagon, dérobé, se révèle maintenant qu'elle a tourné la tête vers la vitre : quelque chose de rêveur et d'aride, quelque chose de solitaire. Le train taille bientôt une broussaille pâle où Paula cherche à tirer des lignes, portant son regard le plus loin possible dans les profondeurs du paysage, touchant le point de fuite d'un vallon, une voiture qui disparaît dans un virage, ou, à l'approche des villes, quelqu'un qui se penche à sa fenêtre et regarde passer le train. La forêt de janvier colle à la vitre, pelliculée sous le givre qui tient. Dans quatre heures, la Dordogne.

Le fac-similé ultime. C'est ainsi que Jonas a décrit à Paula le chantier qu'il avait dû refuser, celui de la réplique de la grotte de Lascaux. Il était plus de minuit lors de son appel, et Jonas était calme, pragmatique, il a donné une fourchette de salaire, a précisé que le chantier se situait à Montignac, en Dordogne, qu'il faudrait aller vivre là-bas et donner une réponse avant midi le lendemain. Puis il a soufflé : il est pour toi. Une caverne cabossée, des peintures rouges et noires, des taureaux, des rennes, la « chapelle Sixtine de la Préhistoire », Paula a remué ces clichés tandis que son regard traversait la chambre en diagonale pour se poser sur la valise à roulettes debout dans un coin, et toucher les stickers en caractères cyrilliques qui barraient la fermeture Éclair. Elle ne voulait pas repartir, pas déjà, elle était rentrée de Moscou il y avait trois semaines à peine, elle voulait voir venir. Je comprends, Jonas a répondu après un temps de silence. Mais pour faire durer l'appel, pour le retenir encore, Paula s'est ravisée : c'est quoi ce chantier ? Jonas, on s'en doute, a dû savourer cette seconde, mais n'en a rien montré, comme s'il cherchait à faire venir au creux de sa main le chevreuil immobile à découvert dans la prairie. Il a pris son temps. Alors Paula a rabattu sa couette en pédalant des jambes, et d'un bond s'est postée à la fenêtre où le ciel était mat, sans étoiles, elle l'a entendu qui craquait une allumette : c'est l'occasion d'être préhistorique.

Elle s'était recouchée avec une décision à prendre, mais avait fini par se redresser dos contre l'oreiller et replier les jambes, avait ouvert l'ordinateur sur son ventre pour surfer jusqu'au matin, bleue, la peau cireuse, les veines temporales tendues comme des haussières, le nom de Lascaux devenant au fil de la nuit une vague, une houle dont l'enroulement savant avait raclé le fond du temps, l'avait soulevée et propulsée dans ce monde souterrain où elle ne s'était encore jamais aventurée.

Son père, le lendemain matin. Appuyé contre le bord de l'évier, les hautes jambes croisées Gary Cooper, un bol de café à la main tandis que Paula va et vient dans la cuisine, imprécise dans un pyjama d'homme à rayures – cafetière sucre, placard miel, frigo fromage, tiroir couteau. Il devine à voir ses cheveux d'étoupe et ses paupières de chiffon qu'elle n'a pas dû beaucoup dormir. Paula s'assied, d'entrée de jeu résume la proposition de Jonas, Guillaume rince son bol, puis se retourne : je l'ai vue, moi, Lascaux, la vraie. Paula sursaute : ah bon, tu l'as vue ? quand ça ? Guillaume les yeux au plafond : en 1969, j'avais treize ans, on avait été là-bas avec la Simca 1100, chaleur de bête, journée épouvantable. Mais Paula secoue la tête : impossible, elle est fermée depuis 1963, tu n'as pas pu la voir. Guillaume désarçonné marque un temps d'arrêt, le pouce et l'index pressés au coin des yeux, puis il reprend d'une voix lente : si, c'était en 1969, j'avais le même âge que les gamins qui l'avaient découverte, j'adorais cette histoire, le chien qui trouve le trou, tout le truc. Mais Paula grimace, ah non, désolée, tu confonds.

Ce qui a lieu ensuite dans la cuisine de la rue de Paradis se compare à la sortie de route d'une petite berline jusque-là conduite dans le respect des règles de sécurité et seule l'apparition de Marie dans l'embrasure de la porte, ample et monolithique dans un kimono de batik, parvint à remettre le foyer sur son axe, refocalisant vers son visage les regards des deux autres. Car le ton de Paula – définitif, tatatata, mademoiselle-je-sais-tout – conjugué à son petit mouvement de menton, le fait qu'elle conteste à son père un souvenir d'enfance, voire qu'elle lui dénie, car c'est ainsi qu'il avait dû le ressentir, la capacité de se remémorer quelque chose, comme si soudain il errait dans un passé informe et ne faisait plus partie du même monde qu'elle, tout cela provoque Guillaume, qui gonfle et chauffe, ses lunettes glissent, des plaques rouges apparaissent dans son cou : je l'ai vue, on descend un escalier, tac, salle des Taureaux, tac, une galerie en face, une autre latérale avec une grande vache noire, des animaux partout, je l'ai vue. Il signe son récit comme s'il indiquait son chemin au voyageur égaré, mais aucun geste ne saurait faire dévier l'œil de Paula qui regarde couler le miel de sa cuiller sur sa tartine et répète, catégorique : tu as vu autre chose, celle-là, Malraux l'a fermée en 1963, tu ne peux pas l'avoir vue après – distante, surtout ne pas être associée à ce géniteur qui travaille du chapeau mais lui opposer quelque chose de reculé et de vertical, c'est insupportable, si bien que la voix de Guillaume a jailli, a perforé la surface invisible au-delà de laquelle elle ne s'était pas aventurée depuis le service militaire et les appels de chambrée – il fallait gueuler « présent » à l'appel de son nom, et gueuler fort –, si haute et agitée qu'elle a fait trembler le décor, et créé quelques rides à la surface du café au lait.

La colère de Guillaume a dynamité des blocs de passé, des morceaux aux angles nets projetés devant Paula, elle-même anguleuse soudain, découvrant le sous-sol de son père, sa part instable et magmatique. S'il se souvenait de Lascaux, c'était à cause de l'incident familial qui avait eu lieu ce jour-là, sa mémoire intime recréant sa hiérarchie propre, le choc de la rencontre avec l'art rupestre concurrencé et supplanté par un épisode trivial certes, mais intense. Pris dans le flux d'une syntaxe foutraque et percuté par quelques insultes – « petite conne » –, le récit de son père s'est organisé à toute vitesse comme la chambre des enfants Banks sous les claquements de doigts de Mary Poppins : donc ma mère porte un pantalon corsaire à deux fentes sur le mollet, un chemisier rouge à pois blancs, elle ressemble à une amanite phalloïde, l'intérieur sang-de-bœuf de la bagnole pue le plastique brûlant, on est écœurés, on a envie de vomir dans les virages, mon père décrète que l'on prendra une glace au citron après la visite, on fait la queue tous les cinq dans l'escalier de la grotte, puis les taureaux, les chevaux chinois, le cerf élaphe, tout ça je l'ai vu, mais mon frère aîné se fait choper alors qu'il s'apprête à faire un graffiti sur le mur avec son Opinel – il y en avait d'ailleurs quelques-uns, des graffitis, du genre Marcel + Simone = AE, Robert est venu, etc. –, mon père lui flanque une paire de claques devant tout le monde, le guide n'a rien vu, ne comprend pas, mon père passe pour un fou, je baisse la tête, je suis mort de honte, une fois dehors, mon frère disparaît, on se dit qu'il est parti pisser, on l'attend dans le petit parking, on a soif, mon père ouvre la portière pour nous faire monter dans la voiture, je m'en fous on part, il se démerdera pour rentrer, faut pas se foutre de moi, il bluffe, ma sœur est paniquée, elle dit qu'il ne peut pas faire cinquante kilomètres à pied quand même, ma mère reste dehors, accuse mon père d'être caractériel, c'est long, puis on finit par partir à la recherche de mon frère, tous les quatre, mon père, ma mère, ma sœur et moi, une battue, on est comme des chasseurs, on marche en ligne à une dizaine de mètres les uns des autres, on met les mains en porte-voix, on appelle, personne, la nuit tombe, la grotte est en dessous, j'ai peur, quand on retourne à la voiture, mon frère est là, il a déchiré son froc sur un barbelé, il saigne un peu, ma mère ne sait pas si son vaccin antitétanique est à jour, elle veut que l'on aille à Brive trouver une pharmacie, mon père répond hors de question, il ne va pas encore nous faire chier, il allume le contact, ma mère fond en larmes, je crois que mon frère va mourir, ma sœur chantonne contre la vitre, personne n'ose réclamer la glace au citron.

Marie apparue à la fin du récit, la séquence se referme, le souvenir se désagrège, le calme revient, les corps accomplissent de nouveau les gestes quotidiens, et Paula sort de la pièce avec le sentiment d'avoir entrevu un long poisson noir à travers un trou d'eskimo découpé dans la banquise. Une fois revenue dans sa chambre, elle a appelé Jonas, la voix sûre : je prends. Après quoi, elle a préparé sa descente à Lascaux.

S'avancer dans la pénombre, se repérer aux sons, aux courants d'air, longer le revers des armatures métalliques, puis se diriger vers la zone éclairée et surprendre Paula presque frêle devant la paroi. Un homme en pull marin et treillis lui présente son poste de travail, un poste temporaire, précise-t-il d'une voix de rocaille qui rougit les voyelles, chaque peintre doit ici être en mesure d'œuvrer sur tous les panneaux, tu peux commencer une paroi et que quelqu'un prenne le relais derrière toi, on évite ainsi de s'approprier un morceau du fac-similé, de faire sentir sa patte à un endroit donné – Paula esquisse un sourire, elle connaît ce discours, elle le connaît sur le bout des doigts – : ici pas d'interprétation, on est des copistes, on s'efface devant Lascaux.

Les Ateliers sont situés dans le quartier de l'ancienne gare de Montignac et couvrent un espace immense, assez en tout cas pour abriter un chantier hors du commun : la réalisation des cinquante-trois panneaux ornés qui seront ensuite assemblés dans une grotte factice édifiée au pied de la colline, un puzzle géant qui restituera, à l'identique, la quasi-totalité de la caverne originale.

La paroi qui se dresse devant Paula est vierge et bossuée. Vaste, sept mètres de longueur pour quatre de hauteur, elle impose sa nudité rocheuse et impressionne la jeune femme qui s'en approche, s'intrigue : c'est fou ! L'homme dans son dos commente à voix forte, comme s'il lui parlait de loin : les centaines de blocs qui composent le relief de la grotte ont d'abord été réalisés par fraisage numérique suivant les données du relevé 3D réalisé dans la cavité, un jet d'eau très fin à haute pression a sculpté le polystyrène ; ensuite, chaque bloc a été peaufiné à la main par des sculpteurs-modeleurs, qui se sont également appuyés sur le modèle 3D, ils ont utilisé de la pâte à papier pour travailler le moindre creux, la moindre aspérité du relief, avant d'inciser au stylet les mille cinq cents gravures pariétales qui existent dans la grotte, énorme boulot, précis, délicat ; puis on a appliqué sur les parois l'élastomère de silicone pour prendre l'empreinte du relief modelé, et obtenir le négatif de la cavité, chaque panneau rigidifié par une couche de résine puis renforcé par des armatures métalliques. Enfin il a conclu, la tutoyant d'emblée : voilà, il faut que tu saches sur quoi tu vas travailler, que tu connaisses la nature de ton support.

Tandis qu'il parlait, Paula s'est encore avancée, le visage au ras du panneau qu'elle scrute, qu'elle touche du doigt. Ça, c'est le voile de pierre – la voix de l'homme redémarre aussitôt derrière elle, puis il vient à sa hauteur –, on a mis au point un mélange spécial à base de poudre de marbre blanc que l'on a stratifié au fond des moules avec de la résine acrylique et de la fibre de verre, pour obtenir, en positif, cette membrane ultrafine qui restitue l'aspect minéral de la caverne, son grain, son toucher ; c'est aussi un matériau censé résister aux conditions climatiques du fac-similé.

Le type balise maintenant la paroi du regard, mains à la taille, puis il lance avec flamme : voici venu le temps des peintres ! Paula retourne vers lui : soixante ans, long et voûté, de petites lunettes cerclées de métal et la voix d'un prédicateur de campagne quand il décompose le travail que l'on attend d'elle : il s'agit de reproduire ici la toile de fond des peintures paléolithiques, de créer la patine avant de peindre les figures ; il faut y aller doucement, grain à grain, sans faire de pointillisme, être juste au quart de millimètre. Puis il ralentit : c'est l'ambiance visuelle de la cavité qui se joue ici, une part de son atmosphère, c'est le plus difficile, il faut faire sentir l'usure du temps – et il frotte ses pouces contre ses doigts afin d'exprimer de l'inexprimable tandis que Paula, dans un éclair, entrevoit l'immense travail d'imagination qui l'attend. Dans la foulée il ajoute, raide : dernière chose, on réalise un tout, le fond est aussi essentiel que les figures, je n'ai pas besoin de te faire un dessin – non, pense Paula, pas besoin.

Autour d'elle, l'éclairage tamise un décor familier : échafaudage mobile, escabeau, marchepied, caisses et chariots de matériel, tabouret, et puis des livres, des photos, un ordinateur sur une console, un sweat-shirt, un bonnet à pompon, une bouteille d'eau, et encore ces projecteurs de studio qui créent l'atmosphère de plateau qu'elle traverse en continu depuis sept ans déjà – on se croirait rue de Parme, a-t-elle songé alors que l'appartement belge se réinscrivait dans le vif-argent de sa mémoire, ce plancher intime qui remuait sous ses pieds, où qu'elle aille, où qu'elle habite, et toujours projetait l'ombre de Jonas sur les murs. De même, ceux qui entrent à l'instant dans le hangar, font résonner leurs voix et leurs pas sous la charpente à la manière d'une troupe de théâtre, ceux qui passent lui tendre une main fraîche et s'étonnent en silence de son œil dissident, de sa beauté désaxée, ceux-là, d'emblée, lui sont familiers : les frocs éclaboussés de peinture, les paumes sèches, le regard éclatant dans les cernes bistre, l'importance du repas de midi, et l'allure bien balancée des marcheurs de crête, ceux qui avancent sur la ligne entre deux mondes. C'est nous, le peuple des faussaires, rigole une grande femme aux cheveux acajou, qui vient se planter devant Paula, et l'embrasse sur les deux joues en la tenant aux épaules avant d'ôter son anorak : je suis une ancienne de la rue du Métal, on va travailler sur le même panneau.

Ils sont peut-être vingt, et Paula a le sentiment de les connaître tous, de retrouver sa bande, les copistes, les braqueurs de réel, les trafiquants de fiction, employés sur le fac-similé de Lascaux car scénographes, vitraillistes, costumiers, stratifieurs, mouleurs, maquilleurs de théâtre, aquarellistes, cinéastes, restaurateurs d'icônes, doreurs ou mosaïstes. Ils se disséminent comme des acteurs sur un plateau avant le lever de rideau, chacun prend place dans son îlot de lumière, devant sa paroi, bientôt leur concentration commune maille entièrement l'espace et Paula y est prise, subitement euphorique.

Plus tard, dans un local sans fenêtres qui tient du cagibi et du laboratoire, elle passe en revue les seaux de plastique blanc et les bocaux alignés sur les étagères, elle a sorti son carnet et note les références, elle déchiffre : calcaire broyé, poudre de verre, argiles et calcites issues des grottes de Dordogne, et puis les pigments naturels approchant ceux de la caverne, l'oxyde de manganèse pour le noir, et les ocres pour les bruns (limonite), les rouges (hématite) et les jaunes (goethite). La matière première, le sol, la richesse. Elle a disposé sur la table des cartons d'échantillons réalisés grâce à des prélèvements effectués dans la cavité par les archéologues, la femme aux cheveux acajou travaille à côté d'elle, toutes deux préparent leurs poudres.

À Lascaux, ils ont utilisé quinze nuances chromatiques différentes, la femme acajou désigne à Paula la photocopie d'un nuancier à l'aquarelle punaisée sur le mur, et cogite à voix haute : ils devaient savoir où se situaient les gisements de manganèse, et pour les ocres ils n'avaient eu qu'à se baisser pour en ramasser ; la seule inconnue, c'est ce carré de violet qu'ils ont peint sous une patte de la grande vache noire, dans la Nef, sur la paroi gauche, tu vois ? Puis, sans même regarder Paula, elle continue : ils devaient préparer le travail, y penser à l'avance, fabriquer les couleurs, ça leur prenait du temps, plusieurs heures, il fallait soit charger la matière pour épaissir, soit trouver de quoi la fluidifier, peut-être aussi qu'ils chauffaient le pigment ; ils devaient faire exactement ce que nous sommes en train de faire. Paula a cessé de bouger, ça se bouscule un peu dans son cerveau, les informations affluent, mais ce qui la trouble vient d'ailleurs, de l'intérieur du langage, de ce *ils* qui revient sans cesse et rebondit entre les murs de la pièce telle une balle magique : *ils* sont venus, *ils* ont fait ci, *ils* ont fait ça, le pronom direct, sans référence, chargé à bloc, et désignant des êtres proches et pourtant confiés au temps. *Ils*, comme si Paula *voyait* de qui il s'agit. La femme a relevé ses cheveux avec des peignes en écaille, elle a des lèvres pleines, les joues plates, le front large avec une implantation en pointe, le cou fort, les iris semblables à deux gouttes de whisky – un visage de déesse romaine. Elle poursuit : en ce qui concerne les peintures, avant de parler de style, il faut connaître les contraintes techniques qui étaient les *leurs*, les contraintes du milieu physique, celles de la matière, celles du support.

Mais toi, la vraie grotte, tu l'as vue ? Paula interroge, rêche comme toujours sous le coup de l'émotion, et l'autre, satisfaite, oui, vingt minutes. Mais ces vingt minutes avaient changé sa vie. Elle avait fait partie des quelques plasticiens, une demi-douzaine au plus, qui étaient descendus dans la caverne, et à son retour à la surface, plus rien n'était pareil : elle avait cohabité avec les peintres de la préhistoire, elle s'était placée dans leurs yeux ; un contact qui avait duré vingt minutes par-delà vingt mille ans. Paula écoute, ses mains mélangent les ocres sélectionnés à des liants acryliques, et de même se mélangent les perforations dans le marbre de Cerfontaine, les carpes dans les bassins de Versailles, les yeux peints de la statuette de Khâ derrière la vitre du musée de Turin, et le sol du *teatro 5* de Cinecittà : tout coexiste – « il faut faire sentir le temps », l'homme au pull marin et treillis avait donné cette instruction, et frotté ses doigts entre lesquels, justement, le temps n'existait pas, devenu translucide, pas plus épais qu'une feuille de papier à cigarette.

De retour à sa place, Paula était réchauffée, et elle s'était habituée à l'éclairage des lieux. La femme acajou a souri : on est dans l'atelier un peu comme eux dans la grotte, même température, treize degrés environ l'hiver, même luminosité, on travaille dans les mêmes conditions. L'instant d'après Paula a sorti des pinceaux en éventail, des brosses et des éponges douces, des pointeurs extrafins dont elle a trempé la touffe dans des jus d'ocre, elle a allumé le rétroprojecteur puis s'est approchée du voile de pierre, et maintenant elle peint.

Au sortir des Ateliers, Paula a affiché un plan de Montignac sur son portable, a entré l'adresse et s'est rendue à pied sur l'autre rive de la Vézère – les roulettes de la valise, sonores dans les rues désertes. Elle a sonné à la porte d'une vieille maison où une chambre s'est libérée avant Noël, le précédent locataire, un jeune sculpteur employé sur le fac-similé une fois reparti en Espagne. C'est un adolescent en jogging gris clair et baskets noires qui lui a ouvert la porte et l'a conduite à l'étage, lui a montré la pièce, l'armoire, les interrupteurs et les robinets, rond et grave, les joues roses et les oreilles décollées, les instructions données avec les intonations d'un adulte. J'habite la maison à côté, si vous voulez quelque chose, il faut venir me demander, Valmy, c'est moi. Paula a posé sa valise sur le lit et, tout en l'ouvrant à plat, a hoché la tête, très bien, alors je te demanderai, merci, puis elle a regardé par la fenêtre et le garçon a déclaré :

en face c'est la colline de Lascaux, la grotte, la vraie, elle est à l'intérieur, et Paula s'est avancée contre le carreau pour voir la courbure sombre qui s'élevait au loin.

Elle aurait aimé une chambre comme une boîte, un espace où faire nid, un de ces lieux standards que l'on habite vite, mais celle-là l'impressionne : le vieux parquet brou de noix, les murs tapissés de toile de Jouy où, de nouveau, se déclinent des scènes de chasse – chasseurs et fusils, chiens, lièvres, cerfs aux aguets, mais aussi bergers de pastorale, flûtiau, escarpolette –, un cabinet de toilette à l'ancienne derrière un paravent avec lavabo en forme de vasque, et ce lit de chêne dont elle reconnaît la maillure au premier coup d'œil, et qu'elle photographie, image envoyée aussitôt par texto à Jonas – ça ne te rappelle rien ? Un lit si massif qu'elle ne peut le déplacer d'un centimètre mais si vaste qu'elle y déballe les livres et les brochures, les cartes qu'elle a emportées. Elle a commencé à tourner dans sa chambre, est revenue à la fenêtre, l'a ouverte en grand sur le paysage, un courant d'air glacé s'est engouffré dans la pièce, chargé de l'odeur de la nuit, ferreuse, mais Paula est restée longtemps penchée au-dehors –, sans doute aurait-elle aimé percevoir le murmure radio qui emplit la voûte céleste, ce rayonnement fossile qui baigne nos existences dans une très ancienne lumière, une lumière de treize milliards huit cents millions d'années, cette lumière libérée de la matière et dispersée en tous points du cosmos dans un flash phénoménal. Elle a regardé la colline de Lascaux, puis soudain a fait volte-face, refermé la fenêtre, est entrée tout habillée dans son lit.

Au réveil, la colline, juste devant, est plus haute et plus proche qu'elle ne l'aurait cru, Paula pourrait quasiment la toucher et les mots du garçon lui sont revenus. Dès cet instant, du moins c'est ainsi qu'elle le raconte à Jonas appelé aussitôt, elle a commencé à capter la présence de la grotte, une émanation tangible, le renflement de la colline semblable à un couvercle soulevé sous l'effet d'une poussée intérieure. C'est normal, lui répond Jonas, la grotte est là, personne ne peut la voir mais tout le monde y pense, tout le monde y pense tout le temps.

Plus tard, Paula roule à bicyclette dans les rues de Montignac, s'en éloigne suivant le cours de la Vézère, il fait froid, l'air est lardé de minuscules éclisses glacées, les fossés remplis d'eau, la campagne fume. Peu d'animaux dans les champs mais quelques traces : des herbes froissées en bord de pré comme si un renard, un blaireau, un lièvre s'étaient glissés là, de petites touffes de poils accrochées aux barbelés des clôtures. Cela fait longtemps qu'elle n'a pas suivi ainsi le cours d'une rivière, insérée dans la nature, cela fait longtemps qu'elle n'a pas roulé à vélo, ses pensées la ramenant invariablement vers Jonas, lentement d'abord, à bas bruit, comme on dérive, puis convergeant vers lui de plus en plus vite. La fréquence de leurs appels augmente depuis qu'elle a accepté ce chantier, ils se font signe plusieurs fois par jour, l'intervalle entre deux échanges diminue, il est question qu'il vienne.

La route a traversé un sous-bois, et aux premiers bruits de moteur, amplifiés par le calme de la campagne, Paula a reconnu le son caractéristique des motos de trial. Trois gamins fonçaient entre les arbres, dérapaient dans le tapis de feuilles en décomposition. Elle a continué à rouler, le bruit a décliné dans son dos, mais juste après le virage les motos ont surgi, vrombissantes, alignées comme des montures sur le bord du talus, et dominant la route. Paula a ralenti : sur la moto du milieu, une petite Yamaha au carénage bleu arctique, casqué d'un heaume flammé, elle a reconnu Valmy.

Ça va, madame ? Il faisait le malin. Paula a posé un pied à terre : ça va, je me promène, comme tu vois. Puis elle a demandé : c'est par là la grotte ? Valmy a regardé les deux autres, et a rigolé, c'est plus haut, mais y a rien à voir, madame, c'est fermé, je vous l'ai dit. Ils ont cassé leur poignet sur l'accélérateur de leur bécane, pour la faire piaffer, pour faire entendre ce bruit que Paula trouvait si désirable du haut de ses douze ans qu'elle voulait s'en approcher le plus près possible, et pour cela suivait ses cousins dans le bois derrière la grande maison, élue et silencieuse, tandis qu'ils s'accroupissaient autour de la moto customisée qu'ils avaient réparée et se prenaient pour des hommes, parlaient piston et compression, câble et disque, testaient l'accélérateur et les freins, ignorant sa présence, jusqu'à ce que le plus grand déclare stop, je la prends, se coiffe d'un casque intégral et l'enfourche, s'enfonce dans la forêt, son tee-shirt jaune d'or semblable à une oriflamme fugitive, alors les autres attendaient son retour, inquiets que leur aîné use de ce privilège pour jouir de la machine selon son bon vouloir et crame toute l'essence sans rien laisser derrière, et Paula enjointe de monter sur la selle avec lui, de se coller dans son dos, de lui enlacer la taille sous peine de tomber, jambes tendues à l'horizontale pour éviter de se brûler les mollets contre le pot d'échappement, se mordant les lèvres quand la bécane se mettait à trembler, à zigzaguer comme hors de contrôle après avoir buté sur un caillou, la bouche suffoquée par l'air le vent les poussières, par la nuque de ce cousin qu'elle observait de près, une tonte récente révélant une lisière de peau blanche sous l'implantation basse des cheveux, réduits à de petites pointes rases mais scintillantes, s'abstenant de crier quand il faisait une roue arrière et lui hurlait « accroche-toi », s'abstenant de pleurer, enfin, quand la moto se coucha par terre et que sa jambe se couvrit d'hématomes pendant plusieurs semaines, l'obligeant à boiter, l'éloignant à jamais de ces garçons aux jeans éclaboussés de boue, libres à moto dans les bois.

Une fois revenue à Montignac, sur sa lancée, elle a pris à droite, vers la colline, et très vite le chantier de Lascaux IV est apparu face à elle. Elle a essayé d'en voir quelque chose par-dessus la clôture, mais l'état d'avancement de l'ouvrage le tenait encore illisible – accumulation de matériaux et de machines de couleur vive, montage de grues –, si bien qu'elle est à peine parvenue à se figurer la longue façade de béton et de verre conçue à l'image des abris-sous-roche, nombreux dans les parages, dont elle avait aperçu la veille des vues en perspective et des plans d'architecte affichés dans le hall des Ateliers. Au bout d'un instant, à l'arrêt, elle a eu froid. Elle aurait dû rentrer, mais portée par une impulsion qui venait de loin, elle a poursuivi, a tourné à gauche après le virage pour s'enfoncer dans le bois.

La brume flottait sur la route, la forêt élancée

– pins, chênes, châtaigniers – devenait spectrale, l'air sentait les mousses, les champignons et tout ce qui prolifère sous un matelas de feuilles pourries, entre les racines des arbres. Elle a distingué un portail scellé, barré du logo des Monuments historiques, puis un haut grillage, et elle est descendue de vélo pour mieux voir. L'entrée de la grotte devait être par là, à quelques mètres, le silence augmentait la clarté, pourtant Paula n'a pas repéré immédiatement l'escalier qui descendait en pente douce vers la porte, ce n'est qu'en observant longuement le sol qu'elle a remarqué le passage, camouflé. Elle a cherché un arbre où grimper, deux mètres suffisaient, elle voulait voir la porte, mais les troncs étaient ficelés de fil barbelé, et elle a dû se hausser sur la pointe des pieds pour toucher du regard le linteau, ce qui, contre toute attente – en soi, ce n'était pas grand-chose –, l'a bouleversée. Il y a des formes d'absences aussi intenses que des présences, c'est ce qu'elle a éprouvé en pressant son front sur le grillage, tendue vers ce monde qui s'ouvrait là, occulte, à moins de dix mètres, une grotte où l'on avait situé rien de moins que la naissance de l'art.

Paula a imaginé la grotte sous la terre, sa beauté retirée, la cavalcade des animaux dans la nuit magdalénienne, et elle s'est demandé si les peintures continuaient d'exister quand il n'y avait plus personne pour les regarder.

Entre le 14 juillet 1948 et le 20 avril 1963, la grotte de Lascaux, désormais aménagée pour recevoir des touristes en nombre, est ouverte au public. On prenait alors son ticket au guichet, et puis on descendait l'escalier vers la porte de bronze qui gardait la caverne telle l'entrée d'un temple. D'emblée, on vit des voitures gravir la colline pare-chocs contre pare-chocs, et des files d'attente se former dans le sous-bois. Ceux qui avaient tant attendu pour la voir, les habitants de la région, les fous de préhistoire – parfois c'étaient les mêmes – y vinrent les premiers, puis ce fut une vaste aimantation, les visiteurs accoururent de contrées de plus en plus lointaines, ils franchirent les frontières, la grotte de Lascaux à elle seule justifiant le voyage. Un haut lieu du patrimoine national qu'il fallait avoir vu, à l'instar du Mont-Saint-Michel ou du château de Versailles. Le nombre des visiteurs s'accrut d'année en année – trente mille en 1955, cent vingt mille en 1962, un flux quotidien de cinq cents personnes avec des pics de fréquentation à mille huit cents entrées par jour cet été-là. C'est l'engouement. On imagine bien les touristes d'alors, ces familles en vacances, celles des années cinquante, les pères en chemisette qui conduisaient des voitures aux couleurs tendres, une Dauphine jaune poussin, une Frégate bleu ciel, parfois une Aronde vert amande, les mères bras nus en robe de percale, les enfants en espadrilles et short de toile, se crochetant les pieds, se taclant en douce, fourbes, dissipés, le regard furetant vers les bois, parfois une grand-mère coiffée d'un bob ou d'un canotier qui se plaignait de la chaleur, des gens qui souvent n'aimaient pas les grottes, mal à l'aise à la perspective de s'introduire dans ces espaces obscurs et suintants, dans ces galeries labyrinthiques, et plus encore à l'idée que les premiers hommes, auxquels on ne consentait pas encore à ressembler pleinement, aient pu y vivre – une idée fausse et encore largement partagée. On se haussait un peu du col dans la file d'attente, on prononçait des mots complexes, des mots en latin et en grec, sapiens, paléolithique, claustrophobie, on faisait des blagues sur homo erectus en imaginant l'ancêtre à moitié nu, vigoureux et bestial, on riait nerveusement sentant que l'on serait sans doute de la prochaine fournée, on conjurait le sort à voix haute – pourvu qu'on reste pas coincés là-dedans ! –, la crainte d'un éboulement qui boucherait la sortie, la peur ancestrale d'être enterré vivant resurgissant à l'instant de tendre son ticket au guide de la grotte, qui, si on avait de la chance, était parfois l'un des quatre inventeurs, Marcel ou Jacques par exemple. Puis on pénétrait dans la caverne, on s'y avançait, les uns contre les autres, les têtes à touche-touche, les petits tenus dans les bras à hauteur des peintures. On n'avait qu'à ouvrir les yeux pour être subjugués, l'émotion intégrale, et on baissait la voix comme dans un sanctuaire, dépassés par l'énigme, assaillis de questions, et peut-être même que l'on avait peur aussi, pris dans la ronde de bêtes puissantes que l'on sentait vivre tout autour de soi. On était fiers aussi, fiers d'être là, même si on s'était parfois forcés à quitter les berges de la rivière, la piscine municipale, l'ombre du noyer, même si on s'était « poussés au cul », parce qu'il fallait bien montrer des trucs aux gosses, parce que c'était de la culture et qu'on voulait que la vie ressemble à quelque chose.

On estime qu'un million de personnes ont visité la grotte de Lascaux durant ces quinze années. Un million de personnes ont vu les peintures. Si l'on rapporte ces quinze ans d'ouverture aux vingt mille ans d'existence des œuvres, on obtient en proportion une minute et trois secondes sur vingt-quatre heures. C'est long, une minute et trois secondes, c'est bien autre chose qu'un éclair fugitif, bien autre chose qu'un flash photographique, plutôt un long temps de pose, une lente imprégnation de lumière. La durée de combustion de treize allumettes successives. Un éblouissement qui se prolonge – un émerveillement. On eut le temps de faire histoire avec la grotte, justement. D'entrer en rapport avec elle, d'établir une relation, de lui donner une légende.

Paula choisit le légendaire, elle y va carrément. La lecture des versions de la découverte de Lascaux, empilées, juxtaposées, brassées, le plus souvent tendues dans une dramaturgie allant de l'obscurité à la lumière, tout cela la stimule : il y a les récits précoces des découvreurs eux-mêmes, ceux des adultes qui les écoutent et suscitent leurs témoignages, instituteur ou prêtres préhistoriens, ceux des savants, ceux des journalistes tôt accourus sur le site, ceux des poètes, ceux des édiles locaux, ceux, tardifs, des Alsaciens entrés dans la grotte le 13 mais que la légende a effacés, et enfin celui de son père Guillaume, qui « adorait cette histoire ». Paula prend sa place dans la chaîne des récitants, et la nuit de l'Épiphanie, de retour dans sa chambre, gavée de galette à la frangipane, et un peu ivre aussi – on avait tiré les Rois en fin de journée dans une ambiance détendue, les travaux avançaient selon la énième version du planning, et deux représentants du conseil départemental et l'un des directeurs de la Semitour, venus visiter le chantier, accompagnés d'un reporter de *Sud-Ouest*, étaient repartis admiratifs –, elle appelle Jonas. Je vais te raconter – en cet instant, elle a exactement le visage et la voix d'un être qui parle à la lueur d'un feu.

D'emblée, elle synchronise son récit à un moment de l'histoire, et recoud la colline au monde qui l'entoure : la nuit nazie abattue sur l'Europe, la France humiliée de la débâcle, le Maréchal à Vichy, la ligne de démarcation qui situe Montignac en zone libre, les réfugiés qui s'installent dans la bourgade, et parmi eux les Coencas, une famille juive de Montreuil, et la quasi-totalité des habitants d'Elsenheim, en Alsace – quatre cent mille Alsaciens doublent alors la population de la Dordogne. Puis, elle commence doucement, le micro du téléphone tout près de la bouche, le son de sa voix prolongé dans la nuit : donc c'est la fin de l'été, et quatre garçons marchent à travers bois.

Septembre calcaire, ils gravissent un chemin à flanc de colline, la terre est granuleuse, de petits cailloux roulent sous les semelles, on les entend venir de loin – l'écho de leur pas, la clameur de leur voix. Autour d'eux, les taillis craquent, cendrés, les oiseaux somnolent dans les chênes immobiles, les vipères patientent, les fourmis s'activent, l'espace est assoiffé. C'est un jeudi, le 12 septembre 1940. Ceux qui marchent ne sont plus des enfants mais ils cherchent un trésor – est-ce ainsi que l'enfance insiste ? Paula marque un temps d'arrêt. Elle se voit copier inlassablement la matière, gratter les bois, creuser les marbres, racler le monde, moi aussi je cherche un trésor, se dit-elle, ce trésor qui m'est destiné et m'attend quelque part.

Elle reprend : l'un d'entre eux est l'aîné, cela se voit, la taille, la carrure, le barda qu'il transporte – dont cette lampe bricolée avec une pompe à graisse Tecalemit, une bonne mèche et du pétrole –, et puis, il sait où ils vont, c'est lui qui guide. Dix-huit ans, apprenti mécano dans un garage de Montignac, prénommé Marcel, surnommé le Bagnard parce qu'il ressemble à Harry Baur en Jean Valjean dans une version des *Misérables* des années trente – les noms déjà tournoient, ceux des acteurs et des personnages, ceux de la littérature renversée dans le cinéma et retrouvée dans les yeux des habitants de Montignac. C'est lui, Marcel Ravidat, qui tient ici le rôle principal, c'est lui qui est à la manœuvre. Les trois autres sont plus jeunes : Georges Agniel a dix-sept ans, Jacques Marsal quatorze et Simon Coencas treize – des *enfants* ? Pour ceux-là, c'est une bifurcation : Marcel les croise dans les rues de Montignac et les recrute, et Paula qui raconte cette histoire pense immédiatement à Valmy et à ses copains qui s'éclatent eux aussi dans les bois de Lascaux.

Marcel a une idée en tête, retourner au trou qu'il a « écouté » il y a quatre jours déjà, le 8 septembre. Ce jour-là, il est parti avec d'autres sur la colline, derrière le manoir de Lascaux, à un kilomètre au sud de Montignac, quand son chien Robot disparaît dans un creux du terrain envahi de buissons, une excavation d'environ un mètre de profondeur, laissée par un grand arbre arraché lors d'une ancienne tempête – un trou déjà connu. Marcel va chercher son chien, et repère la présence d'un autre trou, celui-là plus étroit. Il y lance un caillou, écoute, en évalue la profondeur en comptant les secondes avant de percevoir en retour le son que fait la pierre quand elle touche le fond ; et sans doute que l'écho du projectile qui a rebondi, puis roulé sur le cône d'éboulis à l'intérieur, lui a permis de se configurer le sous-sol – c'est creux en dessous, c'est vaste et aéré, et déjà il y a de la place, quelque chose, une aventure – ; et peut-être que tout ce qui a suivi, tout – c'est une hypothèse qui embrase Paula – se tient dans la réverbération acoustique d'un caillou qui chute dans un puits, et vibre sans discontinuer dans l'oreille de Marcel, vibre de manière si entêtante et si belle que quatre jours et quatre nuits plus tard il est en mouvement, équipé, accompagné – la voix de Paula elle aussi réverbère, fait venir des images dans l'oreille de Jonas, fait venir son visage, et ses mains qui signent ses paroles.

Ils montent, les quatre, la tête penchée en avant comme si leur front traçait le chemin, avancent à bonne allure mais sans hâte excessive, ont ramassé des bâtons et frappent les feuillages à grands gestes vagues, se parlent à voix basse, il est question de gnons et de coups dans les couilles, il est question de crachats et d'insultes, des Alsaciens, des Lorraines, mais du trésor pas un mot encore, et les imaginant gravir la sente à travers le sous-bois, Paula pense au prologue d'un épisode du *Club des Cinq*, typographie bold et pages cousues dans la couverture cartonnée de la Bibliothèque Rose – tu les connais, ces livres, Jonas ? Paula demande soudain : tu vois le chien Dagobert jappant dans les jambes des enfants intrépides ? Je vois, dit Jonas, continue.

Ce que Marcel a dit aux autres, c'est qu'il a peut-être trouvé le souterrain du manoir de Lascaux, c'est cette information-là qui suffit à les dérouter. La présence d'un passage entre le village et la colline bruisse depuis si longtemps que chacun s'est fait à l'idée de son existence, et comme à peu près tous les gosses du village et la poignée d'érudits en béret qui consultent les archives locales, les trois gamins qui écoutent Marcel et que Marcel impressionne – Paula, elle, sait exactement l'impression que peut faire un garçon de dix-huit ans quand on en a treize, que c'est l'été, les vacances, et qu'il propose un plan alors que l'on est là, à errer comme un chien dans une cour brûlante – aspirent à le découvrir, et pour cela n'hésitent pas à pénétrer sur de vieilles terres, féodales et mystérieuses, défendues, bravant les intendants qui les gardent – aristocrates, « Parisiens », les propriétaires, c'est vrai, se montrent peu. Comme souvent, la rumeur colle à la logique sinueuse et implacable de la légende : s'il y a château, et il y a château, alors il y a souterrain – on aura forcément creusé un tunnel pour avitailler la place si le siège dure et que viennent à manquer le pain, l'eau et la cire, on aura prévu une issue de secours si l'attaque enflamme les murailles et que l'ennemi envahit l'enceinte, s'engage dans le colimaçon du donjon, lourd dans sa cuirasse mais pressé d'en finir, on aura forcément conçu de quoi exfiltrer le père sur le dos, l'enfant dans une main, la torche dans l'autre afin d'éclairer le conduit au plafond si bas qu'il faut baisser la tête, progresser malgré les parois qui suintent et la palpitation des bestioles, malgré l'angoisse du labyrinthe, culs-de-sac en oubliettes et carrefours identiques, malgré la terreur que s'éteigne la flamme, que s'épuise l'oxygène, et qu'on finisse pris dans les rets d'un piège, enterré vivant ; s'il y a château, on aura foré de quoi fuir, un corridor, au bout de quoi perle la lumière du dehors, celle que l'on distingue entre toutes, soleil pâle ou nuit sans lune, souffle d'air frais sur le visage, ronces, boue, et retour au monde – des images qui s'éclairent dans la chute du caillou qui tombe dans l'oreille de Marcel.

Des adolescents qui grimpent la colline *pour voir* donc, comme on mise à hauteur de la dernière enchère lors d'un tour de poker, pour rester dans le jeu, se tenir à jour des promesses de la vie. Ils atteignent l'endroit où ça commence et Paula visualise les quatre paires d'yeux baissés au sol, interrogeant silencieusement le petit gouffre noir trop étroit pour mettre la tête dedans, crier ohé, ohé, y a quelqu'un ?, mais assez large en revanche pour laisser échapper l'odeur de la terre, aussi intime que celle que l'on respire dans les plis d'une peau humaine, et puis Marcel sort une lame de ressort d'auto dont ils se servent à tour de rôle pour élargir le passage, ce qui va prendre une bonne heure – l'opiniâtreté du plus grand a gagné les autres qui persévèrent, trouvent là l'occasion d'afficher leur force. Puis, une fois le trou amplifié, ils vont faire exactement ce pour quoi ils sont venus : ils vont descendre – autrement dit, ils vont y croire.

L'invention, déjà, est une blessure – Paula fait une pause, elle ne lâche pas l'appareil, mais ôte ses chaussures, ses chaussettes, et grimpe sur le lit – : le dehors et le dedans s'ouvrent l'un à l'autre par un trou qui s'échancre – large de vingt centimètres environ le jour de la découverte, c'est une ouverture de cinq mètres sur cinq un mois plus tard –, et dans ce contact quelque chose est perdu. Le cône d'éboulis détruit, la cavité perd son bouchon climatique, hydrique, thermique, la stabilité du milieu intérieur de la grotte se modifie, l'exact rapport qui existait entre l'air, l'eau et la roche se détraque, une continuité de vingt mille ans s'effondre.

Contrairement aux cambriolages, aux explorations spéléologiques, où le plus petit et le plus menu, souvent, passe en tête, tient le rôle d'éclaireur pour le reste de la bande, c'est Marcel qui s'infiltre en premier tandis que les trois copains écoutent en surface. Ses pieds touchent le sol, il atterrit dans le noir, on lui envoie la lampe Pigeon empruntée pour l'occasion, il éclaire, il est en haut d'un éboulis sur lequel bientôt il rampe, aplati entre les deux parois, le ventre blessé par les pierres, le dos menacé par les stalactites, la progression est assez lente – mais comment tient-il la lampe ? se demande Jonas. Le conduit s'élargit, devient une salle, Marcel appelle les autres qui s'introduisent à leur tour : les ombres faibles sur les flancs de la grotte, les voix qui baissent d'un ton, les gémissements peut-être quand un caillou blesse, Jonas l'imagine, ce qu'il se figure avec plus de difficulté c'est la hardiesse de ceux qui rampent sous terre dans le noir sans rebrousser chemin. Une fois regroupés, ils repèrent l'endroit, le relief fantastique, les gours, les à-plats de calcite : ce n'est pas le souterrain du château, pour l'heure juste une grotte, ce qui dans une région où se concentrent les sites préhistoriques est loin d'être incongru. Ils se déplacent avec précaution, les parois se resserrent autour d'eux, les voici dans une galerie étroite – à ce stade de la descente, ils n'ont rien vu encore, n'ont pas vu les peintures, et l'idée qu'elles soient dans le noir, vivantes, arrêtées, prêtes à se mettre en branle à la moindre lueur, cette idée-là fait frissonner Jonas. À cet instant, Jacques a poussé un cri et désigné, sur la voûte blanche, des formes si puissantes qu'elles se sont dissociées des ténèbres et se sont fait reconnaître à la lueur des éclairages de fortune, ces lumières faseyantes qui ont accru l'impression de mouvement du cortège animal. Ils n'ont pas eu peur et ont levé haut la lampe devant les images : un cerf, de petits chevaux, un taureau. Puis ils ont escorté la procession le long de la paroi jusqu'à se retrouver au bout du conduit, devant un cheval renversé sur le dos, jambes en l'air, comme le signe d'un demi-tour qu'il leur fallait faire, et justement la lampe à graisse s'est mise à chauffer, bientôt si bouillante qu'il leur a fallu prendre la décision de ressortir – et Jonas, devant cette lumière qui brûle et baisse, imagine que les peintures ont limité le temps de regard des quatre garçons, un temps d'éblouissement après quoi l'obscurité se reforme sur un sillage mnésique, une présence inscrite en soi, et le désir de retour qui s'ensuit.

Le visage qu'ils ont au sortir de la grotte, les mots qu'ils se disent, le bruit de leurs godasses sur le chemin qui descend la colline tandis que le jour tombe, Jonas ne cesse d'y penser. Tout est modifié, lui dit Paula, le paysage familier dont ils connaissent le moindre pan de toit, la moindre fenêtre, le moindre bouquet d'arbres, est désormais différent : inchangé en surface, il recèle un monde clandestin connu d'eux seuls. Elle se demande si ceux qui les voient rentrer perçoivent qu'il leur est arrivé quelque chose, que tout a bougé, que leur centre de gravité s'est déplacé sous la colline. Certes ils se pointent en retard au repas, les vêtements sales et le corps couvert d'ecchymoses, comme après une bagarre, certes ils doivent être fatigués, sidérés peut-être, un peu ailleurs, retranchés dans leurs visions, concentrés sur la promesse du lendemain, mais rien ne les distingue des autres gosses de Montignac, ni transfiguration, ni bégaiement, ni fièvre, ni stigmate d'aucune sorte, ils ne manifestent aucune emprise, tout au plus une réserve inhabituelle, un silence. Tu crois qu'ils ont eu dès ce premier soir l'intuition de la portée exceptionnelle de leur découverte ? Jonas demande. Paula l'ignore, elle imagine plutôt une émotion collective à la fois bouleversante et confuse, et la certitude de détenir un trésor. Toujours est-il qu'ils optent pour le secret, se conçoivent d'ores et déjà comme les protecteurs et les gardiens de la grotte, et dans ce secret un quatuor se forme pour toujours : Marcel, Jacques, Georges, Simon – le jeune mécano de Montignac, le fils du café-restaurant Le Bon Accueil, le garçon de Nogent-sur-Marne en vacances chez sa grand-mère, l'adolescent juif réfugié à Montignac.

Le lendemain, le 13 septembre, ils sont pourtant cinq à remonter sur la colline – Simon est venu avec son frère, accroissant le cercle des possesseurs du secret. Ils ont apporté des lampes à carbure, des pelles, des cordes, sont décidés à procéder à l'exploration systématique des parois. Ils pénètrent à la file dans l'étroit goulet, se glissent dans le laminoir en pente, et ce n'est plus l'émotion de la veille qui domine, le vertige de la sidération : à présent c'est l'enchantement.

Ils partent en reconnaissance, l'émerveillement leur tient lieu de méthode, et Paula songe qu'ils vont vite, qu'ils se dispersent, s'interpellent, lancés dans une surenchère exclamative qui semble devoir durer toujours. Là le premier animal, étrange, est un cheval aux deux longues cornes noires, et fines, qui d'emblée désignent un mouvement, donnent une direction, là des taureaux, de petits chevaux noirs, et aussi quatre cerfs au galop, un bouquetin, là un cerf noir, puis un ours au flanc d'un taureau, des têtes surgies entre deux encolures, des croupes décalées, des crinières qui se soulèvent, le tout chaud, mobile, vivant, sonore, la beauté n'a pas de point, la beauté n'a pas de fin, et peu à peu déjetés hors d'eux-mêmes, ils vont encore accroître l'espace de la caverne. Georges découvre un passage latéral sur la droite dans la première salle, et avertit les autres, ça continue !, s'introduit dans le couloir qui court sur une quinzaine de mètres avant de déboucher sur une autre galerie, haute et si pentue qu'ils doivent grimper sur les corniches pour admirer les peintures, des chevaux encore, un bison fléché, une grande vache, noire et pleine, des bisons adossés, quatre têtes de cerf – mais peut-être est-ce le même qui se déplace ? –, ça continue, ça continue encore, un autre conduit apparaît sur la droite, l'éclairage oblique révèle un plafond en coupole où s'entremêlent des gravures d'animaux, un ensemble d'une si grande densité et d'une si grande agitation qu'il en est difficilement déchiffrable. La beauté continue. Tu es là, Jonas ? Paula demande.

Le troisième jour, ils y retournent. Ils n'ont toujours rien dit. Paula suppose que les nouvelles coordonnées géodésiques de leur existence modifient à présent leur apparence, leur comportement, leur sommeil, leur appétit, mais voilà, c'est la guerre, le marasme du pays a retardé la rentrée des classes, ils sont livrés à eux-mêmes, et l'attention des adultes se portant ailleurs, elle conclut qu'on leur fout la paix. Ce jour-là, pourtant, ils vont prendre des risques. Marcel, toujours, entreprend d'explorer le trou auquel ils ont renoncé la veille, sous la coupole couverte de gravures, un trou profond, cinq mètres, la corde est trop courte, il faut sauter dans le vide, ne pas lâcher la lampe, c'est fou mais Marcel saute, et quand il se relève, puis éclaire, une créature apparaît sur la paroi, un homme à tête d'oiseau, stylisé à l'extrême, il a quatre doigts, le sexe dressé, est couché sur le dos face à un bison blessé tandis qu'un rhinocéros s'éloigne. Au fond de ce puits noir, l'atmosphère est autre, énigmatique, la mort semble-t-il est apparue et Jonas, qui écoute toujours, imagine que Marcel a dû s'arrêter, tressaillir, saisi par la scène, puis qu'il a dû se remettre dans l'action, vite, et chasser l'inquiétude en remontant de la fosse, avant que les trois autres y sautent à leur tour. C'est l'ultime épisode de l'invention, maintenant ils veulent parler.

Trois jours qu'ils explorent la caverne, trois jours qu'ils œuvrent à l'extension du monde connu – à l'extension de l'espace et du temps connus –, le grand travail. Une opération de sacs et de cordes, de lampes bricolées et de vêtements déchirés, de risques physiques, une descente qui éclaire sur-le-champ la jeunesse, la débrouillardise, l'imagination, et tout ce qui consent à tâtonner dans le noir.

Le jour où Kate a refait surface, la neige tombait d'un ciel bas, sans réverbération, les flocons mous se déposaient sur le bitume puis s'effaçaient aussitôt, leur tapotement doux absorbé dans le paysage. Paula a senti la pulsation silencieuse du portable sous ses doigts alors qu'elle arrivait en vue des Ateliers. Une série d'émoticônes – soleil, bikini, poisson – s'affichait sur l'écran, puis un lien vidéo sur lequel elle a cliqué. Elle s'est abritée sous un porche, pour regarder la vidéo sans attendre, a immédiatement reconnu Kate parmi ceux qui enfilaient des combinaisons de néoprène dans le vestiaire carrelé d'un club de plongée, les jambes seulement, le haut retombant autour de la taille. Plus tard, les mêmes étaient rassemblés sous le taud d'un Boston Whaler arrêté en pleine mer, huit ou dix visages rougeauds, huit ou dix ventres blancs, Kate portait effectivement un soutien-gorge de bikini triangle – une forme inadaptée au poids de ses seins – et déjà les cétacés s'animaient sur ses bras. Elle écoutait, concentrée, le type qui détaillait les consignes de sécurité, un moniteur vêtu d'un slip de bain noir à lacet et d'un vieux tee-shirt blanc, qui parlait avec l'accent de Marseille tandis que ses Ray-Ban Aviator réfléchissaient un ciel d'attente. L'image s'abaissait puis remontait sous l'effet du roulis, et Paula, qui commençait à avoir mal au cœur, a relevé les yeux sur la colline de Lascaux le temps de reprendre ses esprits : Kate était partie nager avec les baleines à La Réunion. Elle levait le pouce devant l'objectif en articulant *let's go to the real world !*, et respirait exagérément en gonflant le thorax et les épaules, assise sur le bordé de l'embarcation, puis se laissait glisser dans l'eau en tenant son masque à deux mains, suivie des autres passagers, chaque saut créant des points de perforation entre le ciel et la mer, des cratères d'écume. La suite du film était sous-marine, abyssale, mythologique : Kate flottait à dix mètres au-dessus d'une baleine à bosse qui louvoyait lentement dans un volume de cathédrale, s'effaçait dans l'épaisseur bleue, puis resurgissait plus tard d'une autre direction, ténébreuse et massive. Si colossale – vingt-cinq tonnes et quinze mètres de long, un immeuble de quatre étages – qu'elle reconfigurait l'échelle du monde, Kate désormais dérisoire, à peine une ombre en contre-jour du plafond translucide, à peine une algue. L'animal habitait l'océan dans toutes ses dimensions, allait et venait dans un grand calme, sa présence révélant un monde sans coupure, une continuité fluide où tout coexistait – le royaume du temps. Parfois, la baleine remontait à la surface, et son dos occupait soudain l'intégralité du champ de vision de Kate qui ne s'affolait pas, observait les consignes, se contentait de remuer les jambes palmes jointes dans un devenir sirène. Alors la créature rinçait sa peau au soleil, aspergeait les tubercules poussés sur sa mâchoire, respirait, et dans ce mouvement faisait voir son ventre pâle avant de repasser sous la mer, ce ventre bouleversant. Paula, happée par la vidéo, déglutissait de terreur quand la baleine se précisait de face, et d'ombre spectrale devenait nette en moins d'une seconde, mortelle, mais à l'écran, portée dans le pelagos, Kate continuait de se défaire de son apparence humaine, continuait de cesser d'être Kate afin d'approcher ce grand poisson qui la fascinait. Et quand finalement la baleine se mit à chanter, quand elle fit entendre ce son de basse fréquence capable de parcourir des distances de folie – et peut-être, avait-on même imaginé, de traverser l'océan d'un rivage à l'autre –, capable de repérer par écholocation une proie ou un obstacle situé à mille lieues, la buée a envahi la vitre du masque, et Paula s'est dit que Kate pleurait.

En surface, on commençait à s'impatienter, les autres plongeurs étaient remontés à bord et déjà comparaient leurs films et leurs photos, se montraient les possibilités techniques de leur matériel, énuméraient les capacités de stockage et le nombre de pixels, le tout dans un enthousiasme bruyant, quand là-bas, immergée, Kate guettait le retour de l'animal qui venait de disparaître là où l'océan se tient tourné vers lui-même, follement obscur. On la voyait ensuite relever son masque sur le pont du Boston, cracher son tuba et embrasser à pleine bouche un type que Paula identifia aussitôt comme le syndic de l'avenue Foch – les golfes roses sur le crâne, la chevalière au majeur, les gestes méticuleux à l'instant de dézipper la fermeture dorsale de la combinaison de Kate. À la fin de la vidéo, elle se tenait assise sur un banc à la proue du bateau, les mains à la taille, les cuisses marbrées, et témoignait face caméra dans un anglais saccadé dont Paula ne comprit pas le détail, mais l'essentiel oui : le monde s'était redimensionné, le grand, le petit, l'ordre des proportions, tout était différent, l'œil de la baleine s'était levé vers elle sous le pli de la paupière, il était remonté contre l'orbite, alors qu'elle passait cinq ou six mètres plus bas, un *eye contact* qui changeait tout. Kate avait les pupilles dilatées et sa combinaison noire gisait à ses pieds, vide et désarticulée, semblable à la peau d'un serpent après la mue.

La réplique intégrale, la copie parfaite. On parlait même du *clonage* de la grotte et Paula repensait souvent aux mots de Jonas la nuit où il l'avait appelée pour lui proposer de saisir cette place sur Lascaux IV : le fac-similé ultime – le chantier d'une vie, avait-il ajouté. Mais Paula n'a jamais copié sans contact avec l'original, n'a jamais reproduit un sujet dont elle ne peut disposer, fait le portrait de ce qu'elle n'a jamais vu – et que tu n'as aucune chance de voir, je préfère te prévenir, lui balance la femme acajou avec laquelle elle forme binôme et que le privilège d'avoir vu la grotte la vraie gonfle comme une baudruche. Paula hausse les épaules, elle compte bien y entrer elle aussi, dans cette caverne, elle attendra, elle a tout son temps, une minute et trois secondes à l'intérieur, c'est tout ce qu'elle demande.

Le clone, ici, il est d'abord numérique, c'est ce que l'homme en pull marin et treillis explique à Paula, prenant le temps de décomposer pour elle la conception d'un logiciel graphique issu du modèle 3D qui a servi au moulage des panneaux, et dont elle disposera pour peindre. Des hommes étaient donc descendus dans la cavité, équipés de scanners ultra-performants, ils avaient enregistré la position de trois ou quatre milliards de points afin de reproduire le tissu même de l'épiderme, la peau de la cavité. Ensuite, ils en avaient réalisé la couverture photographique intégrale, y compris celle du cabinet des Félins, exigu, qui ne serait pas copié – soit vingt mille clichés en haute résolution. Puis l'homme en pull marin et treillis superpose ses deux mains, pour signifier à Paula que l'on a réuni les données volumétriques des scans et les images photographiques pour obtenir le modèle 3D de Lascaux. Soudain, sa voix accélère et il pose sa paume sur son sternum : d'une certaine manière, le fac-similé sera plus vrai que l'original, il sera plus juste, recréera par exemple le trou initial et le cône d'éboulis à l'entrée de la caverne, cette pente sur laquelle ont rampé les découvreurs, qui n'a donc pu être scannée, copiée, mais a été élaborée par un archéologue, puis réalisée par les plasticiens. Il conclut : au fond, l'entrée dans le fac-similé est le seul endroit de l'ouvrage qui relève de l'imaginaire. Paula, silencieuse, baisse les yeux sur les plans alors que l'homme en pull marin et treillis ajoute en se caressant la barbe :

du coup, les plasticiens qui viennent travailler sur Lascaux IV doivent faire en quelque sorte l'archéologie du fac-similé, ils doivent remonter la piste des images.

La première image, Paula la suppose dessinée sur une feuille pliée en quatre et fourrée dans la poche revolver du froc d'un garçon qui redescend la colline le 16 ou peut-être le 17 septembre 1940, et file chez Léon Laval, ancien instituteur, figure de Montignac et passionné d'archéologie. Jacques lui a révélé la découverte de la grotte mais, pour y croire, Laval a demandé à Georges Estréguil, copain de la bande et bon dessinateur, d'aller voir et de rapporter un croquis ; l'image qui lui revient fait son effet, dès le lendemain Laval descend dans la grotte et en ressort bouleversé. La deuxième image, bringuebalée dans la sacoche d'un vélo, file vers Brive le 20 septembre. Celui qui pédale, Maurice Thaon, est un jeune type de trente ans, qui s'est lui aussi rendu dans la caverne pour y dessiner et fonce maintenant apporter son travail à l'abbé Breuil, préhistorien, sommité de l'époque et spécialiste international de l'art pariétal, un vague cousin de sa famille. L'image de nouveau déclenche le mouvement, le 21 septembre, Breuil est à Lascaux, et authentifie la grotte. La troisième image est un papier quasi opaque – un papier de fleuriste – sur lequel Breuil, selon une méthode qu'il a peaufinée dans les grottes du Sud-Ouest, et dans celle d'Altamira, calque un félin du cabinet des Félins et un cheval du Diverticule axial. Mais sa vue est mauvaise : en juillet, il s'est blessé l'œil droit avec une branche de noisetier alors qu'il marchait en forêt, et par ailleurs son œil gauche est faible, que peut-il donc voir ? – Paula pose une main sur son œil droit, elle sait de quoi on parle. – Il est temps à présent d'homologuer Lascaux, et ce calque étoffe peut-être le rapport que Breuil adresse à l'Académie des inscriptions et belles-lettres un mois plus tard, où il baptise la grotte « chapelle Sixtine du Périgordien ».

Les images courent au-devant de la grotte, elles caracolent, et Paula les accompagne. La nouvelle de la découverte se propage à une vitesse folle, relayée par des voix de radio, nasillardes, un peu raides, les visiteurs affluent. Tout Montignac et alentour gravit la colline où l'on compte certains jours d'octobre 1940 un millier de personnes, des curieux, des copains, les vieilles villageoises, la crème des préhistoriens, les chanoines et les prêtres, les notabilités locales, une procession escortée de quelques bêtes, d'insectes, de pollens, de micro-organismes et autres présences infimes invisibles à l'œil nu. Les découvreurs campent sur place afin de protéger la cavité, ils en sont les guides à deux francs la visite. La presse est là, les premiers articles évoquent un « Versailles de la Préhistoire », et les photos en noir et blanc illustrent déjà la légende : le bois de Lascaux est le bivouac de jeunes aventuriers qui vivent en liberté, dorment sous la tente, parlent d'égal à égal avec les savants et les poètes, la mèche sur l'œil, la pipe à la bouche. Bientôt les quatre découvreurs ne sont plus que deux, les « Parisiens » repartent : Georges remonte à la capitale début octobre pour la rentrée des classes, quand Simon a déjà quitté Montignac pour rentrer à Montreuil – sa sœur et lui seront les seuls survivants de la famille, internée à Drancy, déportée, puis assassinée à Auschwitz.

La grotte est là, splendide, intacte, sa fraîcheur miraculeuse abolit le temps et les hommes de la préhistoire sont là, proches mais inconnus – rien de plus excitant. Pour les dessinateurs, les photographes, les reporters, les documentaristes, les cinéastes, la période qui précède l'ouverture publique est un temps de noces. Dès le mois d'octobre 1940, tous ces personnages sont chez eux à Lascaux, s'y introduisent avec leur matériel, se contorsionnent pour photographier les fresques, de nouveau éclairées par des lampes à carbure. Il y a ceux qui travaillent aux relevés, souvent à la demande de Breuil – Maurice Thaon est chargé par le secrétariat des Beaux-Arts d'effectuer les premiers relevés scientifiques, Fernand Windels, éditeur et photographe réfugié à

Montignac, descend dans la cavité avec sa grosse chambre à soufflet ; il y a ceux qui filment la légende – en 1942, un film, *La nuit des temps*, met en scène Laval et les inventeurs dans leur propre rôle ; il y a ceux qui travaillent pour la presse – en janvier 1941, un premier reportage photographique de Pierre Ichac, publié dans *L'Illustration*, montre l'abbé Breuil face aux parois, très « pape de la Préhistoire », béret sur la tête et bâton à la main ; en 1947, le photographe Ralph Morse et sa femme Ruth installent dans la caverne un générateur électrique importé d'Angleterre afin d'éclairer les peintures par des projecteurs puissants qui vont restituer pour la première fois l'éclat des couleurs de la peinture paléolithique, le reportage publié dans *Life* étend la renommée de Lascaux à l'étranger, c'est la gloire ; en 1948, un reportage de Maynard Owen Williams, publié dans le très estimé *National Geographic Magazine*, consacre le site, c'est l'adoubement. Dans l'euphorie générale, on remarque à peine que les travaux engagés en vue de l'exploitation touristique de la cavité par son propriétaire – Lascaux, là encore, c'est étrange, « appartient » à quelqu'un, à la famille La Rochefoucauld – altèrent les lieux de manière irréversible : maçonnage d'une porte de bronze, sas d'entrée, escalier, niveau des sols abaissé pour cimenter un parcours de visite, pose d'un éclairage, puis dix ans plus tard d'un système de ventilation. Ultime témoignage de la révélation initiale, Georges Bataille s'y installe en 1954 pour réaliser son grand livre *Lascaux ou la naissance de l'art* : les photos des séances de travail souterraines le montrent princier, attablé dans la salle des Taureaux avec l'éditeur Albert Skira et leurs épouses, Diane et Rosabianca, posant seul face aux parois, ou avec Jacques et Marcel, afin de retrouver le lieu où ils ont vu pour la première fois les peintures, afin de fixer l'endroit exact où l'art est apparu aux enfants, le lieu de sa naissance ; ici on élabore, on écrit, on éclaire, on photographie à la chambre, on fume aussi, la grotte habitée par le poète redevenue soudain ce qu'elle était vingt mille ans auparavant, un atelier.

Dès son invention, la grotte produit des images. Paula la voit semblable à une fabrique magique : elle s'ouvre et des images en sortent, elle se ferme et des images s'en échappent encore par les jointures des portes. Des images-véhicules conçues pour porter au-dehors sa présence. Paula télécharge dans son ordinateur les fichiers numérisés du relevé des gravures effectué à Lascaux à partir de 1952 et pendant plus de dix ans, par l'abbé Glory – encore un abbé ! Bien qu'elle l'imagine ombrageux, monomaniaque, difficile, Paula se dit qu'elle aurait aimé l'observer dans son œuvre nocturne, puisqu'il lui fallait attendre le départ des visiteurs pour éclairer les parois, placer ses calques, et relever chaque trait, chaque signe dans le silence de la caverne, avant de ressortir à trois heures du matin, et prendre par le bois vers une maison voisine, rompu – une hanche le fait souffrir. La nuit, il rampe et relève, le jour, toujours à quatre pattes, en chaussettes, il reporte, assemble ses calques comme un puzzle, les colle sur un panneau, reprend, photographie, vérifie la précision sur site avant de corriger encore au crayon à papier, puis il réduit ses calques à l'aide d'une chambre claire. Le tout obsessionnel, scrupuleux, fervent. Des milliers d'heures de travail. Le relevé de la gravure pariétale, moins spectaculaire que la peinture, mais tout aussi magistral, sera donc l'œuvre de cet homme *souterrain*, qui assiste impuissant aux dégradations du site liées à la fréquentation des touristes – sur une photo de 1957 prise dans la salle des Taureaux, quatre ouvriers s'activent au marteau-piqueur, le sol est défoncé pour pratiquer des saignées afin de faire passer les gaines électriques, et l'on reconnaît sur la gauche l'abbé Glory, accablé.

En 1963, la fête est finie. Cavité qui se réchauffe, vapeur d'eau qui se charge en acidité, parois qui s'oxydent, algues qui prolifèrent, maladie « verte » bientôt suivie d'une maladie « blanche » – ce voile de calcite qui menace d'opacifier les œuvres – : les milliers de visiteurs ont infecté, pollué, abîmé la grotte. André Malraux, ministre de la Culture, impose la fermeture au propriétaire – et ceux qui avaient réservé pour l'été 63 écrivent alors pour protester : et nous, comment on va faire, pour la voir ? Pour satisfaire ces voyageurs éconduits et conserver en ville le flux touristique, la mairie met en place une première visite en images de la cavité : un diaporama commenté par Ravidat et Marsal. Du côté du propriétaire, que la fermeture prive d'une manne financière, on cherche également une solution. Un premier projet apparaît en 1971, étrange objet qui mélange le faux et le vrai, utiliserait des cavités naturelles pour y mettre en scène des copies, projet abandonné quand, après la vente de la grotte à l'État en 1972, le propriétaire en conservant cependant le droit de diffusion, les fac-similés, cette fois, entrent en jeu. Lascaux II, créée à quelques dizaines de mètres du site originel, redonne à la grotte sa nature initiale : ni relevé scientifique, ni photographie, c'est une œuvre d'art. Une œuvre de sculpteurs et de peintres, et parmi eux Monique Peytral qui, loin de « s'effacer » devant les peintres de la préhistoire – Paula fronce les sourcils –, travaille à se mettre dans leur peau, à incorporer leur art, bientôt peint selon leurs techniques, à leur contact, dans leur présence, utilise des pigments analogues aux leurs, dispose de longs temps d'immersion dans la grotte, si bien qu'elle devient préhistorienne. Le financement flanche, le chantier s'interrompt, reprend, la copie est partielle – seul un axe de la grotte, la salle des Taureaux et le Diverticule axial sont copiés – pourtant, le travail est si époustouflant que les découvreurs eux-mêmes s'inclinent au jour de l'ouverture, en juillet 1983, admiratifs, puis les visiteurs rappliquent en nombre, les parkings s'emplissent, les files d'attente s'allongent, la colline est de nouveau envahie. On consent d'emblée à faire le voyage pour venir admirer un faux, d'ailleurs, on s'en fiche un peu, on y pense à peine, on vient à Lascaux parce que ce nom est depuis des décennies celui de la merveille, et à la fin de la première saison, le nombre de tickets vendus dépasse celui des visiteurs annuels de la vraie grotte.

Jusqu'ici, la vraie, on conservait l'espoir de la voir : elle s'ouvrait chaque jour à cinq personnes inscrites au Ministère sur une liste d'attente, des êtres de patience et d'endurance, qui avaient confiance en l'État et se projetaient dans le futur ; elle avait même accueilli de petits groupes de touristes durant les étés 69 et 70 – et Paula repense à son père qui donc avait pu la voir, qui donc l'avait vue, et se promet de l'appeler pour le lui dire. Lascaux n'avait pas complètement disparu, on se tenait au bord de la perte, ce n'était pas le néant absolu de la destruction. Mais en 2001, c'est fini, terminé : on sanctuarise. La grotte a engendré son propre champignon, les parois se couvrent de taches blanches, les voûtes de taches noires, c'est la panique. On boucle sous terre la procession des bêtes, et hormis de rares savants, quelques plasticiens engagés sur les fac-similés, les ingénieurs en charge des relevés 3D et, selon un rituel établi, le président de la République – il disparaît à l'intérieur de la caverne dans un cliquetis d'appareils photo, devenant pour un instant le témoin national, celui dont on scruterait le visage au retour, l'éclat de son regard, attestant que les peintures sont bien là, que les gravures existent toujours –, plus personne ne descend.

Sans doute l'avait-on cru éternelle, indestructible, indifférente à la durée, comme si ses parois ne subissaient pas, comme toute surface rocheuse, les actions atmosphériques et celles des organismes présents dans tout biotope, sans doute n'avait-on pas réalisé à quel point elle était vivante, autrement dit mortelle, vulnérable. Dès lors, l'histoire de la grotte se confond avec celle de la conservation en milieu souterrain, rythmée par les crises, puis stabilisée, la cavité convalescente après l'ultime alerte de 2007, où l'on frôle la catastrophe. Ses seuls occupants sont désormais les équipes des scientifiques et des agents attelées aux soins, aux observations, aux mesures, aux prélèvements, chaque incursion strictement limitée, effectuée selon un protocole drastique destiné à protéger la caverne – port de combinaisons, de surchaussures, de masques et de charlottes.

Mais la grotte est d'autant plus désirable qu'elle est invisible, les répliques se succèdent : Lascaux III explante la cavité de la colline pour la divulguer au monde entier où elle voyage sous forme de parois mobiles, et Lascaux IV, visant à la réplique intégrale, art pariétal et décor minéral inclus, serait donc l'ultime. Peu à peu, la caverne n'est plus seulement l'objet de la copie, mais est devenue le laboratoire d'un art des fac-similés, suscitant des technologies de plus en plus fines, un monde de points à relever, de données à saisir, de peintures à copier, d'odeurs à reproduire, de lumières à simuler, un monde en forme de puzzle, que les panneaux assemblés soient de papier ou de résine. Les préhistoriens deviennent des artistes, les plasticiens deviennent des savants, les archéologues imaginent des scénographies, chacun se décentre, chacun se déplace dans le paysage de l'autre. *Répliquer* la grotte, c'est la rendre visible pour en faire le portrait. C'est la faire revenir. C'est aussi l'éprouver, comme on éprouve une réplique quelque temps après la secousse sismique.

En apnée dans les images, Paula n'a pas entendu son téléphone qui pourtant vibrait sans cesse depuis le déjeuner. Quand elle a relevé la tête, l'heure bleue s'était répandue dans la chambre, elle avait le tournis, les yeux lourds, discernait à peine les dessins, les photos, tous ces documents rassemblés à tout-va et amoncelés sur son lit, ne formant plus qu'un continuum à la fois irradiant et obscur. Son portable s'est éclairé en silence, une seule pulsation, et elle a découvert la douzaine de messages qui s'amorçaient à l'écran – un de Kate, la plupart de Jonas, tous frappés des points d'exclamation de l'urgence. Paula a rappelé sans allumer la lumière, Jonas a décroché mais elle ne l'a pas entendu distinctement, il y avait du bruit autour de lui, comme s'il se trouvait au cœur d'une foule compacte. Qu'est-ce qui se passe ? Jonas a compris au son de sa voix qu'elle ne savait rien, qu'elle était encore dans un autre monde, et il a pris son élan pour lui annoncer ce qui avait eu lieu le matin même, rue Nicolas-Appert, l'attentat contre Charlie Hebdo, les deux terroristes qui ont surgi dans la salle de rédaction du journal, armés de mitraillettes, les douze morts. L'assassinat des dessinateurs.

Jonas est arrivé au matin, à l'heure où la nuit se relâche, desserre les chants des oiseaux. Paula, prévenue par texto, était descendue l'attendre sur la place, en contrebas de la maison, elle avait dévalé la rue en pente, enveloppée dans un châle blanc à sequins, les pieds nus dans ses boots, la peau du visage durcie par l'air glacial, les cheveux électriques. Les phares de la voiture l'ont trouvée sans tarder dans le demi-jour, abritée contre un mur, puis une fois le moteur éteint sur le parking, elle a entendu la portière, le coffre, et alors Jonas est apparu. Il a marché vers elle, le même pas chaloupé, la même canadienne caramel qu'il portait à Senzeilles, le jour de la carrière de Beauchâteau, et à mesure qu'il se rapprochait, elle a senti que l'espace se reformait autour d'eux, qu'ils en devenaient progressivement le centre, semblables à l'axe de rotation d'un disque enclenché sur une platine. Ils se sont embrassé le visage, les tempes, le coin des yeux, un peu n'importe où, puis Paula l'a pris par la main pour le conduire chez elle, elle le tirait dans la côte, vers la maison, viens, c'est par là.

Dans la chambre, Jonas a posé son sac, a jeté un œil par la fenêtre sur la colline que l'on commençait tout juste à distinguer, s'est aspergé le visage et la nuque à l'eau froide puis s'est couché sur le dos, a fermé les yeux. Il avait roulé toute la nuit. Il lui avait écrit je viens et il était venu. Paula le regarde : sa présence, comme autrefois rue de Parme, parachevait la chambre, couronnait cet endroit où pourtant il n'avait jamais manqué. Elle s'est allongée près de lui, mais à peine pose-t-elle sa tête sur l'oreiller que Jonas ouvre les yeux, et se tourne vers elle. Ils se regardent, interdits, souffle coupé, enregistrent chaque micromouvement de leur corps, tout ce qui s'abaisse, se hausse, se creuse, s'accélère. Le temps file mais il ne s'agit plus de le maîtriser, il s'agit de le rejoindre. Alors subitement ils ont cligné des yeux au même instant et tout ce qui se tenait retenu a déferlé.

Ils se déshabillent très vite, se soulèvent à peine, font glisser leurs vêtements, et bien que ramassé, concentré, ce moment-là lui aussi se dédouble, deux vitesses y affleurent : l'étreinte terrestre, reliée au choc de la veille, au désir de faire corps, comme une soif de sexe après des funérailles, et l'étreinte cosmique, celle de la résonance, issue des boucles qui tournoient dans un ciel réglé comme du papier à musique. L'étonnement produisant de la clarté, ils sont clairs, d'une clarté violente, l'un et l'autre, neufs et affûtés, explorant le plaisir comme une paroi sensible, usant de tout leur corps, de leur peau, de leurs paumes, de leur langue, de leurs cils, et comme s'ils se peignaient l'un l'autre, comme s'ils étaient devenus des pinceaux et s'estompaient, se frottaient, se râpaient, se calquaient, relevant les veines bleues et les grains de beauté, les plis de l'aine et l'intérieur des genoux ; ils se précisent et se rassemblent, leur peau bientôt auréolée d'une même lumière, lustrée d'une même douceur, et ce sont eux qui impressionnent les petits chasseurs au nez rose dessinés sur le papier peint, les cerfs lointains, les chiens qui flairent les buissons d'aubépine – ils font l'amour comme s'ils s'écartaient de la galerie où ils se trouvent par un passage latéral et découvraient une galerie plus vaste encore, comme si cela ne devait advenir qu'une seule fois, comme s'ils étaient des inventeurs.

Quand ils sont ressortis de la chambre, en début d'après-midi, le temps s'était radouci, et l'air était humide, le ciel d'un gris perlé. Paula a regardé Jonas par-dessus le capot de la voiture, je ne travaille pas aujourd'hui, je t'emmène voir un truc. Ils ont pris la direction des Eyzies, ont roulé sans écouter la radio, sans consulter leur téléphone où les messages continuaient de tomber – Kate envoyait des émoticônes de cœur brisé, de visages en larmes, et de colère, elle voulait savoir s'ils seraient présents à Paris le dimanche – pendant qu'ils ralliaient en silence le pays des hommes de la préhistoire, celui des grottes et des abris-sous-roche formés dans les bancs calcaires, celui des falaises creuses, celui du karst. Un pays dont Paula connaissait depuis peu les noms merveilleux : Bernifal, Font-de-Gaume, Combarelles. On dirait des noms costumés, a dit Jonas qui conduisait vite, des noms de héros de roman. Et Paula a poursuivi : on les prononce à voix haute et on a l'impression de danser avec quelqu'un. Plus tard, ils se sont arrêtés devant un restaurant au lieu-dit Laugerie-Basse, Paula a demandé à Jonas de l'attendre, elle est entrée dans le restaurant, et la voyant revenir, vive, le châle blanc entourant ses épaules, un trousseau de clés à la main, il a eu envie dans l'instant de l'attirer vers lui. Nous partons au vallon de Gorge-d'Enfer ! a-t-elle dit en remontant en voiture.

Le monde semblait se fendre au-devant d'eux, il n'y avait personne sur la route, ils étaient seuls dans le paysage. Bientôt, ils se sont garés sur le bas-côté et, dès qu'ils sont descendus, il a commencé à pleuvoir, une pluie sonore et glacée dont le bruit a enflé dans l'espace. Paula a ouvert le portail, et ils sont entrés dans le vallon comme on entre dans un palais noble et délaissé, se sont enfoncés à l'intérieur, les herbes leur montaient jusqu'aux genoux, ils ont marché sur un étroit sentier entre des buissons sauvages, des ronciers, Paula suivait les indications qu'elle avait mémorisées en recevant les clés, et marchait la première. Une porte est apparue sur la droite, dans un mur qui cloisonnait un abri-sous-roche, et Paula a dit : c'est là. Quand elle a ouvert, la lumière du jour est entrée d'un trait – une paupière qui s'entrouvre – et la discrétion de l'endroit, replié sous la falaise, niché dans l'obscurité, à l'écart, a décuplé la surprise qu'ils ont éprouvée au même instant quand, renversant la tête vers la voûte, ils ont découvert le poisson.

Jonas a craqué une allumette, l'a levée vers le plafond telle une torche, et le poisson a remué. Paula, voici ton trésor, c'est ce qu'il lui a dit, tandis que la pluie éclaboussait le seuil de la pièce. Le poisson d'or dans le filet du pêcheur.

Un poisson vieux de vingt mille ans, issu de l'ère quaternaire, d'un âge où les premiers hommes étaient venus peupler l'Europe, ces hommes dont Paula et Jonas étaient les enfants. Long de plus d'un mètre, c'était une prise si magnifique et si rare que l'on avait voulu en donner une image – Paula pensa aux pêcheurs qui posent fièrement devant les photographes, brandissant haut leur poisson devant l'objectif au retour de la pêche –, une image elle-même si merveilleuse, sculptée et gravée en bas-relief, rehaussée de rouge, qu'on avait tenté de la desceller de la voûte, de l'emporter, de la vendre, les perforations des pilleurs formant à présent le cadre d'un tableau qui préfigurait les gravures naturalistes où le poisson, justement, était souvent représenté de profil, détaillé, l'œil ouvert. Celui-là, un saumon becquart à bouche retroussée, un mâle donc, vigoureux, rappelait que la Vézère coulait ici aux temps paléolithiques, que cet abri en était la berge et que le frai des saumons nourrissait le camp.

Paula et Jonas étaient devant le temps. Le poisson au-dessus de leur tête révélait la mémoire accumulée au fond des océans, l'érosion des calcaires, le déplacement des rivières, la migration des hommes, des durées qui coexistaient avec l'état de choc du pays, la colère, la tristesse, les chaînes d'information continue qui écopaient le temps à longueur de journée pendant que les deux terroristes poursuivaient leur cavale mortifère ; il connectait l'histoire du monde et leur vie humaine.

Au bout d'une minute et trois secondes, Paula a rompu le silence et murmuré qu'ils devaient ressortir, qu'il fallait maintenant aller rapporter les clés, et ils sont repartis sous la pluie battante, en se tenant la main. Puis, alors qu'ils refermaient le portail du vallon, Jonas a pris le visage de Paula dans ses mains et lui a demandé d'imaginer un temps où les hommes ne seraient plus qu'un lointain souvenir, un temps où ils ne seraient plus que des mythes, des légendes, des présences dans les récits des créatures qui habiteraient désormais la Terre – qui peut encore croire aux hommes, Paula ?

Dans le silence du hangar, à l'heure de midi, Paula, seule, observe les images du cerf noir qu'elle s'apprête à peindre, puis elle ceinture son tablier. Devant elle le panneau, la paroi dont elle se rapproche jusqu'à entendre sa respiration. Plus elle la regarde de près, plus se révèle la profusion complexe de ses formes, l'infiniment petit de son grain répercutant en écho un espace sans limite. Elle a mis en route le rétroprojecteur et pris des repères sur le voile de pierre pour ajuster avec exactitude une première image issue du relevé numérique 3D, et projette l'animal, qui soudain s'impose à ses yeux, si réel qu'elle sursaute, il est là, élégant et graphique, il semble prendre appui sur l'une de ses pattes avant, recule la tête, les bois noirs allongés, leurs extrémités étoilées pareilles à des hélices tourbillonnantes, à des réflecteurs paraboliques, le voile rouge diffus autour du naseau suggérant la chaleur de son souffle, mais aussi un son, un brame de présence court et rauque, ou bien un brame de triomphe, de défi. Paula fixe son œil, la tache noire de l'iris habilement cernée d'une réserve blanche, aussi blanche que la vallée qu'elle a remontée à pied le matin même, partie du camp à l'aube avec d'autres comme elle, admise parmi eux pour la première fois, un jour qu'elle attendait depuis longtemps, elle a roulé son matériel dans un étui de peau, le blizzard soulève la neige récente déposée au sol en couche poudreuse, la visibilité est réduite, elle marche vite bien que ses fourrures pèsent, elle ne veut pas se laisser distancer, elle a peur du rhinocéros laineux que l'hiver affame, les autres se déplacent en silence, armés, ils savent où ils vont, escaladent l'éboulis de blocs au pied de la colline, gravissent son versant escarpé et gagnent une ouverture où les plus forts et les plus habiles entrent en tête et inspectent la salle, les autres suivent, on installe l'atelier. D'abord un feu – et peut-être que des peintures antérieures apparaissent, des échafaudages. Quelques-uns déballent les pierres creuses et les tresses végétales – genévrier, lichen – apportées en guise de brûloirs et de mèches, d'autres les collectent, les fabriquent sur place, les pierres sont garnies de graisse, on allume, on s'éclaire, on se disperse. Elle est impressionnée, elle a chaud. On la conduit devant une paroi blanche, couverte de calcite, c'est là que tu vas peindre, elle opine du chef, s'agenouille et déroule son étui, sort ce qu'elle a préparé, pochoirs de cuir, tampons, pinceaux, et ce bâton perforé qui servira à mélanger et à souffler les couleurs à cet endroit de la caverne, elle dispose les ocres qu'elle a longuement préparés la veille, et les petits galets de manganèse qu'elle a ramassés l'été dernier le long de la rivière, cherche une pierre pour se faire un mortier, commence à broyer ses matériaux, à les gratter à la lame de silex pour en recueillir les poudres avec des gestes nets, puis pour se faire une palette déballe d'un cuir un coquillage, ou une écaille de tortue, y dépose un peu de neige qu'elle va chercher dehors et qui fond aussitôt, verse sa couleur, incorpore, et puis un jeune homme apparaît à côté d'elle, l'amour silencieux court entre eux depuis longtemps déjà, il vient peindre un cheval à crinière noire dont la course escortera le mouvement de la paroi, utilisera le relief de la roche, ils se regardent. Alors, prise dans le faisceau du rétroprojecteur, filtrée à travers le calque lumineux de la photographie, tissée de sillons et de veines plus claires, intégrée dans les à-plats de peinture, elle-même creusée de rivières souterraines, de galeries obscures et de chambres ornées, Paula s'est fondue dans l'image, préhistorique et pariétale.

# DU MÊME AUTEUR

*Aux Éditions Verticales*

JE MARCHE SOUS UN CIEL DE TRAÎNE, 2000.

LA VIE VOYAGEUSE, 2003.

NI FLEURS NI COURONNES, collection « Minimales », 2006.

CORNICHE KENNEDY, 2008 (Folio n° 5052).

NAISSANCE D'UN PONT, 2010. Prix Médicis et prix Franz Hessel, 2010 (Folio n° 5339).

TANGENTE VERS L'EST, 2011. Prix Landerneau 2012.

RÉPARER LES VIVANTS, 2014. Prix du Roman des étudiants France Culture-*Télérama* 2014 ; Grand Prix RTL-*Lire* 2014 ; prix Orange du Livre 2014 ; prix littéraire Charles Brisset ; prix des lecteurs *L'Express*-BFMTV 2014 ; prix Relay des Voyageurs avec Europe 1 ; prix Paris Diderot-Esprits Libres 2014 ; élu meilleur roman 2014 du magazine *Lire* ; prix Pierre Espil 2014 ; prix Agrippa d'Aubigné 2014 (Folio n° 5942).

À CE STADE DE LA NUIT (1$^{re}$ éd. *Éditions Guérin*, 2014), collection « Minimales », 2015.

UN MONDE À PORTÉE DE MAIN, 2018 (Folio n° 6771). Livre préféré des libraires – Palmarès *Livres Hebdo* 2018.

*Chez d'autres éditeurs*

DANS LES RAPIDES, *Naïve*, 2007 (Folio n° 5788).

NINA ET LES OREILLERS, illustrations d'Alexandra Pichard, *Hélium*, 2011.

PIERRE FEUILLE CISEAUX, photographies de Benoît Grimbert, *Le Bec en l'air*, 2012.

VILLES ÉTEINTES, photographies Thierry Cohen, textes de Maylis de Kerangal et Jean-Pierre Luminet, *Marval*, 2012.

HORS-PISTES, *Thierry Magnier*, 2014.

UN CHEMIN DE TABLES, *Seuil*, 2016 (Folio n° 6673).

KIRUNA, *La Contre-allée*, 2019.

# COLLECTION FOLIO

*Dernières parutions*

6457. Philippe Sollers — *Mouvement*
6458. Karine Tuil — *L'insouciance*
6459. Simone de Beauvoir — *L'âge de discrétion*
6460. Charles Dickens — *À lire au crépuscule et autres histoires de fantômes*
6461. Antoine Bello — *Ada*
6462. Caterina Bonvicini — *Le pays que j'aime*
6463. Stefan Brijs — *Courrier des tranchées*
6464. Tracy Chevalier — *À l'orée du verger*
6465. Jean-Baptiste Del Amo — *Règne animal*
6466. Benoît Duteurtre — *Livre pour adultes*
6467. Claire Gallois — *Et si tu n'existais pas*
6468. Martha Gellhorn — *Mes saisons en enfer*
6469. Cédric Gras — *Anthracite*
6470. Rebecca Lighieri — *Les garçons de l'été*
6471. Marie NDiaye — *La Cheffe, roman d'une cuisinière*
6472. Jaroslav Hašek — *Les aventures du brave soldat Švejk*
6473. Morten A. Strøksnes — *L'art de pêcher un requin géant à bord d'un canot pneumatique*
6474. Aristote — *Est-ce tout naturellement qu'on devient heureux ?*
6475. Jonathan Swift — *Résolutions pour quand je vieillirai et autres pensées sur divers sujets*
6476. Yājñavalkya — *Âme et corps*
6477. Anonyme — *Livre de la Sagesse*
6478. Maurice Blanchot — *Mai 68, révolution par l'idée*
6479. Collectif — *Commémorer Mai 68 ?*

| | | |
|---|---|---|
| 6480. | Bruno Le Maire | *À nos enfants* |
| 6481. | Nathacha Appanah | *Tropique de la violence* |
| 6482. | Erri De Luca | *Le plus et le moins* |
| 6483. | Laurent Demoulin | *Robinson* |
| 6484. | Jean-Paul Didierlaurent | *Macadam* |
| 6485. | Witold Gombrowicz | *Kronos* |
| 6486. | Jonathan Coe | *Numéro 11* |
| 6487. | Ernest Hemingway | *Le vieil homme et la mer* |
| 6488. | Joseph Kessel | *Première Guerre mondiale* |
| 6489. | Gilles Leroy | *Dans les westerns* |
| 6490. | Arto Paasilinna | *Le dentier du maréchal, madame Volotinen et autres curiosités* |
| 6491. | Marie Sizun | *La gouvernante suédoise* |
| 6492. | Leïla Slimani | *Chanson douce* |
| 6493. | Jean-Jacques Rousseau | *Lettres sur la botanique* |
| 6494. | Giovanni Verga | *La Louve et autres récits de Sicile* |
| 6495. | Raymond Chandler | *Déniche la fille* |
| 6496. | Jack London | *Une femme de cran et autres nouvelles* |
| 6497. | Vassilis Alexakis | *La clarinette* |
| 6498. | Christian Bobin | *Noireclaire* |
| 6499. | Jessie Burton | *Les filles au lion* |
| 6500. | John Green | *La face cachée de Margo* |
| 6501. | Douglas Coupland | *Toutes les familles sont psychotiques* |
| 6502. | Elitza Gueorguieva | *Les cosmonautes ne font que passer* |
| 6503. | Susan Minot | *Trente filles* |
| 6504. | Pierre-Etienne Musson | *Un si joli mois d'août* |
| 6505. | Amos Oz | *Judas* |
| 6506. | Jean-François Roseau | *La chute d'Icare* |
| 6507. | Jean-Marie Rouart | *Une jeunesse perdue* |
| 6508. | Nina Yargekov | *Double nationalité* |
| 6509. | Fawzia Zouari | *Le corps de ma mère* |
| 6510. | Virginia Woolf | *Orlando* |

| | | |
|---|---|---|
| 6511. | François Bégaudeau | *Molécules* |
| 6512. | Élisa Shua Dusapin | *Hiver à Sokcho* |
| 6513. | Hubert Haddad | *Corps désirable* |
| 6514. | Nathan Hill | *Les fantômes du vieux pays* |
| 6515. | Marcus Malte | *Le garçon* |
| 6516. | Yasmina Reza | *Babylone* |
| 6517. | Jón Kalman Stefánsson | *À la mesure de l'univers* |
| 6518. | Fabienne Thomas | *L'enfant roman* |
| 6519. | Aurélien Bellanger | *Le Grand Paris* |
| 6520. | Raphaël Haroche | *Retourner à la mer* |
| 6521. | Angela Huth | *La vie rêvée de Virginia Fly* |
| 6522. | Marco Magini | *Comme si j'étais seul* |
| 6523. | Akira Mizubayashi | *Un amour de Mille-Ans* |
| 6524. | Valérie Mréjen | *Troisième Personne* |
| 6525. | Pascal Quignard | *Les Larmes* |
| 6526. | Jean-Christophe Rufin | *Le tour du monde du roi Zibeline* |
| 6527. | Zeruya Shalev | *Douleur* |
| 6528. | Michel Déon | *Un citron de Limone* suivi d'*Oublie...* |
| 6529. | Pierre Raufast | *La baleine thébaïde* |
| 6530. | François Garde | *Petit éloge de l'outre-mer* |
| 6531. | Didier Pourquery | *Petit éloge du jazz* |
| 6532. | Patti Smith | *« Rien que des gamins ». Extraits de Just Kids* |
| 6533. | Anthony Trollope | *Le Directeur* |
| 6534. | Laura Alcoba | *La danse de l'araignée* |
| 6535. | Pierric Bailly | *L'homme des bois* |
| 6536. | Michel Canesi et Jamil Rahmani | *Alger sans Mozart* |
| 6537. | Philippe Djian | *Marlène* |
| 6538. | Nicolas Fargues et Iegor Gran | *Écrire à l'élastique* |
| 6539. | Stéphanie Kalfon | *Les parapluies d'Erik Satie* |
| 6540. | Vénus Khoury-Ghata | *L'adieu à la femme rouge* |
| 6541. | Philippe Labro | *Ma mère, cette inconnue* |
| 6542. | Hisham Matar | *La terre qui les sépare* |
| 6543. | Ludovic Roubaudi | *Camille et Merveille* |
| 6544. | Elena Ferrante | *L'amie prodigieuse (série tv)* |

| | | |
|---|---|---|
| 6545. | Philippe Sollers | *Beauté* |
| 6546. | Barack Obama | *Discours choisis* |
| 6547. | René Descartes | *Correspondance avec Élisabeth de Bohême et Christine de Suède* |
| 6548. | Dante | *Je cherchais ma consolation sur la terre...* |
| 6549. | Olympe de Gouges | *Lettre au peuple et autres textes* |
| 6550. | Saint François de Sales | *De la modestie et autres entretiens spirituels* |
| 6551. | Tchouang-tseu | *Joie suprême et autres textes* |
| 6552. | Sawako Ariyoshi | *Les dames de Kimoto* |
| 6553. | Salim Bachi | *Dieu, Allah, moi et les autres* |
| 6554. | Italo Calvino | *La route de San Giovanni* |
| 6555. | Italo Calvino | *Leçons américaines* |
| 6556. | Denis Diderot | *Histoire de Mme de La Pommeraye précédé de l'essai Sur les femmes.* |
| 6557. | Amandine Dhée | *La femme brouillon* |
| 6558. | Pierre Jourde | *Winter is coming* |
| 6559. | Philippe Le Guillou | *Novembre* |
| 6560. | François Mitterrand | *Lettres à Anne. 1962-1995. Choix* |
| 6561. | Pénélope Bagieu | *Culottées Livre I – Partie 1. Des femmes qui ne font que ce qu'elles veulent* |
| 6562. | Pénélope Bagieu | *Culottées Livre I – Partie 2. Des femmes qui ne font que ce qu'elles veulent* |
| 6563. | Jean Giono | *Refus d'obéissance* |
| 6564. | Ivan Tourguéniev | *Les Eaux tranquilles* |
| 6565. | Victor Hugo | *William Shakespeare* |
| 6566. | Collectif | *Déclaration universelle des droits de l'homme* |
| 6567. | Collectif | *Bonne année ! 10 réveillons littéraires* |
| 6568. | Pierre Adrian | *Des âmes simples* |

| | |
|---|---|
| 6569. Muriel Barbery | *La vie des elfes* |
| 6570. Camille Laurens | *La petite danseuse de quatorze ans* |
| 6571. Erri De Luca | *La nature exposée* |
| 6572. Elena Ferrante | *L'enfant perdue. L'amie prodigieuse IV* |
| 6573. René Frégni | *Les vivants au prix des morts* |
| 6574. Karl Ove Knausgaard | *Aux confins du monde. Mon combat IV* |
| 6575. Nina Leger | *Mise en pièces* |
| 6576. Christophe Ono-dit-Biot | *Croire au merveilleux* |
| 6577. Graham Swift | *Le dimanche des mères* |
| 6578. Sophie Van der Linden | *De terre et de mer* |
| 6579. Honoré de Balzac | *La Vendetta* |
| 6580. Antoine Bello | *Manikin 100* |
| 6581. Ian McEwan | *Mon roman pourpre aux pages parfumées* et autres nouvelles |
| 6582. Irène Némirovsky | *Film parlé* |
| 6583. Jean-Baptiste Andrea | *Ma reine* |
| 6584. Mikhaïl Boulgakov | *Le Maître et Marguerite* |
| 6585. Georges Bernanos | *Sous le soleil de Satan* |
| 6586. Stefan Zweig | *Nouvelle du jeu d'échecs* |
| 6587. Fédor Dostoïevski | *Le Joueur* |
| 6588. Alexandre Pouchkine | *La Dame de pique* |
| 6589. Edgar Allan Poe | *Le Joueur d'échecs de Maelzel* |
| 6590. Jules Barbey d'Aurevilly | *Le Dessous de cartes d'une partie de whist* |
| 6592. Antoine Bello | *L'homme qui s'envola* |
| 6593. François-Henri Désérable | *Un certain M. Piekielny* |
| 6594. Dario Franceschini | *Ailleurs* |
| 6595. Pascal Quignard | *Dans ce jardin qu'on aimait* |
| 6596. Meir Shalev | *Un fusil, une vache, un arbre et une femme* |
| 6597. Sylvain Tesson | *Sur les chemins noirs* |
| 6598. Frédéric Verger | *Les rêveuses* |
| 6599. John Edgar Wideman | *Écrire pour sauver une vie. Le dossier Louis Till* |
| 6600. John Edgar Wideman | *La trilogie de Homewood* |

*Composition Nord Compo*
*Impression Maury Imprimeur*
*45330 Malesherbes*
*le 20 janvier 2020*
*Dépôt légal : janvier 2020*
*Numéro d'imprimeur : 243011*

ISBN 978-2-07-287440-6 / Imprimé en France.

360513